Irène Binder

Drogenkrieg

Thriller

Buch

Drogenhandel, illegale Einwanderer, Korruption. Auf der Suche nach dem Mörder seiner Freundin gerät Staatsanwalt Max Bauer zwischen die Fronten und erfährt die dunkle Seite Mallorcas.

Irène Binder

DROGENKRIEG

Thriller

Bibliographische Informationen der Deutschen Nationalbibliothek

Die deutsche Nationalbibliothek verzeichnet diese Publikation in der Deutschen Nationalbiographie; detaillierte bibliographische Daten sind im Internet über

http://dnb.d-nb.de abrufbar.

©2017 Irène Binder

Herstellung und Verlag: BoD- Books on Demand, Norderstedt

ISBN 978- 3- 7431- 7474- 0

Für meine Familie.

Prolog

Genau zwei Sekunden dauerte es, bis sie den Schlüssel umgedreht hatte. Er zählte lautlos mit, während der Schlüssel durch das Haustürschloss glitt.

Als Kim ihre Wohnung betrat, überkam sie plötzlich ein ungutes Gefühl. Nervös blickte sie in die schwach vom Licht des Hausflures beleuchtete Diele und versuchte, in der Dunkelheit etwas Ungewöhnliches zu erkennen. Aus dem auf Kipp stehenden Fenster drang gedämpfte Musik von der Eckkneipe. Ein kalter Luftzug streifte ihre Beine und die Kälte kroch langsam am Körper hoch während sie nach dem Lichtschalter tastete. Ihre Hand verfehlte den Schalter knapp und begann zu zittern. Zu viele Krimi-Serien geschaut dachte sie und versuchte, die Beklemmung um ihre Brust zu lösen.

Er zwang sich zu Geduld. Ohne Licht war es zu riskant. Er musste präzise arbeiten. Dazu brauchte er Licht und die richtige Position. Er spannte seinen Körper an.

Kim atmete tief, versuchte zu entspannen und drückte auf den Lichtschalter.

Beim Aufleuchten der Lampe drang das Messer in ihren Hals. Sie spürte, wie ein Fluss aus Blut an ihrem Körper herunter rann, die kalten Beine wärmte und ihr Kopf zur Seite kippte. Dann setzte ihr Herz aus.

Düsseldorf, 14. Mai 2013

1

Er hatte verschlafen. Um nicht zu spät zum Dienst zu erscheinen, kürzte er den üblichen Weg zur Arbeit ab und verzichtete auf eine Runde durch den Grünzug. Müde trotteten sie quer über einen alten Garagenhof, als der Hund plötzlich anschlug.

Das Tier bellte sich regelrecht in Rage und rammte seine Schnauze gegen das Blech eines der Garagentore. Seine Rute schlug dabei wild hin und her. Die Leine, die ihn zurückhalten sollte, ignorierte er völlig.

„Aus!" Konz gab der Leine so einen gewaltigen Ruck, dass der Hund einen Satz machte und winselnd einige Zentimeter über den Boden geschleift wurde. Doch kaum war der Schäferhund wieder auf den Beinen, bellte er weiter und sprang zurück zum Garagentor.

„Was soll das?" Und lauter. „Komm weiter. Aus!" Er zog wieder an der Leine. Doch der Hund gab nicht auf und knurrte bedrohlich. Scheiß Morgen. Jetzt schlägt auch noch der Hund an.

Plötzlich war er hellwach. *Anschlagen?* Klar! Der Hund war abgerichtet und würde nicht grundlos so ein Theater veranstalten. Irgendetwas in der Garage versetzte ihn in Aufruhr.

„Ruhig Junge. Lass mal sehen." Er ging zum Garagentor und lauschte. Doch der Hund bellte wieder. „Schnauze." Er konnte nichts hören. Beherzt griff er den Torknauf und rüttelte daran. Das Tor war verschlossen. Der Hund schnüffelte am unteren Rand des Tors entlang und knurrte. Dann bellte er wieder scharf.

„Ruhe, Aki." Er wollte weiter, doch der Hund ließ nicht ab, bäumte sich drohend vor ihm auf. Verflucht. Jetzt war er sicher zu spät. Er zückte sein Handy und wählte die Nummer seines Reviers.

„Konz. Ich brauche euch. Mein Suchhund hat angeschlagen. An einer Garage. Kalkumer Straße. Moment..." Er ließ die Leine los, ging ein paar Schritte und drehte suchend den Kopf.

„144." Sein Gesprächspartner war offenbar nicht erfreut. „Ist mir scheißegal, ob eure Schicht gleich zu Ende ist. Zehn Garagen. Mit einer stimmt was nicht. Ob ich mir sicher bin? Verdammt nochmal, bewegt euren Arsch hierher, dann wisst ihr's!" Er verstummte und hörte kurz zu.

„Nein, ich geh nicht rein." Er machte eine Handbewegung in Richtung Hund, *Sitz*, und nickte. „Ich warte."

Zehn Minuten später waren zwei Polizeibeamte da. Der Hund lag jetzt knurrend vor dem Tor.

Die Kripo brauchte dreißig Minuten länger und erschien mit einem Durchsuchungsbefehl. Die beiden Männer hatten Werkzeug dabei.

„Ich knacke jetzt das Schloss. Geht besser in Deckung wegen der Explosionsgefahr." Der Typ nahm sich wichtig, nur weil er mal einen Speziallehrgang besucht hatte. Er untersuchte das Tor und binnen Sekunden hatte er es geöffnet. Keine Explosion. Mit seiner Stablampe leuchtete er die Garage aus. Sie war leer. Nur vorne, dicht neben der Führungsschiene des Garagentors standen zwei Reisetaschen. In diesem Moment war der Hund nicht mehr zu halten. Er raste auf die Taschen zu und verbiss sich in einer.

„Mann, hol den Hund zurück", befahl der Mann von der Kripo barsch. „Er zerbeißt die Tasche!" Konz versuchte mit aller Kraft, den Hund aus der Garage zu zerren. Einer der Polizeibeamten kam ihm zur Hilfe. Zu zweit gelang es ihnen, die Tasche aus dem Hundemaul zu befreien. Dabei riss der Nylonstoff und etwas fiel zu Boden. Der Hund bäumte sich auf, bellte noch lauter und rasender. Er schnappte wieder nach der Tasche, behielt sie im Maul, schleuderte wild den Kopf hin und her und drehte sich dabei um die eigene Achse.

„Zurück mit dem Köter, verdammt noch mal!" Die beiden Männer stemmten sich gewaltsam gegen ihn. Erst als sie den Hund gegen die Garagenwand drückten, wagte sich der Mann von der Kripo vor. Er griff nach dem Paket, das aus der Tasche zu Boden gefallen war.

Als er es aufhob, rieselte etwas heraus und er pfiff durch die Zähne.

Sie hatten insgesamt drei Kilo Heroin gefunden.

Die junge Frau, die überstürzt davonrannte, hatten sie nicht bemerkt.

Mallorca, Südosten, 16. Mai 2013

2

Von der Terrasse der Bar blickte Jamal verärgert auf den Hafen von Cala Figuera. Er kratzte sich an seinem Bart. Zu viele Dinge waren auf schief gelaufen. Hier auf Mallorca und auch bei den anderen Posten.

Vor zwei Tagen hatte ihn der Kontakt aus Düsseldorf angerufen. Panisch hatte die Frau berichtet, wie die Polizei vor ihrer Nase die Taschen abtransportierte.

„Geh' nicht mehr zum Depot zurück", hatte er ihr geraten, wissend, dass sie sich daran hielt. Dennoch würde sie sterben müssen. Es war zu riskant.

Dann verunglückte der Transporter, der die Ware zum Lager brachte, an der Südküste Mallorcas. Wieder hatten sie die gesamte Ladung Drogen an die Polizei verloren. Der Unfall hatte die Mallorquinische Polizei wachgerüttelt, das war sicher. Auch wenn sie sonst nicht die Eifrigsten waren, bei einem solchen Drogenfund würden sie genauer ermitteln. Das gefährdete alle Abläufe für weitere Drogentransporte auf der Insel.

Dennoch musste er die Kuriere auf Mallorca noch einmal in Anspruch nehmen. Noch eine Lieferung, die letzte auf der Insel. Jamal wäre es lieber gewesen, schon jetzt alles zu stoppen, doch seine Auftraggeber bestanden auf der Durchführung. Sie wollten nicht noch mehr Geld verlieren. Die nächste Lieferung kam in fünf Tagen und ein weiteres Schiff mit Drogen an Bord hatte bereits den Hafen von Gwadar in Pakistan verlassen. Gwadar lebte vom Drogenhandel. Der Tiefseehafen, von Chinesen gebaut und verwaltet, war das Schleusentor für den Drogenversand. Um sich die militärische Nutzung des Hafens zu sichern und Probleme mit den lokalen Drogenbaronen zu vermeiden, schauten die Chinesen bei den Kontrollen der Containerschiffe weg und ließen die Drogenfrachter ungestört auslaufen. Auch Jamals Auftraggeber schickten die Drogen aus Gwadar an ihre Abnehmer.

Mit Lastern transportierten sie das Rauschgift von Afghanistan nach Pakistan und verluden es in Gwadar auf Schiffe. Sobald die Frachter die Hafenausfahrt Gwadars passierten, erhielt Jamal eine verschlüsselte E- Mail. Da die Route durch den Suez- Kanal zu riskant war, mussten sie Afrika umschiffen. Die Transporter waren langsam und erreichten erst acht Wochen nach Auslaufen das

Mittelmeer. Sie entluden die Behälter mit dem Rauschgift auf hoher See, nahe der mallorquinischen Küste, jedoch außer Reichweite des Küstenradars. Die Entladestellen wurden mit Bojen markiert. Nachts holte ein Fischer die handlichen Container mit Schleppnetzen vom Meeresgrund und beförderte sie an Land. Kein Radar und auch keine Satellitenüberwachung würden ihn enttarnen. Bei Nacht liefert der Satellit nur durch Wärmeaufzeichnungen genauere Analysen. Doch tote Fische und Behälter mit Rauschgift geben keine Wärme ab.

Das System war einfach und effizient.

Jamal hatte genaue Anweisungen darüber, wie die Fracht zu verteilen war. Das Rauschgift musste Mallorca binnen vierundzwanzig Stunden wieder verlassen.

Er stürzte sein Mineralwasser herunter und beeilte sich, die Kuriere anzurufen. Vierzig Minuten gab er jedem, um pünktlich zum Treffpunkt in der Finca zu erscheinen. Er zahlte und setzte sich selber in Bewegung. In knapp acht Wochen erreichte die letzte Lieferung Mallorca. So lange mussten sie auf der Insel ausharren und anschließend alle Spuren beseitigen.

Der Treffpunkt mit den Kurieren lag uneinsehbar, von hohen Orleanderhecken geschützt, abseits, in der Einöde. Dahinter erhob sich auf einer Anhöhe das Castell de Santuari. Steil wie eine gerade Wand ragte der Felsen, auf dem die Festung erbaut war, aufwärts. Von oben hatte man unglaubliche Aussichten: Nach Osten über Portocolom hinweg bis auf das Meer, nach Westen über die weitläufige, ebene Mitte Mallorcas direkt auf die Serra des Teix und die angrenzenden Berge.

Die beiden Kuriere standen im Wohnraum der Finca. Niemand sprach und keiner begrüßte Jamal. Sie kannten seinen Namen nicht und nannten ihn, wenn notwendig, nur „den Bärtigen". Auch sonst fielen keine Namen. Die Anonymität gibt euch Schutz, hatte Jamal ihnen angeordnet und sie hatten es akzeptiert. Sie waren spanischer Nationalität und lebten bis vor kurzem noch in ärmlichen Verhältnissen auf Mallorca. Durch die Drogengeschäfte verdienten sie jetzt gut, das wollte keiner gefährden.

Mit wenigen Worten erteilte Jamal Anweisungen. „Am Dienstag kommt eine Lieferung." Er wandte sich an den kleinen dürren Mann in grünen Wachshosen. „Dann gehst du fischen."

Der Mann nickte „Wie immer?"

„Ja", bestätigte Jamal.

Der Fischer rieb mit den Händen an seinen Wachshosen und kratzte sich so die Beine. Ihm war heiß. Ungeduldig fragte er: „Wer fliegt diesmal?"

„Er." Jamal zeigte auf den gewichtigen Mann, der bisher geschwiegen hatte. „Diesmal bringen wir die Ware nach Hamburg."

„Wieso Hamburg", wunderte sich der Dicke. Jamal bemerkte die Sorge in seinen Augen. „Ich war noch nie in Hamburg."

„Es hat Probleme in Düsseldorf gegeben." Jamal blickte ihn scharf an. „Wir müssen den Verteiler wechseln." Jamal kniff die Augen zusammen. Der dicke Mann zuckte mit den Mundwinkeln, dann nickte er. „Wann?" fragte er leise. „Donnerstag." Kam die knappe Antwort von Jamal.

Dann fuhr er fort: „Ich nehme Kontakt mit euch auf. Keine weiteren Treffen hier in der Finca. Das Haus ist dicht."

„Mir gefällt es hier", warf sein Gegenüber ein. „Ich möchte hier sitzen und mein Geld genießen, Frauen einladen, die im Bikini am Pool liegen." Er zeigte auf das glitzernde Wasser des großen Pools.

„Niemand wird hier sitzen. Das Haus ist dicht." Jamals Stimme ließ keine Widerworte zu. „Wir können kein Risiko eingehen. Raus jetzt."

Ohne miteinander zu kommunizieren verließen die Männer die Finca. Sie hätten gerne noch mehr gewusst, doch Jamal gab keine Erklärungen. Er blieb noch eine Weile im Haus und dachte nach. Die Spanier hatten noch immer großen Respekt vor dem Drogenhandel. Als Afghanen erschütterte es ihn nicht im Geringsten. Er war mit dem Mohn aufgewachsen. Als Kind rannte er über die Mohnfelder, als Heranwachsender half er bei der Ernte. Jetzt verschickte er ihn zu den Abnehmern. Eine normale Art und Weise, sich den Lebensunterhalt zu verdienen.

eine der Glastüren und trat auf die Terrasse hinaus. Sein Blick fiel auf den Pool und er dachte an die Worte des dicken Spaniers, der gerne mit Bikinischönheiten hier schwimmen wollte.

Jamal hatte niemals Schwimmen gelernt. Im Sommer, als Kinder in Kandahar, hatten sie sich mit einem Gartenschlauch abgespritzt oder manchmal eine Zinkwanne mit Wasser gefüllt, darin gebadet und das Wasser hinter seinem Elternhaus ausgekippt. Er erinnerte sich an die Schimpftiraden seiner Mutter über die Verschwendung des kostbaren Wassers. Sie war immer gereizt gewesen und erschöpft, die dauernde Geldnot lastete schwer auf ihrer Seele. Sein Vater war gefallen, beim Kampf gegen die russischen Invasoren, und sie schaffte es kaum, für ihn und seine Schwester zu sorgen.

Eines Tages kamen Männer in die Siedlung, fuhren mit teuren Autos durch die Straßen und schauten sich an, wer von den Jugendlichen Potential hatte. Sie versprachen ihnen Geld und Wohlstand, wenn die Jungen ihnen folgten. Jeder wollte das.

Sie hatten mit seiner Mutter gesprochen, ihr Gesicht sah noch trauriger aus als er es gewohnt war. Ihr Leben war voller Entbehrungen, ein täglicher Überlebenskampf. Ihm sollte es besser ergehen, das war ihre stille Hoffnung. Am Abend umarmte sie ihn lange, sprach viele Gebete und weinte lautlos. Im Morgengrauen waren die Fremden zurückgekommen und hatten ihn mit nach Kabul genommen. Eine kleine Tasche und etwas Obst, mehr hatte er nicht auf seiner Reise in die Zukunft dabei. Seitdem hatte er das Haus seiner Eltern nicht mehr gesehen. Er war damals dreizehn.

In Kabul hatte er in einer Schule gewohnt, war vier Jahre lang ein ausgezeichneter Schüler, zufrieden mit seinem neuen Leben. Nach dem Abschluss sprach er Deutsch und Englisch. Als ihm die Urkunde verliehen wurde, sah er den Mann wieder, der ihn hergebracht hatte. Er hatte ein Flugticket für ihn und ein paar Hundert Euros. Vom Flughafen Frankfurt fuhr er noch drei Stunden mit dem Zug nach Norden in eine weitere Stadt. Im Studentenwohnheim hatten sie ihm ein Zimmer gemietet.

Er studierte Informatik und Mathematik, gewöhnte sich schnell an das Studentenleben. Bei der örtlichen Sparkasse besaß er ein Konto, auf das monatlich ein Geldbetrag einging, von einer Bank aus Frankfurt. Es reichte zum Leben, zum Ausgehen, nicht aber zur Flucht. Nach zwei Jahren dachte er nicht mehr an Flucht. Er trug Jeans, Turnschuhe, Fleecepullis und zweifarbige Goretex- Jacken, wie seine Kommilitonen. Sie waren eine Gruppe

Computerfreaks und er fügte sich perfekt ein. Nur seinen Bart rasierte er nicht ab. Es war sein letztes Stück Heimat. Manchmal dachte er an seine Familie. Er wusste, dass seine Mutter ebenfalls Geld erhalten würde, es ihr besser ging als zuvor.

Drei Monate vor den Abschlussklausuren des Studiums erhielt er eine E-Mail. Sein Mentor aus Kabul wolle sich mit ihm treffen. Plötzlich hatte er Angst, als Märtyrer zu enden. Doch es kam anders.

Die Reise war seine erste nach Mallorca.

Jetzt lebte er schon acht Monate auf der Insel. Er war Anführer der Gruppe und kümmerte sich um die Kommunikation mit den anderen Einheiten. Er hatte ein sicheres Netzwerk geschaffen, in dem sie Nachrichten austauschten, Anweisungen gaben oder Finanztransaktionen ausführten.

Das Geschrei eines Vogels riss Jamal aus seinen Gedanken. Er hob sein Handy und suchte eine Nummer. Er musste die Eliminierung der Zelle veranlassen. Die vier Kuriere auf der Insel hatten bald ihren Dienst vollbracht. Sie und alle Kontaktleute in Deutschland mussten sterben. Jamal hatte gewusst, dass es eines Tages dazu kommen würde und vorgesorgt. Er hatte sich einen Auftragskiller organisiert, denn er konnte nicht mit Waffen umgehen. Jetzt musste er ihn beauftragen, doch der Mann beantwortete seinen Anruf nicht. Jamal ließ ein paar Sekunden verstreichen und versuchte es erneut.

Warum antwortete er nicht? Jamal drehte das Handy in seinen Händen. Er wurde ungeduldig. Er musste den Auftrag jetzt erteilen. Schließlich tippte er alle Namen in sein Handy und schickte die Liste als verschlüsselte Mail. Der Mann würde die Botschaft verstehen. Dann schlug er die Tür der Finca zu und verschwand.

Ein paar Kilometer weiter nördlich warf die Silhouette eines großen Mannes einen langen Schatten auf die Felsen. Der Mann saß unbeweglich im Schneidersitz auf der Felskante. Sein athletischer Körper war mit einer engen, langen schwarzen Badehose und einem schwarzen, ärmellosen Neopren-Shirt bekleidet. An den Füssen trug er dünne Sportschuhe. Aus der Ferne wirkte er wie eine Statue.

Als das Handy klingelte, verdrehte er nicht einmal den Kopf. Vier Mal versuchte es der Anrufer, dann ertönte das

Signal einer Nachricht. Der Mann unterdrückte die Neugier, nachzuschauen.

Stattdessen begann er, die Expander, die er in beiden Händen hielt, kräftig zusammen zu drücken und wieder zu lösen. Er führte die Übungen fünfzig Mal aus und wiederholte sie nach kurzen Pausen noch drei Mal. Danach legte er die Hände auf den Oberschenkeln ab und erholte sich von der Anstrengung.

Einige Minuten später stand er auf und begann mit ausgiebigen Dehnübungen seiner Beine und seines Rückens. Er kam oft hierher um zu trainieren. In den Sommermonaten täglich, in der übrigen Zeit dann, wenn die Felsen trocken waren. Er ankerte sein Motorboot in den seichten Gewässern vor einem kleinen Badestrand und wanderte an den Klippen entlang bis zu der steilen Felswand. Mittlerweile schaffte er es, die sechszehn Meter Felsen in weniger als zwei Minuten zu erklimmen. Er war ein geübter Free-Climber und kannte jede kleinste Ritze in den Felsen, an denen er sich hochhangeln konnte. Mit der Zeit hatte er seine Aufstiegsroute optimiert und seine Geschwindigkeit verbessert.

Seit er denken kann, hatte er Sport getrieben und seinen Körper trainiert. Schon als Kind genoss er das berauschende Gefühl der perfekten Bewegung, des Zusammenspiels von Ausdauer und Kraft. Jetzt spürte er die Kraft seiner Muskeln und seines gesamten Körpers bis in die Fingerspitzen. Dort war die Kraft wichtig. Er benötigte starke Finger, um an den Felsen empor zu klettern. Manchmal hing sein komplettes Körpergewicht an einigen seiner Finger. In einem solchen Moment brauchte man Kraft, Ausdauer und Geduld. Alles hatte er gelernt, sich abgeschaut von den Meistern dieser Kunst.

Es hatte ihm den erwünschten Erfolg erbracht. Schon damals, bei seinem ersten Auftrag, waren es genau diese Eigenschaften, die ihm geholfen hatten. Er wusste auch, dass die, die ihn suchen würden, niemals genügend Fantasie für seine Strategie aufbringen würden. Die Natur hatte ihn das erfolgreiche Töten gelehrt. Die Natur war in dieser Hinsicht der Technik der Menschen meilenweit überlegen. Diese Überlegenheit verschaffte ihm tiefe Befriedigung bei seinen Taten.

Die Sonne stand jetzt hoch über den Felsen. Er packte die Expander zusammen mit der losen Kreide, mit der er beim Klettern seine Hände trocken hielt, in eine wasserdichte Dose, vergewisserte sich, dass sie gut verschlossen war und steckte sie in eine schmalen Beutel, den er sich um die

Hüften schnallte und festzurrte. Dann trat er an den Rand des Felsen und kletterte ein kleines Stück hinab. Als er genau die richtige Stelle erreicht hatte, nahm er einen Schritt Anlauf und stürzte sich kerzengerade in die Tiefe. Das Meer verschlang ihn für einige Sekunden, dann tauchte er auf und schwamm zu einem flachen Felsen, an dem er sich aus dem Wasser zog. Mit schnellen Schritten ging er entlang der Küste zurück. Er hatte die Nachricht auf seinem wasserdichten Handy gelesen. Es warteten neue Aufgaben auf ihn.

Düsseldorf, 18. Mai 2013

3

„Kommst du mit auf einen Kaffee?"

Max Bauer saß an seinem Schreibtisch in der Düsseldorfer Staatsanwaltschaft, die Füße in Biker-Stiefeln auf dem Tisch, als die Kollegin in der Tür stand. Ihr Blick fiel sofort auf die Stiefel.

„Na Cowboy", sie trat vor seinen Schreibtisch und beugte sich vor. Max sah sie an, eindeutig zu viele Falten, insbesondere auf der Stirn. Aber der Busen war sehenswert, wahrscheinlich Doppel C.

„Wie wärs mit nem Kaffee?" fragt die Staatsanwältin. Max nickte, Akten konnten warten, Zeitdruck gab es nicht.

„Ja, mal hören, was es Neues gibt." Er stand auf, reckte seine ein Meter neunzig, steckte das Handy in die Hosentasche seiner Jeans und sah sich in seinem Büro um. Sechs Jahre bei der Staatsanwaltschaft. Er hatte sich den

Job ausgesucht. Schon während des Jurastudiums hatten ihm alle abgeraten. Nur Muff und Aktenberge.

Seine Familie stellte sich komplett quer. Nicht im Betrieb anzufangen ging noch, aber bei einer Behörde? Arbeitet eigentlich irgendwer als Beamter? Nach ihrer Ansicht sicher nicht. Schon immer hatten sie auf Beamte und sonstige Faulpelze geschimpft. Schlimmer waren nur noch Politiker.

Das ganze ging so weit, dass sein Vater sogar überlegte, die ihm übertragenen Unternehmensanteile zurückzufordern. Nur seiner Frau zuliebe hatte er es nicht getan. Vielleicht fand der Junge ja noch den richtigen Weg.

Hier in der Behörde sahen sich die meisten anders. Erstens war man wichtig, zweitens überarbeitet und drittens gehörte man zu der Elite der Juristen. Viele waren so selbstverliebt und faul, dass sie seit ihrem zweiten Staatsexamen nicht mehr ein Rechtsproblem ernsthaft durchdacht hatten. Sie verließen sich bequem auf die Richter, die sollten entscheiden.

„Kommst du?" Die Staatsanwältin wurde ungeduldig. „In fünf Minuten tagt der Kantinensenat", so nannte sich die

Runde, bei der sie Klatsch und Tratsch aus der Behörde austauschten. Das wollte sie auf keinen Fall verpassen.

Während sie den Flur in Richtung Kantine durchquerten sah Max durch die großen Panoramafenster in die Gassen der Düsseldorfer Altstadt mit ihren Kneipen und Brauhäusern, an deren Altbiertheken nicht nur in der Karnevalszeit bis spät in die Nacht gefeiert wurde. Max gefiel der Standort seines Arbeitsplatzes, man war mitten im Leben.

Sie saßen in der Kantine der Staatsanwaltschaft im Erdgeschoss. Es waren immer die Gleichen, die sich am Vormittag hier trafen.

Heute gab es offenbar keinen großen Tratsch zu besprechen. Also bemühten sie aktuelle Klagen über den neuen Behördenleiter.

„Jetzt dreht er völlig durch!"

Eine blasse Staatsanwältin beendete ihre Bemerkung mit einer schnellen Handbewegung über der Stirn und strich ihre unfrisierten Locken nach hinten. Diese Bluse dachte Max, warum trägst Du zu Deinem roten Haar eine Orange Bluse?

„Er ist ekelig", pflichtete ihr die Kollegin bei, die Max abgeholt hatte. Sie hatte sich gerade mit einem Cappuccino neben Max auf den freien Stuhl gesetzt. Zu nahe, wie Max fand. Ihre hohe Stimme zog durch Max Ohren. Er schob seinen Stuhl zurück und lehnte sich mit dem Kaffebecher in der Hand bequem nach Hinten.

„Finde ich auch", mischte sich ein übergewichtiger Staatsanwalt ein. Er gehörte zum festen Kern der Gruppe und war häufig der erste in der Kantine. So stellte er sicher, dass er genügend Mandelhörnchen an der Kuchentheke abbekam. „Um den macht doch jeder einen Bogen."

„Von wegen. Der Schmollke, dieser Opportunist, der leckt dem die Füße, das ist widerlich. Im Übrigen", echauffierte sich die Lockenmähne, „mischt er sich in Dinge ein, die ihn nichts angehen. Er hat sich bei Ingos Chef beschwert, dass Ingo zu langsam arbeitet. Außerdem hat er ihm unterstellt, einem Laborbetrieb Aufträge zuzuschieben und an der Abrechnung mit zu verdienen. Das soll der erst mal beweisen!" Sie schnaubte. Ingo war ihr Mann. Er war Biologe und arbeitete im Biotechnologie- Labor der Kripo in Düsseldorf. Auch Max nahm die Dienste von Ingo gelegentlich in Anspruch. Er hatte sich noch nie Gedanken über eine wirtschaftliche Zusammenarbeit zwischen Ingo und anderen Unternehmen gemacht. Doch dass Ingo und sein Team langsam arbeiteten, konnte Max bestätigen, der normale Verwaltungsrhythmus eben.

Ihn langweilten Gespräch und Kollegen. Er stand auf, nickte nach rechts und links und, während der Dicke noch ein Mandelhörnchen verspeiste, verabschiedete er sich:

„War ein Vergnügen. Ich geh' mal zurück ins Büro."

Nach einem Blick auf die Uhr blieben die anderen in der Kantine. Gleich würden sie sich für das Mittagessen anstellen. Es lohnte nicht mehr, an die Schreibtische zurückzugehen.

Im Büro zog Max sich Laufschuhe an. Er wollte zu einem Hausboot laufen, das unweit der Rheinkniebrücke ankerte. Das Boot war Unterschlupf von zwei Drogendealern gewesen, die vor einiger Zeit dort überfallen und übel zugerichtet wurden. Max wollte sich einen Eindruck des Tatortes verschaffen. Seitdem er das Spezialdezernat der Betäubungsmitteldelikte übernommen hatte, besichtigte er zunehmend Tatorte. So konnte er eine Joggingrunde während der Dienstzeit absolvieren. Sein Handy gab einen Ton von sich und er las die SMS: „Verabredung zum Abendessen nicht vergessen." –VERGESSE ICH NICHT!-

, sein Daumen glitt über die Tastatur und drückte die schnelle Antwort.

Nach einer halben Stunde entspanntem Joggen kam er am Hausboot an. Der Tatort war völlig unspektakulär und fünf Minuten später kehrte Max um.

Ein Brötchen vor seinem Schreibtisch im Stehen kauend, sichtete er einige Unterlagen. Er notierte noch zwei Fristen und schmiss ein paar Schriftstücke in eine Ablagemappe für die Geschäftsstelle. Er schrieb E- Mails an Freunde in USA und an einen Freund, der in Südafrika lebte, lud sich neue Musikstücke auf sein Handy, loggte sich auf der Internetseite seiner Bank ein und führte noch zwei Überweisungen aus. Kurz nach siebzehn Uhr beendete Max den Arbeitstag und machte sich auf den Heimweg. In drei Stunden würde Julia zum Essen kommen.

Max hatte Julia in der letzten Woche bei einem Seminar kennen gelernt. Sie hatten sich in der Pause unterhalten und seither viel gechattet. Sie war achtundzwanzig und erst seit einigen Monaten als Anwältin tätig. Max hatte sie für heute zum Abendessen zu sich nach Hause eingeladen. Sie zögerte keine Sekunde, zuzusagen.

Er fuhr zum Supermarkt und kaufte Getränke und Zutaten für ein indisches Gericht ein. Frauen stehen auf exotisches Essen dachte er und war sicher, Julia würde keine Ausnahme sein. Bepackt mit Tüten und Getränkekisten fuhr er nach Hause.

Seine Wohnung lag im Düsseldorfer Hafenviertel. Sobald er die Stelle bei der Staatsanwaltschaft angetreten hatte, war er in die Wohnung im Medienhafen eingezogen. Die Gegend galt als Szeneviertel der Stadt, die Mieten waren teuer. Max war bewusst, dass er sich eine Bleibe in dieser Wohngegend samt seiner hochwertigen Einrichtung nur von den Tantiemen aus der Beteiligung am Familienunternehmen leisten konnte. Doch diesen Gedanken verdrängte er meistens.

Er parkte gegenüber von seinem Wohnhaus, stellte seine Einkäufe in den Hausflur und ging noch einmal nach draußen. Er wollte Eiscreme einkaufen. Seine Stammeisdiele war nur ein paar Meter entfernt. Francesco, der Eigentümer, stand vor der Tür und begrüßte ihn herzlich. Nach sechs Jahren war er kein Unbekannter mehr in der Gegend.

„Hallo Max. Wie geht es. Come va l'amore?" Er lachte laut und klopfte mit der linken Hand auf seine Brust. „Ich habe Dich schon länger nicht gesehen. Läuft alles gut bei dir?"

"Sehr gut, Francesco. Bei Dir hoffentlich auch. Ich wollte etwas Eis mit nach Hause nehmen. Einmal Aprikose und Baccio Nero." Sie gingen hinein. Francesco nahm einen mittelgroßen Becher vom Regal und wollte gerade das Eis einfüllen. Max hielt ihn auf.

„Stop, Francesco. Bitte große Becher. Für l'amore, Du weißt schon..."sagte Max, lachte und klopfte sich ebenfalls auf die Brust.

Francesco grinste und sagte dann theatralisch den Kopf in den Nacken werfend:

„Cosa non puó l'amore! Was vermag die Liebe nicht alles. Du hast noch nie Aprikosen-Eis genommen. Das weiß ich genau. Ich verwöhne täglich die schönsten Frauen hier mit meinem Eis, aber alle wollen nur mein Eis, nicht mich." Er senkte den Kopf und tat zu Tode betrübt.

„Was ist mit Manuela?", fragte Max.

„Manuela? Pah, fratella! Sie ist wieder in Italien. Zuviel Regen und zu große Schuhe hier."

„Zu große Schuhe?" Max verstand nicht. Francesco tippte sich an die Stirn.

„Versuche es nicht zu verstehen. Sie hat behauptet, sie könne hier keine Schuhe kaufen. Immer seien sie ihr zu groß. Und nicht chic genug. Deshalb ist sie zurückgegangen nach Milano. Na, egal." Francesco machte wieder so eine ausschwenkende Handbewegung und zog die Augenbrauen nach oben. Dann legte er die Hand auf seine Brust und schüttelte sich. Max lachte.

"Du gehörst ins Theater, Francesco, nicht in die Eisdiele."

„Wer macht dann Dein Eis? Eh? Hier!" Er hob das Kinn und schlenkerte mit der linken Hand bevor er die Eisbecher über die Theke schob. Max bezahlte und dreht sich um.

„Ciao Max. Einen schönen Abend und viel Erfolg mit der Süßen." Francesco formte die Lippen zum Kuss und mimte eine Umarmung. Max grinste und sagte im Gehen: „Ich werde mir größte Mühe geben. Ciao Francesco, bis bald." Francescos Seufzer hörte er nicht mehr.

Auf dem Weg zurück nach Hause traf er einen Kellner aus dem Cubana. Verdammt, dachte Max. Die beginnen ihre Schicht um sieben. Ich muss mich beeilen. Das Cubana war eine Cocktailbar, die in seiner Straße lag. Es war seine Stammkneipe. Er ging mindestens zweimal wöchentlich dorthin und traf regelmäßig auf Nachbarn. Max kannte sie mehr oder weniger gut, trank einen Cocktail oder ein Bier mit ihnen und tauschte Neuigkeiten aus. Der Kellner grüßte, bevor Max in seinem Hauseingang verschwand.

Seine Wohnung war im obersten Stockwerk, eine geräumige Maisonettewohnung mit klarer, heller Architektur. Die bodentiefen Fenster in der Dachschräge erlaubten einen weiten Blick auf das Stadtviertel. Ein immenses Sofa sowie zwei Bilder des Düsseldorfer Malers Jörg Immendorf beherrschen den Wohnraum. Die Küche war groß, modern und funktional gestaltet. Ein Stück der steinernen Arbeitsplatte des Mittelblocks diente als Esstisch. So konnte Max kochen und sich dabei mit seinen Freunden unterhalten.

Max stellte das Eis in den Gefrierschrank und legte die Einkäufe auf die Arbeitsplatte. In den Küchenmöbeln war ein Fernseher integriert. Mit der Fernbedienung suchte er einen Nachrichtensender und zappte direkt in die 19:00 Uhr Nachrichten. Ein paar Minuten später schnitt er bereits das Gemüse klein. Er musste sich beeilen. Julia würde in knapp einer Stunde kommen. Bis dahin noch einmal kurz zu Duschen wäre nicht schlecht.

4

Es war kurz vor acht, als die Männer in die Wohnung stürmten. Er war gerade im Badezimmer. Das Geräusch des fließenden Wassers hatte die Klingel übertönt. Als niemand öffnete brachen sie die Tür auf. Er hörte das Splittern des Türrahmens und die Schritte. Die wenn auch leisen Geräusche der Bewegungen verrieten ihm sofort, dass es mehrere Männer waren. Er verhielt sich still. Hörte, wie sie in den Wohnraum traten, in die Küche gingen und sich langsam auf das Bad zu bewegten. Die Eindringlinge waren bewaffnet. Er konnte das leise metallische Klicken der Waffen hören. Die Bewegungsgeräusche verstummten. Emotionslos sah er in den Spiegel, drehte sich langsam um. Er trat aus dem Bad. Sofort wurde er von zwei Maskierten überwältigt. Er leistete keinen Widerstand. Allein gegen zwei Bewaffnete war eine Chance auf Gegenwehr ohnehin nicht vorhanden. Sie warfen ihn auf den Boden, drückten sein Gesicht gegen den Teppich. Er rang nach Luft. Schweigend ließ er sich festnehmen. Nach seinem Namen gefragt nickte er nur. Er sprach nicht mit ihnen, fluchte nicht, schrie sie nicht an. Er fragte auch nicht nach dem Grund seiner Verhaftung. Ihm wurden sofort Handschellen angelegt. Sie brachten ihn nach Unten in den wartenden Einsatzwagen und fuhren mit ihm zum Polizeipräsidium.

Auf der Fahrt brach in Gedanken seine ganze Welt zusammen. Alles, was er bisher aufgebaut, geleistet hatte, sein Verdienst, die Hoffnung auf ein sorgloses Leben schwand in diesen Minuten dahin. Ihm blieb die Sicherheit, dass die Verhaftung das Ende seines bisherigen Lebenswandels, vielleicht seines gesamten Lebens bedeutete.

Die Polizei hatte ihn völlig überrumpelt. Er hatte nicht einmal vermutet, dass sie ihm auf der Spur waren.

Er war vorläufig festgenommen und wurde in eine Haftzelle im Polizeipräsidium gesperrt. Als die Gittertür hinter ihm zuknallte, setzte er sich auf das schmale Bett, stützte den Kopf in die Hände und dachte nach. Jetzt hatte er plötzlich Angst. Angst vor dem Ungewissen. Seine Gedanken kreisten und er fragte sich, ob seine Wohnung schon durchsucht worden war und ob sie die Ware gefunden hatten. Er fürchtete sich vor einer Haftstrafe und vor seinem Auge liefen Gefängnisszenen wie aus

Fernsehfilmen ab. Er hatte das Gefühl, nur wenige Minuten so dagesessen zu sein. Dann holten sie ihn wieder ab. Er sollte vernommen werden. Ein Beamter führte ihn am Arm aus der Zelle. Sie passierten einen kurzen Flur und erreichten ein Bürozimmer.

In dem Raum befanden sich ein kleiner Couchtisch, um den drei Lehnstühle standen und eine große Zimmerpflanze. Auf einem Sideboard stand eine leere Cola- Flasche. Daneben lagen ein paar lose Blätter Papier, die wohl jemand vergessen hatte. Der Beamte, der ihn herein geleitet hatte, lockerte den Griff um seinen Arm und befahl ihm durch ein Kopfnicken, sich zu setzen. Nur wenige Sekunden später betrat ein Vernehmungsbeamter den Raum. Während der Mann sich vorstellte und sich auf einen der leeren Stühle schmiss, fasste er den festen Entschluss, kein Wort über die Hehlerware zu sagen. Er würde nach einem Anwalt fragen. Sein Herz pochte und ein Schauer lief ihm über den Rücken. Er war noch nie vernommen worden. Wieder und wieder ermahnte er sich, nicht auszusagen.

Sie waren jetzt allein im Raum und der Mann gegenüber hatte sich zurückgelehnt und die Beine übereinander geschlagen. Er sprach mit der vertrauensvollen Stimme eines Beichtvaters und wollte wohl besonders freundlich wirken.

„Jetzt belehre ich sie erst einmal. Warum sie hier sind wissen sie ja, wegen der Beteiligung am Drogenhandel. Ich werde ihnen ein paar Fragen stellen. Natürlich haben sie das Recht zu schweigen. Ihnen steht auch ein Verteidiger zu. Wollen Sie das?"

Er wartete nicht auf eine Antwort und fuhr schnell fort: „So." Er wechselte die Position der Beine und lächelte „Jetzt erzählen Sie mal, wie es dazu kam."

Die letzten Sätze hatte er schon nicht mehr vernommen. Ungläubig starrte er den Mann an. Was hatte er gesagt? Drogenhandel? Er hatte keine Ahnung, was der Beamte damit meinte.

„Also, wie sieht's aus? Na, kommen Sie schon." Er tat wieder so übertrieben vertrauenswürdig und legte den Kopf zur Seite.

Jetzt musste er doch nachfragen. „Drogenhandel?"

Sein Gegenüber verzog keine Miene. „Sie wissen es genau." Er seufzte. „Das alte Spiel. Keine Ahnung von Nichts. Gut, dann, werde ich mal auf die Sprünge helfen. Wir haben herausgefunden, dass Sie die Mietzahlungen für die Garage getätigt haben, in der eure Drogen lagerten. Na, fällt der Groschen jetzt?"

Sie wollten gar nichts über die Hehlerware wissen?

„Nein", er schüttelte heftig den Kopf. „Ich habe keine Garage weil ich auch kein Auto habe, und mit Drogen habe ich auch nichts zu tun." Er fühlte sich etwas sicherer.

„Warum mieten sie dann eine Garage?"

„Ich brauche keine Garage."

„Nein, und warum zahlen sie dann monatlich Miete? Seit über einem Jahr?"

„Miete? Ach das..."

„Na also, jetzt fällt es ihnen wieder ein. Geht doch, nun erzählen sie mal." Der Beamte machte es sich bequem wie in einem Sessel und sah ihn erwartungsvoll an.

Plötzlich war er erleichtert. Wenn er alles über die Zahlungen erzählte, würden sie ihn vielleicht laufen lassen. Er berichtet von dem Mann aus dem Fitnessstudio. Wie sie sich öfter dort getroffen hatten und er eines Tages ihn um einen Gefallen gebeten hatte. Der Mann wollte eine Weltreise unternehmen. Ein oder auch zwei Jahre wegbleiben aber seine neue Wohnung nicht kündigen. Da sollte er die Mietzahlungen regelmäßig ausführen. Jeden Monat.

„Sind sie da nicht stutzig geworden. Dafür gibt es doch Daueraufträge. Die laufen weiter, egal an welchem Ort der Welt man sich gerade befindet."

Er zuckte mit den Achseln. Daran habe er nicht gedacht. Er kenne sich doch nicht mit Bankgeschäften aus. Der Mann hatte alles für ihn erledigt. Tausend Euro habe er dafür erhalten, das konnte er nicht ausschlagen.

Der Vernehmungsbeamte runzelte die Stirn. „So einen Blödsinn habe ich schon lange nicht gehört."

Doch, doch, es stimmte. Er berichtete wieder von dem Mann, beschrieb sein Aussehen, nannte dessen Namen und den des Fitnessstudios. Sicher hatten ihn dort auch andere Mitglieder gesehen. Er begann wieder und wieder von Vorne mit seiner Aussage und versuchte, sich jedes Mal an mehr Details zu erinnern.

Der Beamte seufzte. „Nun gut, ich habe alles protokolliert. Jetzt geht's erst mal zurück in die Zelle."

Auf seine Bitte hatte man einen Anwalt gerufen, der ihn auch noch am selben Abend aufsuchte. Er wollte wissen, was mit ihm geschehen würde. Er habe Geld genug, um seine Verteidigung zu bezahlen. Der Anwalt erklärte das Wesentliche, sollte er weiter festgehalten werden. „Wir beantragen die Haftprüfung und dann sind sie ganz schnell wieder auf freiem Fuß. Sie können unbesorgt sein, es gibt nicht genügend Anhaltspunkte für eine Haft."

Er verbrachte eine unendlich scheinende Nacht und den folgenden Vormittag in der Zelle. Dann wurde er freigelassen. Es wurde keine Haft angeordnet. Man gab ihm seine persönlichen Sachen zurück und er konnte das Polizeipräsidium verlassen.

Überglücklich schlenderte er durch die Straßen der Stadt. Mit der U- Bahn fuhr er in die Altstadt. Jetzt würde ein neues Leben anfangen, er würde ein anderer Mensch werden. In einer teuren Boutique kaufte er sich neue Kleidung und neue Schuhe. Geld hatte er genug auf dem Konto. Die Neuerwerbungen zog er sofort an und ließ die alten Klamotten entsorgen. Dann schlenderte er zur Hohe Straße. Er lief über die Domplatte, kehrte wieder um und streifte erneut durch die Geschäfte. An einem Imbiss aß er einen Döner und trank ein Bier. Schließlich ging er in das DuMont Carré. Er war noch nicht oft in diesem Einkaufstempel gewesen, es war einfach nicht seine Kragenweite. Aber heute war alles anders. Er war in Kauflaune, wollte verschwenderisch sein, einmal so leben, wie er bisher noch nie gelebt hatte. Gleich im Erdgeschoss erwarb er eine teure Zigarre, die er nicht rauchte aber stolz war, sie zu besitzen. In der Media-Abteilung kaufte er ein

Handy der neusten Generation. Dann sah er das Reisecenter und plötzlich wusste er, was er tun würde. Er würde verreisen, möglichst weit weg, in die Südsee vielleicht. Jetzt hatte er es eilig, nach Hause zu fahren. Er wollte ein paar Sachen einpacken und noch heute am Flughafen einen Flug buchen, der ihn zum anderen Ende der Welt bringen würde.

Als er aus der Passage trat, war es bereits dunkel geworden. Den ganzen Tag hatte er vertrödelt. Ihm fiel ein, dass er nicht zur Arbeit gegangen war.

In der Bahn probierte er die Funktionen seines neuen Handys aus. Die Technik überforderte ihn, er schaffte es nicht, alle Funktionen wieder auszuschalten und steckte das Handy zurück in die Jackentasche. Die drei Etagen zu seiner Wohnung in einem Hinterhofhaus nahm er im Laufschritt. Eilig schloss er auf und stürmte hinein. Als der Arm ihn von Hinten im Würgegriff packte, erschrak er so sehr, dass er stolperte und hinfiel. Eine winzige Sekunde lang entglitt er seinem Angreifer. Er nutzte das, richtete sich auf allen vieren auf und rammte dem Mann seinen Kopf in den Unterleib. Er bekam ein Stück Stoff zu fassen und zog mit der gesamten Kraft seines Körpers daran.

Der Eindringling stöhnte auf, holte nach Hinten aus und rammte ihm ein Messer in den Rücken. Leblos sackte er auf den Boden und erstarrte zu einer grotesken Figur.

5

Es war kurz nach acht, als Julia klingelte. Max war gerade mit dem Marinieren der Garnelen beschäftigt. Er hatte geduscht und sich ein paar Jeans und ein schwarzes Poloshirt angezogen. Julia brachte eine Flasche gekühlten Prosecco mit.

„Hallo!" Sie wirkte schüchtern, als Max sie herein bat. Sie hielt die Flasche wie ein Schutzschild vor die Brust. Max nahm ihr die Flasche ab und sah auf das Etikett.

„Spumante del Veneto. Nicht schlecht. Ich habe indisches Bier kaltgestellt."

„Hm", Julia zögerte.

Max sah ihr ins Gesicht und entschied: „Für dich den Prosecco". Er ging in die Küche und öffnete die Flasche. Julia folgte und setzte sich an den Küchentisch.

Sie beobachtete Max, wie er ihr Glas füllte. Nervös strich sie mit den Händen über ihren schwarzen Rock. Sie trug dazu eine bunt gemusterte Bluse und Schuhe mit hohen Absätzen. Die obersten Knöpfe ihrer Bluse waren offen. Max konnte ein schwarzes T- Shirt darunter ausmachen.

Mehrere Ketten mit vielen Anhängern schmückten ihren Hals. An einer hingen ein kleiner Totenkopf und eine Schlange. Sie sah hübsch aus, mit ihrer ein klein wenig üppigen Figur.

Max stellte ein Bier aus dem Kühlschrank auf die Ablage und hantierte mit einer Pfanne. Er öffnete die Flasche, sah Julia an, die sich verkrampft an ihrem Glas festhielt.

„Cheers!" Max stieß mit der Flasche an ihr Glas und setzte sie an den Mund.

Julia trank hastig ein paar Schlucke Prosecco. Dann, als ob der Alkohol sie entspannte, begann sie zu reden und erzählte von den Ereignissen des Tages. Max war mit der Zubereitung des Essens beschäftigt und hörte nur mit einem Ohr zu. Er konzentrierte sich gerade auf das präzise Scheiden des Julienne Gemüses. Die Herstellung der streicholzfeinen Gemüsestreifen mit einem langen Messer forderte seine ganze Aufmerksamkeit. Julia redete weiter und sah zu, wie Max winzig kleine Zwiebelwürfel zusammen mit einer Handvoll Senfkörnern, Knoblauch und etwas Butter in eine Pfanne gab. Er zündete die Gasflamme an und stellte die Pfanne auf den Herd.

„Du hast mir immer noch nicht geantwortet, ob Du Angst vor Repressalien in dieser Drogensache mit den Italienern hast." Sie hatte seinen Namen im Zusammenhang mit der Verhaftung von italienischen Pizzabäckern, die einen florierenden Drogenhandel in den Restaurants führten, in der Zeitung gelesen. Eine üble Mafiageschichte, die von der Presse entsprechend ausgeschlachtet wurde.

„Nein", antwortete Max. „Überleg doch..."

Der Knall schnitt ihm das Wort ab. Im Sekundenstakkato folgten weitere kleine Explosionen und füllten die Küche mit Lärm, als würden Feuerwerkskörper gezündet. Julia schrie auf und rannte voller Panik zur Tür.

„In Deckung!", rief Max. Julia suchte Schutz hinter der Küchentür und duckte sich. Ein weiterer Knall ertönte. Sie sah auf und blickte angstvoll zu Max. Max stand immer noch an den Küchentisch gelehnt und- lachte.

„Das sind die Senfkörner. Wenn man sie zu sehr erhitzt, bersten sie und explodieren wie Knallfrösche." Er nahm die Pfanne vom Herd. Die Körner sprangen immer noch aus der Pfanne und einige landeten auf dem Boden.

Julia erhob sich und errötete.

Anstatt über sich selbst zu lachen war sie beleidigt. „Das war mies!"

„Du warst so schreckhaft zur Tür gelaufen, da konnte ich nicht anders", lenkte Max ein. „Nimm` es sportlich." Er wollte sie in den Arm nehmen, doch sie wich ihm aus.

Julia schmollte und ihr Gespräch wurde einsilbig. Max indisches Curry- Menu war gelungen. Er hatte die Sauce mit den detonierenden Senfkörnern abgeschmeckt, die jetzt nicht mehr von den Tellern sprangen. Zum Nachtisch aßen sie das köstliche Eis von Francesco. Aber irgendwie war die Stimmung verflogen. Julia tat immer noch beleidigt und Max verspürte keine Lust, sie mit großartigen Entschuldigungen aufzuheitern. Wenn sie nicht lockerer war, dann passte es eben nicht. Menschen, die nicht über sich lachen konnten, fand er anstrengend. Er wollte jetzt `raus aus der Wohnung. Die Anwesenheit von Julia fand er auf einmal beklemmend.

„Wir könnten noch ins Cubana gehen", schlug er vor. „Eine Bar hier gleich um die Ecke. Sie machen gute Cocktails und die Musik ist auch hörbar."

Das Cubana war voll und laute Stimmen schlugen ihnen schon am Eingang entgegen. Max führte Julia zum Ende der Bar. Der Kellner, den er vor einigen Stunden getroffen hatte, arbeitete hinter dem Tresen.

Sie bestellten einen Fruchtcocktail und zwei Caipirinha für Max.

Nicht weit entfernt standen ein paar Männer, die er vom Sehen kannte. Einer nickte ihm zu. Max grüßte zurück während Julia über Belanglosigkeiten plauderte.

Kurz vor halb zwölf konnte Julia ihre Müdigkeit nicht mehr unterdrücken. Max nahm die Gelegenheit war und begleitete sie zu ihrem Auto. Er bat sie nicht mehr zu sich in die Wohnung. Er wollte allein sein. Sie verabschiedeten sich mit dem Versprechen, am nächsten Tag zu telefonieren. Er würde sie nicht anrufen. Übermorgen flog er in den Urlaub. Vielleicht danach.

Mallorca, Palma, 20. Mai 2013

6

„Cabrones!"

Der Polizeipräsident der Policia National der Balearen spie das Wort förmlich auf seinen Schreibtisch. José Fernando Jaume de San Gil war ernsthaft verärgert. Ein Laster war im Süden der Insel verunglückt und die herbeigerufene Guardia Civil hatte Drogen in dem Auto gefunden. Augenblicklich nachdem die Nachricht des Drogenfundes bei ihm eingegangen war, hatte er seine Leute zu sich gerufen. Er musste dringend ein Ermittlerteam auf die Beine stellen. Das duldete keinen Aufschub. Es ging um seine Karriere. Kein Drogendealer würde ihm die vermasseln. Als Chef der Policia National der Balearen strebte er nach Höherem, wollte kurz vor seiner Pensionierung noch einen politischen Posten in Madrid abstauben oder wenigstens in eines der Regierungsämter in Barcelona einziehen.

Durch die Fenster des alten Palastes im Zentrum von Palma, in dem die Polizeidirektion der Policia National Balears untergebracht war, schien die Sonne in den Büroraum. Die altertümliche Klimaanlage schaffte es nicht, den Raum auf eine vernünftige Temperatur herunter zu kühlen. Auf dem Hemd des untersetzten Polizeipräsidenten waren Schweißränder unter den Armen sichtbar, als er sich auf seinen überdimensionierten Schreibtisch stützte. Vor ihm stapelten sich die Akten. Sie waren allerdings reine Camouflage. Den Hauptteil seiner Arbeitszeit verbrachte de San Gil bei regelmäßigen Treffen mit Vertretern der Regierung, Ranghohen des Innenministeriums aus Madrid, dem die Policia unterstand, und des Militärs.

Auch heute war er mit dem Innenminister der Balearen zum Mittagessen verabredet. Er brauchte mehr finanzielle Unterstützung bei der Küstenüberwachung, sonst würden sie das Problem der illegalen Einwanderer nicht in den Griff bekommen. Ein höheres Budget ließ sich am besten bei einem üppigen Menü in der Altstadt Palmas erörtern. Außerdem hielt er so seinen Kontakt zu den entscheidenden Schaltstellen in Regierung und Justiz aufrecht und wahrte seine Pfründe auch in Madrid. Immerhin war Palma als achtgrößte Stadt Spaniens kein kleines Provinznest, sondern besaß durchaus Relevanz in der nationalen Politik. Das perfekte Verständnis der Machtspiele zwischen Regionalpolitik und den Verantwortlichen in Madrid hatte de San Gil schon damals zu seiner Position verholfen. Er scheute nichts, um dieses Netzwerk bis zu seinem Ruhestand zu verteidigen. Deshalb war er jetzt äußerst nervös. Ein sicherheitsrelevanter Vorfall an der Grenze seines Verantwortungsgebietes konnte das Aus für ihn sein. De San Gil sah schon die nachrangigen Bewerber wie die Geier um seinen Posten kreisen. Er schürzte die Lippen und blies nach Kaffee riechende Luft aus. Das Halten der Position war mindestens genauso anstrengend, wie das Aufsteigen.

Wenn herauskäme, dass Mallorca sich zu einem Drogenumschlagplatz entwickelte, wäre es mit seinen Plänen vorbei. Keine Yacht, kein größeres Haus in Andratx. Man würde ihn zum Rücktritt drängen. Das würde er nicht zulassen. Nicht mit seinen fast sechzig Jahren. Niemals! Seine Hand ballte sich zur Faust dass die Fingerknöchel weiß hervortraten. Außerdem wollte er vermeiden, dass sich die Gardia Civil den Fall vollständig aneignete. Denn die erhielten ihre Befehle vom Verteidigungsministerium und mit denen gab es ständig Konflikte.

In der Ecke des Büros stand zur Unterstützung der Klimaanlage ein Ventilator. Das Gerät ratterte beim

Verteilen der schwülen Luft. Der Präsident sprach daher in Megaphonlautstärke.

„Dieser Fahrer ist eine erste Spur. Ich will, dass ihr ihn komplett durchleuchtet. Alles. Sein Handy, seine Bankkonten, seine Kreditkarten, sein Blackberry, seinen Computer, Freunde, Familie, Job, mit wem er sich traf, was er aß, wann er pinkelte, jede Kleinigkeit!"

„Senor", die junge Frau aus dem Team antwortete in einem ruhigen Tonfall. Sie richtete ihren schlanken, hochgewachsenen Körper auf und drehte mit einer schnellen Handbewegung ihre langen Haare zu einem lockeren Dutt. Alejandra Jimenez hatte eine steile Karriere bei der Policia National absolviert und galt als potentielle Nachfolgerin von de San Gil, auch wenn sie, wie einige Verantwortliche fanden, nicht den richtigen Background besaß. „Das Handy des verunglückten Fahrers, die Gesprächsdaten und alle SMS haben wir bereits ausgewertet, aber noch nichts gefunden. Der Bericht folgt." De San Gil grunzte und sah auf Alejandra Jimenez muskulöse Arme und dann direkt in ihre Augen. Alejandra beeilte sich, fortzufahren.

„Es gibt keinen Laptop. Der Typ war völlig mittellos. Er wohnte bei seinen Eltern in Calderitx. Die Kollegen von der Guardia Civil waren dort. Sie haben eine halbe Stunde gebraucht, um das Haus zu finden. Keiner von den Beamten war je in dieser verlassenen Gegend. Da Oben ist alles verwahrlost. Den ganzen Vormittag sind sie durch die Granja gekrochen aber das einzige technische Gerät in diesem Drecksloch waren ein uralter Fernseher, eine Filterkaffeemaschine und ein Toaster. Die EU hat vor Jahren eine Stromleitung in den Ort subventioniert. Die Kabel laufen oberirdisch durch den Garten, an der Regenrinne entlang, dann durch einen Spalt ins Haus. Die Leute sind froh, dass sie ein Dach über dem Kopf haben. Die wissen nicht einmal, was ein Blackberry ist, geschweige denn, wozu man das braucht. Die haben auch keinen Computer und auch keine Kreditkarten. Auch ihr Sohn Juan nicht. Das wurde überprüft. Juan hatte ein Konto bei der Caixa auf dem seine Sozialhilfe überwiesen wurde, ein lächerlich geringer Betrag. Falls er jobbte wurde er wohl bar bezahlt. Er hatte nicht einmal eine gewöhnliche Bankkarte. Er hob sein Geld monatlich bar am Bankschalter ab, benutzte niemals einen Geldautomaten. Anscheinend hatte er nicht gelernt, damit umzugehen. Seine Eltern konnten ihm das definitiv nicht beibringen. Glauben sie mir, die Guardia hat alles haarklein durchleuchtet."

„Das ist mir vollkommen egal. Ihr seid ab jetzt für die Ermittlungen zuständig. Egal, was die Guardia herausgefunden hat. Stellt die Uhren auf null. Überprüft alles noch mal genauestens. Die Spurensicherung soll den Laster in alle Einzelteile zerlegen. Ich will alles wissen. Jedes kleinste Detail. Der Küstenabschnitt wird doch überwacht. Findet die Wächter aus dem Leuchtturm und befragt sie heute noch. Vielleicht haben sie etwas beobachtet. Und ich will die komplette Datei der Satellitenaufzeichnung des Tages und der zwei vorangehenden, an dem der Wagen mit dem Heroin gefunden wurde. Auf MEINEM Bildschirm! Findet heraus, woher das Rauschgift kam und wer es auf die Insel gebracht hat!"

Er stand ruckartig von seinem Schreibtischstuhl auf und beugte sich vor. Dabei schimmerten seine schwarz gefärbten, akkurat zurückgegelten Haare im hereinfallenden Sonnenlicht bläulich. Sie verrieten seine Eitelkeit. „Jimenez", er zeigte auf die junge Beamtin, die eben versucht hatte, ihn zu beruhigen, „Sie leiten das Team."

Die drei standen immer noch unschlüssig vor dem großen Schreibtisch. Alejandra Jimenez überlegte kurz, ob sie zu weit vorgeprescht war, mit ihren Bemerkungen über den Verunglückten und jetzt den schwarzen Peter zugeschoben bekam. Eine von de San Gil einberufene SOKO zu leiten war niemals ein Joker. Zu mehr Gedanken ließ ihr der Vorgesetzte keine Chance. Er brüllte schon wieder, mit zunehmend röter werdendem Gesicht.

„An die Arbeit. Ich meine jetzt! Sofort! Jetzt! Ich dulde keine Drogentransporte auf meiner Insel! Ich hab schon genug Ärger mit den Illegalen am Hals!" Er wedelte mit den Händen seine Mitarbeiter aus dem Büro und blökte er hinterher: „Jimenez, sie befragen noch heute die Leuchtturmwärter!"

Alejandra Jimenez rollte mit den Augen. Sie hasste de San Gil. Am liebsten hätte sie ihm den Finger gezeigt und alles hingeschmissen. Aber sie konnte es sich nicht leisten. Auch in ihrem Dorf hatte die EU die Stromleitungen finanziert.

Mallorca, Palma 20. Mai 2013

7

Die beiden Leuchtturmwächter betraten zögernd das Gebäude der Policia National. Ein Polizeiwagen hatte sie von ihrem Heimatort Ses Salines im Süden der Insel nach Palma eskortiert. Vor den Augen der halben Dorfgemeinschaft waren sie in das Auto gestiegen, wie Schwerverbrecher.

Alejandra Jimenez nahm sie im Präsidium in Empfang und führte sie in ein Büro. Es gab Kaffee, heiß und stark.

„Ich will offen zu Euch sein", begann sie sofort die Befragung. Sie benutzte das im Katalanischen übliche „Du".

„Uns interessiert, was gestern Abend und in der Nacht geschehen ist. Alles, was ihr beobachtet habt, ist von Bedeutung." Sie nickte den Männern aufmunternd zu.

Doch bevor sie richtig starten konnte, fuhr der jüngere Mann hoch.

„Was soll das?" brauste er auf. „Ihr habt kein Recht uns hier festzuhalten."

Alejandra hob beschwichtigend die Hand, erreichte jedoch das Gegenteil. Der Mann steigerte seine Tobsucht und begann zu randalieren. Dabei warf er seinen Stuhl um, stieß den Tisch zur Seite und fegte die Kaffetassen auf den Boden. Dann sprang er zur Tür.

„Ich hau ab!"

Jetzt wurde auch Alejandra laut. „Hiergeblieben!" Blitzschnell war sie hinter dem Mann und hielt ihn fest.

„Finger weg du Bullenschwein!" Er rammte Alejandra den Ellenbogen in die Rippen.

Das Poltern rief zwei weitere Polizisten zur Stelle. Einer packte ihn grob am Genick. Der Mann wehrte sich, trat nach dem Beamten und spuckte ihm auf die Schuhe. Ein kurzer Kampf entbrannte begleitet von lauten

Beschimpfungen. Nach ein paar Sekunden hatten die Polizisten den Leuchtturmwächter überwältigt.

„Abführen!" befahl Alejandra. Ihre Stimme war eisig. Sie hasste Kaffeeflecken auf ihrer Hose.

Der Mann wehrte sich immer noch, war aber gegen zwei chancenlos. Sie zerrten ihn aus dem Raum. „Zu schade, dass wir Pack wie dich nicht härter rannehmen dürfen!"

Alejandra schloss die Tür, um weiteren unangemessenen Bemerkungen der Kollegen zu entgehen.

Sie würde den Typen später in die Mangel nehmen.

Alejandra blickte auf den Boden. „Widerliche Schweinerei!" Dann wandte sie sich dem verbliebenen Wächter zu.

„Bueno, wie lange machst du den Job schon?"

Der Alte beugte sich vor. „Ich erst seit einem Jahr. Das Fischen wurde zu beschwerlich." Er fasste sich an den Rücken und strich über seine Lendenwirbel. „Aber Cian ist schon fast zehn Jahre auf dem Turm."

Alejandra Jimenez schob das Aufnahmegerät etwas zu ihm herüber.

„Was habt ihr gestern auf dem Turm gesehen?"

„Eigentlich sitzen wir gar nicht oben auf dem Turm sondern im Gebäude darunter. Früher hat es Cian alleine gemacht. Aber seitdem die Flüchtlinge kommen", fuhr der ehemalige Fischer fort, „wurden die Posten aufgestockt."

Seit Jahren kämpfte Mallorca mit einer zunehmenden Anzahl illegaler Einwanderer. Flüchtlinge, vornehmlich des afrikanischen Kontinents. Sie kamen in kleinen Barken und riskierten lebensgefährliche Überfahrten. An den zahlreichen kleinen, zerklüfteten Buchten der mallorquinischen Steilküste ankerten sie ihre Boote und gingen im Schutze der Dunkelheit an Land. Die Zahl der Gestrandeten auf Mallorca war nicht annähernd so hoch wie auf den Kanaren, Lampedusa oder auf Sizilien. Dennoch sah insbesondere die nationalistische Partei Mallorcas akuten Handlungsbedarf zum Schutze der Mallorquinischen Grenzen.

„Ihr betreibt also nicht nur den Lichtschalter am Leuchtturm sondern ihr haltet nach Illegalen Ausschau?" Alejandra Jimenez wusste es, wollte aber eine Bestätigung.

Sie erinnerte sich an die politischen Debatten, als die Regierung der Balearen ein eigenes Programm zum Schutz gegen die illegale Einwanderung auf den Weg gebracht hatte. Tag und Nacht wurde seither die gesamte Küste systematisch mit modernsten Radarsystemen bewacht. Eine Flotte von acht Hubschraubern beobachtete die Insel aus der Luft. Fehlende Details lieferte ein Satellit. Alle vier Minuten sendete er Bilder der kleinsten Inselwinkel und der Küsten. Die Touristen merkten nichts von den Überwachungsmaßnahmen. Dennoch war Mallorca keine absolute Sicherheitszone und trotz ausgefeilter Überwachungssysteme gelang es immer wieder einigen Flüchtlingen, an Land zu gehen.

„Also?"

„Wir halten die Augen offen, damit sich keiner an die Küste schmuggelt. Der Leuchtturm am Cap dient als Signal für Boote. Aber wir können von da aus die Küste fast von San Jordi bis nach Cala Figuera überblicken, per Sicht oder auf dem Radar. In Sa Rapita sitzen die nächsten und beobachten ihren Abschnitt. Das gleiche gilt für die Leuchter von Cala Figuera."

Alejandra Jimenez war einmal dort gewesen. Die Südspitze der Insel, auf der sich der Leuchtturm befand, ragte dreiecksförmig sieben Kilometer ins Wasser. Diese exponierte Lage ermöglichte es, etliche Quadratkilometer mehr an Küstenstreifen und Wasser zu überblicken, als von einem geraden Küstenabschnitt.

„Wann habt ihr gestern euren Dienst begonnen?"

„So gegen siebzehn Uhr."

„Wie lange warst du da?"

„Wir haben jeden Abend Dienst bis gegen ein Uhr. Dann stellen wir das Radar- Gerät auf Auto- Pilot und fahren nach Hause."

„Gestern war es genau so?"

„Ja."

„Und", Alejandra Jimenez zog das Wort in die Länge und bedeutete mit der Hand, dass sie eine ausführlichere Antwort erwartete. „Was habt ihr gestern beobachtet?"

„Dasselbe wie immer", antwortete er lustlos. Als er die tiefe Falte sah, die sich auf Alejandra Jimenez Stirn bildete, begriff er, dass er etwas detaillierter berichten musste.

„Wir beobachten jeden Abend den Küstenabschnitt. Wir kennen da jeden Felsen und" er lächelte, „jede Welle. Außerhalb der Küstenzone ziehen die Frachtschiffe vorbei. Direkt vor unserer Nase fahren die Yachten. Wir kennen viele Schiffe genau. Manche haben so spezielle Merkmale, die erkenne ich auch bei größter Dunkelheit. Die Eigentümer bauen sich Dinge an Bord, die kein normales Schiff benötigt. Zum Beispiel das Boot von..."

„Uninteressant", wurde er barsch von Alejandra unterbrochen. „Mir ist es egal, wer extravagante Yachten zur Schau fährt, es sei denn, er ist gestern Nacht vorbeigeschippert und hat ein paar Drogen an Land geschmuggelt."

„Nein", der Mann schüttelte etwas verstört den Kopf.

„Gestern waren nur kleine Motorboote unterwegs. Ausflugsboote, die nach San Jordi zurück fahren. Ansonsten waren nur die Fischer auf dem Wasser."

„Die kennst Du wohl alle von Früher?"

„Nicht alle, ich komme aus Portopetro. Aber die meisten." Alejandra nahm einen Notizblock aus der Schublade und notierte die Namen der Fischer. So musste sie später nicht im Vernehmungsprotokoll danach suchen.

„Fahren immer die gleichen Fischer vor dem Leuchtturm?"

„In der Regel ja. Die Küste ist aufgeteilt. Das ist ein uraltes Abkommen, das keiner zu brechen wagt. Die vielversprechendsten Stellen für einen erfolgreichen Fang gibst du nicht Preis. Die geben die alten Fischer nur ihren Familien weiter."

Alejandra nickte. Einer ihrer Onkel war ebenfalls Fischer. Die Fischerfamilien aus dieser Gegend besaßen meist altertümliche Barken, die seit Generationen dem gleichen Clan gehörten. Kleine Lagerhäuser im Hafenbecken von Cala Figuera, dienten als Bootsunterstände. Dort wurde auch der Fang gesammelt und an die Abnehmer aus den anderen Regionen der Insel verkauft. Kleine Lieferwagen fuhren auf die Wochenmärkte oder lieferten direkt an die Käufer.

Der lokale Fischfang reichte nicht aus, um den gesamten Bedarf der Insel an Fisch zu decken. Aber es war ein wichtiger Wirtschaftszweig für die Mallorquiner. Ihr Onkel, glaubte sie, lebte von der Fischerei. Andere betreiben Verkaufsläden oder ein Fischrestaurant.

„Die Fischer waren auch gestern Abend da?"

„Genau. Ich habe ihre Mastleuchten gesehen. Wenn wir Dienst haben, fahren sie auf das Meer. Sie liegen dann die halbe Nacht in den Fanggründen. Wenn die Netze voll sind, werfen sie die Motoren an und fahren zurück an die Küste."

„Nach Cala Figuera?"

„Normalerweise ja. Wir haben aber auch schon auf dem Radar beobachtet, dass sie nach Caragol fahren."

Alejandra hob den Kopf. „Caragol?"

Die „platja des Caragol" war ein kleiner Strand. An vielen Tagen ein einsames Plätzchen, ab und an jedoch Ziel von Ausflugsschiffen, die ihre Gäste mit einem Besuch an einen der vermeintlich unentdeckten Traumstrände Mallorcas lockten.

„Einige Fischer fahren nach Caragol und machen am Strand fest. Sie schlafen dann ein paar Stunden und fahren morgens noch mal aus. Auf Garnelenfang, das ist lukrativ."

Der im Herzen noch Fischer gebliebene berichtete weiter vom Fischfang. Er hatte nichts Auffälliges in der gestrigen Nacht beobachtet. Alejandra war abgelenkt. Sie dachte an den kleinen Strand. Sie würde das Team dorthin schicken und nach Spuren suchen lassen. Den ganzen Küstenabschnitt zwischen dem Cap und San Jordi würden sie genauer beobachten müssen seit der gestrigen Nacht.

Denn genau dort hatte die Polizei den Kleinlaster mit dem Rauschgift gefunden. Er war einer der typischen Fischtransporter, den die Fischerfamilien zum Transport des Fangs nutzten. Nur dass dieser bis zur Ladekante voller Kisten gefüllt war, in denen kein Fisch lag. Es waren die typischen Styroporkisten, die üblicherweise für Fisch gebraucht werden. In einigen befanden sich jedoch kleine Tüten mit Heroin gefüllt. Der Transporter kam aus Richtung Colònia de Sant Jordi. Kurz vor dem Ortseingang von Ses Salines, in der Nähe der Tankstelle, war er von der

Straße abgekommen und umgekippt. Ein Anwohner hatte einen lauten Knall in der Ferne gehört und die Polizei alarmiert. Er dachte an betrunkene Touristen. Die Rettungskräfte fanden den Fahrer etwa hundert Meter entfernt hinter einer Steinmauer. Er war dort seinen Verletzungen erlegen. Erst nachdem sichergestellt war, dass der Fahrer bei dem Unfall verstorben war, es keinen Beifahrer gegeben hatte und keine Hilfeleistungen mehr notwendig waren, öffnete die Polizei den Laderaum des Transporters. Zunächst fanden sie nichts Ungewöhnliches. Ein Fischtransporter war mit Fischkisten beladen.

Sie hatten schon die Heckklappe geschlossen, als ein Beamter stutzig wurde. Die Kühlung des Lasters war ausgefallen, doch es war nicht der geringste Geruch von Fisch auszumachen. Beim Öffnen der Kisten staunten die Polizisten: Vor ihnen lag eines der größten Rauschgiftfunde Mallorcas. Nach und nach öffneten sie alle Kisten. Ausnahmslos waren alle mit kleinen Styroporchips gefüllt, zwischen denen kleine Beutel lagen.

Die herbeigerufenen Spezialisten aus Palma vermuteten sehr schnell, dass die Ladung in Caragol an Land gegangen war. So gut es ging, verfolgten sie die Spuren des Lasters bis an die Küste. Sie fanden Spuren in der Nähe des Strandes und immer wieder übereinstimmende Reifenspuren auf dem Weg in Richtung Ses Salines. Der Fahrer war einen Umweg über die Feldwege gefahren und hatte sich die Reifen ruiniert.

An der Todesursache gab es nichts zu deuteln. Der linke hintere Reifen war geplatzt, der Wagen dadurch ins Schleudern geraten und umgekippt. Es gab keine Anzeichen von Manipulation. Ein schlichter Unfall.

Alejandra entließ den alten Fischer und holte sich einen neuen Kaffee.

Dann vernahm sie den zweiten Leuchtturmwächter, was weitaus anstrengender verlief. Der Mann hatte sich nicht beruhigt und blieb wortkarg, selbst, als sie ihn drängte.

Alejandra hatte genug gehört. Sie würde auch auf andere Weise herausfinden, ob Fischer an dem Drogentransport beteiligt waren. Früher oder später würden die Schmuggler einen Fehler begehen. Dann würde die Policia zupacken.

Hamburg, 20. Mai 2013

8

An der Melodie seines Handys erkannte er, dass eine Bildnachricht eingegangen war. Ein paar Minuten später begann seine Pause. Marko Schirner schlenderte zum Gemeinschaftsraum der Angestellten. Seit zwei Jahren arbeitete er auf dem Flughafen in Hamburg. Die Stelle hatte ihm das Arbeitsamt vermittelt. Der Job auf dem Flughafen verhalf ihm zumindest zu einem geregelten Einkommen, das gerade ausreichte, um aus dem Loch, in dem er mit seinen alkoholabhängigen Eltern wohnte, auszuziehen. Nicht mehr und nicht weniger.

Eines Tages war plötzlich der Reisende da und sprach ihn an. Er, der in der Gepäckverladung arbeitete, müsse nur eine Tasche an der Kontrolle vorbeigehen lassen. Mehr nicht. Ihr Bild käme per Nachricht. Die Geldsumme, die er Marko dafür bot, war ungeheuer hoch. Für fünftausend Euro musste Marko normalerweise einige Monate arbeiten. Er könne es sich überlegen.

Marko überlegte nicht lange. Tagtäglich lud er für ein schmales Gehalt Taschen und Koffer aus den Flugzeugen. Auf einem kleinen Förderband rutschten die Gepäckstücke aus den Maschinen auf Gepäckwagen. Im Flughafengebäude wurden sie auf Förderbänder geladen und fuhren computergesteuert kilometerlange Strecken durch unterirdische Gänge des Flughafens zur nächsten Kontrollstation. Genau wie beim Abflug überprüfte ein Röntgengerät, ob unerlaubte Gegenstände transportiert wurden. War das Gepäck unauffällig, wurde es auf die Förderbänder der Ankunftshalle verteilt.

In Hamburg war es ein und dieselbe Mannschaft, die das Gepäck aus den Flugzeugen holte und auch dann im Terminal weiter verlud. Es war ein Leichtes, eine Reisetasche versehentlich nicht durch die Kontrolle zu schicken, sondern gleich auf die weiterführenden Förderbänder zu legen. Das Gepäck konnte immer wieder einmal „herunterfallen", schließlich waren Menschen im Einsatz. Anders als auf den meisten Flughäfen. Steuerten Roboter mittels Barcodes und Lichtschranken den Transport und überwachten Kameras die Durchfahrt der eindeutig identifizierten Gepäckstücke an den Röntgenstationen, waren Unregelmäßigkeiten bei der Kontrolle fast unmöglich. Beluden jedoch Menschen die Förderbänder, gab es Fehler. Diese Lücke sollte Marco ausnutzen.

Die Tasche müsse unversehrt auf ein Abholband gelegt werden. Er dürfe sie nicht öffnen, nichts entnehmen. Das läge ganz in seiner Verantwortung, hatte ihm der Fremde eingeschärft. Keine Tricks. Sein Gesichtsausdruck gab Marco zu verstehen, dass es sonst Schwierigkeiten gäbe.

„Geht klar", hatte Marko sich auf das Angebot eingelassen. So schnell würde er nicht an eine solche Summe kommen. Die Verlockung war einfach zu groß. Das Risiko, erwischt zu werden, hielt er für gering. Er würde die Tasche vom Gepäckwagen fallen lassen und dann auf das Verladeband zum Terminal legen. Wenn ihn einer darauf aufmerksam machte, hätte er eben die Kontrollstation vergessen, war in Gedanken gewesen. Doch wer sollte nachfragen? Dafür blieb keine Zeit. Nur wenige Minuten nach der Landung musste das Gepäck in der Abholhalle sein. Die Verlader standen unter Druck. Jedes Jahr wurden Serviceranglisten der Flughäfen veröffentlicht. Dazu gehörte auch die Gepäckbeförderung. Schnell und ohne Verluste musste sie sein. Falsch verfrachtete Gepäckstücke führten nur zu ärgerlichen Verzögerungen und hohen Kosten für die Fluggesellschaften.

Kein Risiko für Marko. Nachdem er sich einverstanden zeigte, gab ihm der Mann ein Handy.

„Wir schicken dir eine Nachricht. Wenn du bereit bist, antworte mit O.K."

Jetzt saß Marko auf einem hölzernen Stuhl im Aufenthaltsraum und öffnete die Bildnachricht, welche ihm vor ein paar Minuten gesendet worden war. Ein Foto und einen kurzer Text. Auf dem Display war eine Reisetasche abgebildet. Schwarz. Unauffällig. Am Reisverschluss einer Seitentasche baumelte ein knalloranges Känguru aus dickem Filz. Das Erkennungszeichen. Mit dem Känguru sah die Tasche aus, als gehöre sie einem jungen Australier auf Europatour. Unspektakulär. Der Text unter dem Bild enthielt nur eine Buchstabenkombination und eine fünfstellige Zahl. Bei den ersten Stellen handelte es sich um die Flugnummer. Zwei Buchstaben, vier Zahlen. Wie einfach es doch war, dachte er. Wie genial einfach, ihm mit dieser kurzen Nachricht einen ganzen Auftrag zu senden.

Die letzte Ziffer des Codes gab den Wochentag an. Die vier stand für den Donnerstag. In zwei Tagen also. Marko suchte in seiner Jackentasche nach einem Schokoriegel, den er sich mitgebracht hatte. Er biss hinein und zerkaute die süße Masse. Einfacher Job.

Bevor er sich auf den Weg zurück in die Gepäckabfertigung machte, ging er noch in die Ankunftshalle. Normalerweise durfte das Bodenpersonal aus dem hinteren Terminalbereich die Schutzzonen nicht verlassen. Doch Marko kannte das Gelände des Flughafens gut. Er benutzte einen Passagieraufzug und erreichte den Ankunftsterminal. Auf der Anzeigetafel suchte er die gesendete Flugnummer. Er wollte vorbereitet sein. Es war ein Spätflug einer Billig-Airline aus Palma de Mallorca. Kurz vor Mitternacht sollte die Maschine landen, eines der letzten Flüge, bevor das Nachtflugverbot einsetzte.

Der Mann mit dem Handy hatte sich ebenfalls gut vorbereitet. Am Donnerstag hatte Marko Spätschicht.

Jetzt, wo es losging, war er richtig erpicht darauf, die Aufgabe zu erfüllen. Es wurde plötzlich zu einem spannenden Spiel, ein Nervenkitzel. Er spürte seinen Puls, wie Früher als Jugendlicher, beim Betreten einer Spielbank. Spielen, Gewinn einstreichen, abhauen und sich nicht erwischen lassen. Er würde sich nicht erwischen lassen, würde locker das Geld erhalten. Er sendete das O. K. an die vorgegebene Nummer. Er war bereit.

Mallorca, Can Pastilla, 22. Mai 2013

9

Jamal wartete auf den beleibten Kurier in einer Bar in Can Pastilla, einem Küstenort in unmittelbarer Nähe des Flughafens von Palma. Das Dröhnen der Flieger übertönte die ständige Geräuschkulisse der Partytouristen.

Er beobachtete durch das Fenster der Bar, wie der Spanier seinen Mietwagen ein paar Meter entfernt parkte. Wie angewiesen. In den Parkhäusern oder auf den Freiluftparkplätzen des Flughafens konnte er den Wagen nicht abstellen. Jedes Kennzeichen, jedes Fahrzeug wurde bei Ein- und Ausfahrt abgelichtet und die Daten gespeichert.

Kaum saß der Kurier an dem schäbigen Bartisch, schob Jamal ihm das Flugticket herüber.

„Das ist alles?" echauffierte sich der Kurier. „Ich will endlich wissen, wann wir hier fertig sind und unser Geld bekommen. Ich will Bares und nicht immer nur Worte und Nachrichten." Er bäumte sich auf. „Ich riskiere hier nicht meinen Kopf für einen Händedruck. Dafür ist der Einsatz zu hoch."

Er ließ Jamal keine Gelegenheit, sich zu erklären. „Ich will mein Geld!" Jamal atmete langsam aus. Fast tat er ihm leid. Er würde niemals Geld erhalten.

„Nach diesem Auftrag", log Jamal.

Einen Moment schien es so, als wolle der Mann Jamal drohen, dann wandte er sich resigniert ab und verließ mit dem Ticket in der Hand die Bar.

Jamal zahlte und trat vor die Bar. Langsam schlenderte er zum Strand, ging ein paar hundert Meter an der Promenade entlang. Der breit ausgebaute Gehweg, direkt am Sandstrand führte von Can Pastilla, die gesamte Platja de Palma entlang bis s`Arenal, der Hochburg des Massentourismus der Insel. Jamal blieb stehen und sah auf das Meer. Die Küste hier gefiel ihm. Auch wenn es laut und zugebaut war. Er hatte gehört, dass die balearische Regierung viel Geld investierte, um das Erscheinungsbild dieses langen Strandabschnittes der Insel zu verbessern. Sie versuchten mit mäßigem Erfolg, die hässliche Kulisse der Hotelhochhäuser, in deren Erdgeschossen Bars, Restaurants, Grillbuden, Diskotheken und Nachtklubs um

Partygäste buhlten, durch kilometerlange, gepflegte Palmenbepflanzung und modern designte, aluminiumfarbene Bars, die Balnearios, zu verdecken.

Jamal beobachtete die Menschen am Strand. Er betrachtete in erster Linie die Frauen, die in Bikinis, oftmals sogar ohne Oberteil am Strand lagen. In seiner Heimat war das verpönt. Keine Frau zeigte sich so in der Öffentlichkeit.

Er hatte sich niemals an eine Frau gebunden, auch wenn er es Selena versprochen hatte. Er war einfach abgereist. Selena, seine strenggläubige, muslimische Studienfreundin, die er so enttäuscht hatte. Er sah nochmals zu einer Gruppe junger, halbnackter Frauen. Wie schwer es Selena gefallen war, sich vor ihm zu entkleiden. Wie sie gezögert hatte, als er nicht nachließ, als ahnte sie, dass er sie verlassen würde, zurücklassen, als Befleckte, Entehrte. Er verdrängte den Gedanken. Er war jetzt hier, hatte einen Auftrag und tausend Möglichkeiten.

Sollte er eine ansprechen?

Er wusste, dass es nicht ging. Noch nicht. Noch ein paar Wochen, dann war alles abgewickelt. Vielleicht würde er sich hier auf der Insel niederlassen, ein Haus kaufen und das Leben genießen.

Er ging weiter und hielt an einer deutschen Würstchenbude. Er bestellte eine Bratwurst mit Curryketchup in dem er mit dem Finger auf die plastifizierte Menükarte zeigte. Dazu trank er ein Bier. Hielt sich nicht an muslimische Abstinenzregeln. Der Alkohol entspannte ihn. Er leerte das Glas noch bevor die Blonde ihm die Wurst über die Theke reichte.

„Mas ketchup?"

Er nickte, ertränkte die Wurst in der Soße und genoss sein Essen im Stehen. Nach dem zweiten Bier zahlte er wortlos, wartete nicht auf das Restgeld sondern schlenderte langsam zurück zu seinem Wagen. Die ausgelassene Stimmung der Strandurlauber sprang auf ihn über, vom Bier leicht angeheitert fühlte er sich beschwingt, als er am Auto ankam. Der leere Mietwagen des Kuriers parkte immer noch in einiger Entfernung in der Seitenstraße.

Eine knappe Stunde später fuhr der Kurier mit einem Taxi zum Flughafen. Er ging direkt zum Eincheck- Schalter. Vor ihm lärmte eine Gruppe deutscher Touristen, Männer, die eine Gruppenreise unternahmen. Sie trugen dieselben grauen Filzhüte und T- Shirts mit der Aufschrift

„Abschleppdienst". Offensichtlich hatten sie eine Menge Alkohol getrunken und versuchten lautstark, die jungen Frauen vom Bodenpersonal mit anzüglichen Bemerkungen zu provozieren.

„Por Hamburgo?"

Er war an der Reihe, schob der Dame am Schalter den Zettel mit seiner Reservierungsnummer für den Flug hin und stellte seine Tasche auf das Gepäckband.

„Pasaporte por favor."

Die junge Frau streckte die Hand aus und klapperte mit ihren künstlichen Fingernägeln. Er reichte ihr seinen Pass. Sie tippte schnell auf ihrer Tastatur. Mit geübten Griffen zog sie den Gepäckaufkleber aus dem Drucker und befestigte ihn an den Henkeln der Tasche. Als die Tasche über das Transportband verschwand, erhielt er seine Bordkarte. Mit einem unterkühlten „Bon viaje" beschloss die Dame das Einchecken und winkte schon den nächsten Passagier heran.

Als er die Handgepäckkontrolle passierte, erreichte seine Tasche gerade das Ende des Gepäckbandes und den Röntgenschacht. Durch eine Unachtsamkeit eines der

Arbeiter fiel die dunkelblaue Tasche vom Band bevor sie durch den Kontrollschacht gleiten konnte. Schnell hob der Mann sie auf und schmiss sie mit einem Schwung direkt auf den Gepäckwagen, der die Koffer zum Flugzeug befördern würde.

Es war ein später Abendflug an diesem Donnerstag.

In Hamburg benötigte er keine Passkontrolle. Ohne Verzögerung machte er sich auf den Weg zum Gepäckband. Schnell die Tasche abholen und das Flughafengebäude verlassen. Als er sie auf dem Gepäckband sah, wusste er, dass alles glatt gelaufen war.

Der Bus brachte ihn in die Innenstadt. Wie es ihm sein Einsatzplan vorschrieb, fuhr er mit der U- Bahn fuhr weiter nach Fuhlsbüttel. In einem kleinen Schuppen eines unbebauten Grundstücks setzte er die blaue Tasche ab. Es interessierte ihn nicht, wer sie abholen würde. Er entfernte den Anhänger und steckte ihn in seine Jacke. Alle Taschen, die er bisher transportiert hatte, besaßen die gleichen bunten Anhänger. Er würde ihn wie vereinbart an seinem bärtigen Auftraggeber auf Mallorca aushändigen.

Die U- Bahn hatte nach Mitternacht ihren Betrieb eingestellt. Er musste zu Fuß zurück. Die Handy-Navigation lotste ihn in den Hafen.

Er lief fast zwei Stunden bis in die Speicherstadt. Am Fischmarkt fand er einen Imbiss. Es war mittlerweile fünf Uhr morgens. Er wollte zum Bahnhof, denn er wusste, dass ihn von dort ein Zug zum Flughafen bringen würde. Um zehn Uhr fünf flog er nach Palma de Mallorca zurück. Auftrag ausgeführt. Im Flugzeug schlief er sofort ein. Vorher dachte er noch kurz an das Geld, das er erhalten würde. Ein leicht verdientes Vermögen.

Hamburg, 22. Mai 2013

10

Am Donnerstag, kurz vor Mitternacht luden sie das Gepäck aus dem vollbesetzten Ferienflieger. Marko hatte die Tasche sofort im Blick. Das Känguru hing kopfüber am seitlichen Reisverschluss. Noch ließ er die Tasche das Band herunterfahren, später, im Gebäude, würde er darauf achten, sie selber vom Gepäckwagen zu heben. Unbemerkt. Die Kollegen waren müde. Noch zwei Maschinen bis zum Feierabend nach einer langen Schicht. Keiner sah, wie Marko die Tasche hochhob, sich umdrehte, zwei Schritte tat und sie dann für das Abholband freigab. Die Tasche fuhr ungehindert ihrem Empfänger entgegen. Ein paar Sekunden, und alles erledigt. Ein Kinderspiel. Seine Kollegen und er waren allein für die Sicherheitskontrolle der Gepäckstücke verantwortlich. Keiner beobachtete ihr Handeln, es gab keine Kameras im Gepäckraum.

Nach einer halben Stunde empfing er eine weitere Bildnachricht. Ein Foto des Briefkastens an seiner Haustür. Einige Sekunden dachte er an eine Falle. Zuhause fand er im Briefkasten einen Umschlag mit dem Geld. Fünftausend Euro in Fünfzigern. Lange noch lag er an diesem Abend wach in seinem Bett, den Umschlag auf dem Bauch, die Hände darüber verschränkt. Er hoffte auf einen weiteren Auftrag.

Mallorca, Palma 23. Mai 2013

11

„Senor?"

Alejandra Jimenez war mit einem leisen Klopfen in das Büro ihres Vorgesetzten getreten. De San Gil gab sich keine Mühe, von den Schriftstücken aufzuschauen die über seinen Schreibtisch verteilt waren.

„Senor?"

„Que?" Kam es scharf zurück. Nur die Lippen des Polizeipräsidenten bewegten sich für einen kurzen Moment.

„Die Satellitenbilder sind da."

„Von den Illegalen?" De San Gil sah auf.

„Von den Drogentransporten."

De San Gil zog die Nase hoch. Verärgert schob er seine Unterlagen beiseite und klopfte auf die leere Stelle auf der Tischplatte. „Auf die Drogendealer kann ich verzichten. Mir reichen die Illegalen. Gibt es schon einen Bericht?"

„Nein. Ich habe keinen Zugriff auf die Bilder. Ich konnte sie noch nicht anschauen."

„Wieso?"

„Ohne Passwort kann ich die Datei nicht öffnen. Mir wurde aus Madrid kein Passwort zugeteilt. Nur Sie können zugreifen."

De San Gil nickte geschmeichelt und strich über seinen untrainierten Bauch.

„Die Bilder sind als E-Mail- Attachement an eine Nachricht vom Innenministerium geheftet. Gleichzeitig müssten Sie ein Passwort per Kurier erhalten haben."

De San Gil zog einen Umschlag aus dem Poststapel.

„Es kam heute mit persönlicher Post. Ich habe mich schon gefragt, welcher Witzbold mir ohne Mitteilung ein Passwort sendet."

Er rückte seinen überdimensionierten Laptop in die Mitte des Schreibtisches, hämmerte auf der Tastatur herum und suchte nach der E-Mail. Üblicherweise tat er so, als könne er mit der Technik nicht umgehen, doch Alejandra wusste es besser. Vertrauliche Nachrichten und Informationen bearbeitete er immer selbst. Damit war er hauptsächlich beschäftigt. Um den Rest kümmerte sich sein völlig überflüssiges, überbesetztes Sekretariat, das er niemals gegen eine einzige effiziente Kraft austauschen würde. Die Beschäftigung eines großen Sekretariats bestätigte seine Machtposition. Darauf kam es schließlich an.

Die E-Mail enthielt das Bildmaterial des angeforderten Tages. Mittels Passwort öffnete de San Gil die Datei im Anhang. Automatisch lief ein kleines Programm ab und lud die Bilder auf seinen Rechner. Es dauerte keine zwanzig Sekunden, dann war die umfangreiche Datei vollständig auf dem Rechner gespeichert.

„Das ist ein absoluter Hochleistungsrechner", bemerkte Alejandra.

De San Gil überhörte es und klickte den ersten Ordner an. Wie bei einem Schwarz- Weiß- Film liefen die Bilder des Abends, an dem der Lastwagen mit dem Heroin bei Ses Salines gefunden wurde, auf seinem Bildschirm ab.

„Sehen Sie sich das mit an." Er winkte sie zu sich um den Schreibtisch herum. Alejandra zögerte etwas und kam dann langsam auf die andere Seite des Tisches. Sie blieb bei de San Gil lieber auf Distanz. Auf dem Bildschirm flimmerte ein grün- gräuliches Bild. Das Flimmern entstand durch die Wellenbewegung des Meeres. Der Küstenstreifen vor Ses Salines bis hin zur Cala Figuera war deutlich als schwarzer Block zu erkennen, der sich am unteren Bildrand entlang zog. Minutenlang sahen die beiden auf den Bildschirm. Es war immer das gleiche Bild. Schwarzes Land und flimmernde, dunkelgraue See.

„Wie lange geht der Film", fragte de San Gil.

„Er ist in Echtzeit aufgenommen", antwortete Alejandra. „Es dauert also zwölf oder vierzehn Stunden. Das entspricht dem Zeitraum, den wir angefordert haben."

„Sollen wir hier bis tief in die Nacht sitzen und hoffen, dass die Schmuggler in die Aufnahme winken?" Er schmiss sich in die Rückenlehne seines Sessels. „Was denken sich die Idioten in Madrid? Ich wollte eine Analyse der Bilder. Keinen Stummfilm." De San Gil rollte mit dem Cursor über die Liste er übrigen Anhänge.

„Diese Faulpelze, schicken uns ungefiltertes Material." De San Gil war sauer. Er schlug die flache Hand auf den Tisch.

„Wir haben diese Idioten beauftragt, uns Material zu senden, damit wir die Sicherheit der Insel gewährleisten können. Wir brauchen Erkenntnisse, keine Rohdaten. Ich werde im Ministerium anrufen. Ich habe Kontakte", plusterte er sich auf.

„Senor, erteilen Sie mir Zugriff auf die Daten und wir sehen uns die Daten im Zeitraffer an. Sollten Menschen auftauchen, erscheinen sie durch die Infrarotaufnahmen farbig und wir filtern sie heraus."

„Wie wollen Sie das anstellen?" De San Gil verbarg seine Skepsis nicht.

„Es überwachen mehrere Satteliten die Küsten der Insel. Die Küste von Ses Salines wird mittels Wärmebild erfasst. Wir können genaue Konturen der Personen zeichnen und ein Bewegungsprofil jeder erfassten Person erstellen. Im Abgleich mit anderen biometrischen Aufzeichnungen könnten wir die Person sogar identifizieren."

„Sie meinen die Bilder der Infrarotkameras und biometrischen Scanner vom Flughafen?"

„Ja, und die der Touristenattraktionen."

„Erkennen ja, aber nicht identifizieren!"

„Doch Senor. Die Bilder werden seit einiger Zeit mit den Daten der Satteliten zusammengeführt. Alle Ergebnisse, die ein und dieselbe Person betreffen, werden automatisch isoliert und in einer eigenen Personendatei zusammengestellt."

„Liefert die Datei Bilder oder nur ein Bewegungsprofil?"

„Bilder. Ständig aktualisiert. Wenn Sie die Bilder über einen längeren Zeitraum betrachten können Sie sogar ablesen, ob die Person Faltencreme benutzt und ob sie wirkt."

Alejandra hatte während sie sprach de San Gil nicht aus den Augen gelassen. Der saß immer noch zurückgelehnt in seinem Schreibtischsessel. Er fuhr sich mit der Hand durch sein Gesicht.

„Manchmal frage ich mich, ob es überhaupt zulässig ist, dass wir die Insel in dem Maße überwachen. Wenn die Touristen wüssten, dass sie so unter Beobachtung stehen, würden sie wohl nicht in solchen Scharen einfliegen."

Alejandra hob die Schultern. „Die Systeme sind nicht nur bei uns in diesem Umfang im Einsatz, Senor. Wir müssen verhindern, dass illegale Einwanderer hier stranden und dass wir keinem mit internationalem Haftbefehl Unterschlupf gewähren."

„Wenn alles so hochautomatisiert ist, wieso haben uns die Madrider Behörden dann keine ausgewerteten Daten geschickt, sondern überlassen uns jetzt die Detailarbeit?" Wieder zog er die Nase hoch.

Alejandra klärte ihn auf. „Es gibt an der Küste von Ses Salines und auch in der Umgebung, in der wir den Lastwagen gefunden haben, keinen biometrischen Scanner. Da der Leuchtturm nicht öffentlich zugänglich ist, haben wir auch dort keine Datenerfassung. Außerdem wissen wir nicht, nach welcher Person oder Personen wir suchen. Wir könnten zwar alle Personen, die an der Tankstelle zwischen Ses Salines und Colonia de San Jordi getankt haben, in Augenschein nehmen. Ich bezweifle aber, dass wir damit erfolgreich sein werden.

Bleiben nur die Satellitenbilder um herauszufinden, wer die Drogen an Land gebracht hat. Ich hoffe nur, dass das Heroin nicht schon über einen längeren Zeitraum irgendwo an der Küste gelagert wurde. Dann nützen uns die Bilder

der angeforderten Nacht auch nichts. In diesem Fall müssten wir über Wochen die Personenbewegungen an der Küste zurückverfolgen. Das würde die Ermittlungen sehr verzögern."

De San Gil entgegnete nichts und sah sie an. Sie mochte es nicht, wie er sie betrachtete.

„Ich schicke Ihnen die Dateien unverschlüsselt per Mail. Sie haben vollen Zugriff. Wie lange dauert es, bis wir Ergebnisse haben?"

„Der Zeitraffer braucht wahrscheinlich zwei Stunden, um das Material durchlaufen zu lassen. Dann vergleichen wir das Ergebnis mit den Dateien der biometrischen Scanner. Rechnen Sie nicht mit konkreten Analysen vor heute Abend."

De San Gil nickte. „Hoffentlich kommt niemand auf die Idee, heute, tagsüber nochmals Drogen an Land zu schmuggeln." De San Gil klopfte wieder auf die Tischplatte. Ungeduldig stand er auf, stellte sich sehr dicht neben sie und wies ihr mit der Hand den Weg nach draußen. „Vamonos companera." *Wenn er mir an den Hintern fasst, sind seine Eier gequirlt.*

Doch de San Gil hatte andere Sorgen.

Düsseldorf, 11. Juni 2013

12

Auch nach seiner Rückkehr aus dem Urlaub hatte Max Julia nicht mehr angerufen. Ihr letztes Treffen war ein Reinfall gewesen. Irgendwie war der Funke nicht übergesprungen. Letztlich war sie nur eine dieser verwöhnten Mädchen mit Musterlebenslauf. Ihn langweilte dieser Frauentyp. Plötzlich dachte er an Kim. Kim war anders. Das Leben hatte sie nicht verwöhnt. Sie gehörte zu denjenigen, die hart um ihren Lebensunterhalt kämpften. Das reizte ihn an ihr.

Mit einem Becher heißen Kaffee setzte er sich an den Schreibtisch und begann mit dem Querlesen eines großen Aktenstapels aus einem umfangreichen Verfahren. Gegen Mittag hatte er die Hälfte der Akten durchgearbeitet, als ein paar Kollegen an seiner Tür vorbei schlenderten.

„Essenszeit!" Einer der Männer steckte den Kopf in sein Büro.

Max winkte ab.

„In einer Stunde, ich möchte vorher noch ein oder zwei von diesen hier lesen." Max klopfe auf die Aktendeckel.

Sein Kollege schüttelte den Kopf: „Dem Mann ist nicht zu helfen."

Max schnitt eine Grimasse und wandte sich wieder seinen Akten zu. Als er später in die Kantine kam, saßen noch alle beim Kaffee. Max aß schweigend einen Salat. Er dachte wieder an Kim.

Seit über zwei Monaten hatte er sie nicht mehr gesehen, noch vor seiner Reise in die Karibik. Sie war enttäuscht gewesen, dass er sie nicht mitgenommen hatte. Er hatte sie zuletzt nur noch getroffen, um mit ihr ins Bett zu gehen. Dabei war sie eigentlich gar nicht so übel. Vielleicht konnten sie heute Abend etwas Zeit gemeinsam verbringen. Er hatte plötzlich Spaß an dem Gedanken, Kim zu sehen, sie zu spüren. Max stand auf und ging in sein Büro. Er wählte Kims Nummer, doch sie ging nicht an ihr Handy. Der Teilnehmer war nicht erreichbar. Lustlos blätterte er weiter in seinen Akten. In regelmäßigen Abständen rief er bei Kim an. Erfolglos.

Kurz vor vier machte er Feierabend. Er wollte Kim überraschen und er hoffte, sie würde sich über seinen Besuch freuen. Kims Wohnung lag in der Nähe seines Hauses und mit zwei Flaschen Rotwein in der Hand ging er am frühen Abend zu Fuß.

An ihrer Tür angekommen stutzte er. Kims Name stand nicht mehr an der Klingel. Er war ersetzt durch einen provisorisch angebrachten Zettel, auf dem zwei Namen standen. Umgezogen? Er hatte ihr gar nicht zugetraut umzuziehen, ohne ein Wort darüber zu verlieren. War sie so sauer auf ihn? Automatisch drückte er den Klingelknopf. Die Frau, die ihm öffnete, war nicht Kim.

„Hi, ist Kim zuhause? Ich wollte zu ihr." Die Frau starrte Max verständnislos an. Sie hielt ein Baby auf dem Arm.

„Kim? Hier gibt es keine Kim." Sie wirkte irritiert und wollte die Tür zuschlagen.

„Kim Weiß", entgegnete Max. „Sie wohnt hier." Die Frau erschrak.

„Ach", sie riss die Augen auf wie ein scheues Reh. „Sie meinen die Frau, die hier gewohnt hat?" Sie bewegte sich einen Schritt zurück in die Wohnung, als suche sie Schutz und ihre Stimme versagte fast: „Die, die ermordet wurde?"

„Nein, die hier wohnt." Max lachte und hob das Kinn. „Die ist nicht ermordet worden, das wüsste ich. Also, was ist? Ist Kim sauer auf mich und versteckt sich?" Er tat so, als wolle er in die Wohnung.

Die Mine der Frau verfinsterte sich, sie wirkte misstrauisch. Doch als sie Max in die Augen sah, verwandelte sich das Misstrauen in Mitleid. „Sie wissen es nicht, habe ich Recht?" Sie senkte die Augen. „Es stimmt leider. Es stand doch tagelang in der Zeitung. Konnte man gar nicht übersehen. Haben sie es denn nicht mitgekriegt?" Sie schüttelte den Kopf.

Max Gedanken kreisten. Er spähte durch die geöffnete Wohnungstür und erkannte, dass die Wohnung völlig renoviert wurde. Der Fußboden im Flur war herausgerissen. Es roch nach Farbe.

Sein Instinkt verriet ihm, dass die Frau die Wahrheit sagte. Er war wie vor den Kopf geschlagen. „Was ist passiert?"

„Ich habe keine Ahnung", antwortete die Frau. „Es hieß, hier in der Wohnung. Sie wurde hier umgebracht. Zuerst wollte ich nicht einziehen, aber mein Mann hat gemeint, so eine schöne Wohnung zu dem Preis gäbe es so schnell nicht wieder zu mieten." Sie sah Max an und erkannte auf einmal seinen Schock. Das Baby begann zu weinen. „Es tut mir leid", flüsterte sie. Dann entschuldigte sie sich, ging in die Wohnung und schloss die Tür. Max hörte, wie sie von Innen den Schlüssel herumdrehte.

Max war fassungslos. Es dauerte einige Sekunden, bis er sich bewegte. Er setzte sich auf den Treppenabsatz und stützte den Kopf in die Hände. Leere kroch in seinen Körper.

Fast zwei Jahre war es her, als er Kim kennen lernte. Gesehen hatte er sie zum ersten Mal bei Giovanni in der Eisdiele. Max trank einen Espresso im Stehen an der Bar als Kim auf Inlinenern hereinfuhr und sich ein Eis in der Waffel bestellte.

Noch bevor sie ihr Wechselgeld erhalten hatte probierte sie das Eis und sah Max dabei an. Sie hatte nur zufällig herübergeschaut, doch der Anblick ihrer stahlblauen

Augen traf Max wie ein Kugelblitz. Er hatte selten so leuchtend blaue Augen bei einer Frau gesehen. Die Wimpern hatte sie zudem noch mit kobaltblauem Maskara getuscht, so dass die Augen noch auffälliger betont wurden. Obwohl sie mehr als einen Meter von ihm entfernt stand und auch keine Anstalten machte, ihn weiter zu beachten, war Max von ihrer Erscheinung berührt. Sie trug eine enge schwarze Sporthose und ein graues Sweatshirt mit Kapuze. Die Hose betonte Kims sportliche, durchtrainierte Beine und einen etwas groß geratenen, ebenfalls trainierten Po. Die blonden Haare hatte sie mit einem bunten Haarband hochgebunden. Sie erinnerte Max an Models auf Plakaten der Fitnesswerbung. Kim steckte das Geld ein, lächelte noch einmal kurz, drehte sich um und rollte auf ihren Inlinenern mit dem Eis davon.

Giovanni und Max blickten ihr nach und sahen noch einige Sekunden zur leeren Tür. Giovanni kratzte sich am Hinterkopf. „Wow", kommentierte er das Gesehene. Max stimmte zu. Bei den Frauen waren sie sich einig.

Zwei Wochen später sah Max sie im Supermarkt in der Nähe seiner Wohnung. Ihr Blick hatte den gleichen Effekt wie bei Giovanni in der Eisdiele. Doch diesmal war sie in

Max Augen noch aufreizender angezogen. Sie trug ein weißes Shirt, eine sehr kurze Radlerhose und Turnschuhe. Mit den Inlinenern hatte sie größer gewirkt. Die kurze Hose bedeckte nur knapp ihr pralles Hinterteil und Max konnte nicht umhin, es unentwegt anzustarren. Kim hatte Max nicht bemerkt. Offenbar kam sie vom Sport. Ihre Stirn glänzte leicht verschwitzt und das Hemd klebte an ihrem Oberkörper. Sie hatte keine Einkaufstasche dabei und stapelte gerade zwei Liter Milch und zwei Sorten Frischkäse auf ihrem linken Arm. Der Versuch, noch eine Viererpackung Joghurt dazuzustellen, schlug fast fehl. Der Stapel schwankte. Max preschte nach vorn.

„Ich helfe dir!" Dabei stützte er die Joghurtbecher etwas ab, damit sie nicht herunterfielen. „Wir haben uns neulich in der Eisdiele getroffen." Kim sah ihn an. Wieder dieses Blau, dachte Max.

Kim kniff die Augen zusammen, als würde sie nachdenken. „Haben wir? In der Eisdiele? Möglich, danke, aber ich komme schon klar." Sie murmelte noch ein paar unzusammenhängende Worte und sah wieder auf das Käseregal. Als sie sich abwendete und Richtung Kasse gehen wollte, stellte Max sich ihr in den Weg.

„Ich kenne ein gutes Restaurant hier in der Nähe. Nur Milch, Käse und Joghurt ist etwas eintönig." Er zeigte auf ihre Einkäufe. „Mehr passt auch nicht auf den Arm."

Kim sah ihn verwundert an. „War das eine Einladung?"

Max nickte und lächelte so freundlich er konnte.

„Ich verspreche, es wird ein netter Abend." Er neigte den Kopf nach rechts, hob die Augenbrauen und versuchte, sie so charmant wie möglich anzusehen.

„Also gut", stimmte Kim zu. „Aber ich muss mich noch umziehen. So in einer Stunde?"

„Kennst Du das Fellini?" Kim bejahte.

„In einer Stunde bin ich da."

Die Trattoria Fellini war im Hafenviertel, in dem Kim und Max wohnten, bekannt für ihre originellen Salate und die wagenradgrossen Pizzen. Kim war pünktlich. Max empfing sie an der kleinen Bar des überfüllten Restaurants.

„Hallo. Unser Tisch ist noch nicht frei. Wir können hier an der Bar gemütlich den Abend starten."

Max deutete auf einen Barhocker und musterte Kim unverblümt.

Die knappe Stunde hatte Kim genutzt, um ihre blonden Haare zu einem Dutt aufzutürmen. Eine Strähne hatte sich bereits gelöst, die sie jetzt immer wieder aus dem Gesicht strich. Sie hatte ein schwarzes, ärmelloses Etuikleid aus einem elastischen Stoff gewählt, was für ein Essen bei Fellini definitiv overdressed war. Max gefiel es, denn das Kleid war sehr figurbetont. Außerdem war es tief ausgeschnitten und bot eine ungetrübte Sicht auf Kims Dekolletee, das zu seinem Bedauern nicht das Format ihres Pos hatte. Kim hatte muskulöse Beine, die beim Laufen etwas schlaksig waren und ihren Gang männlich wirken ließen. Ihre Füße waren für ihre Körpergröße sehr groß und ihre dunkelrot lackierten Fußnägel ragten etwas zu weit aus den hochhackigen Sandaletten. An der linken Fessel hatte sie ein kleines Tattoo.

Kims natürliche Art bewahrte sie davor, billig zu wirken.

Kim setzte sich auf einen Barhocker und legte ihre Handtasche auf den Tresen.

Dann streckte sie Max die Hand entgegen. „Bevor wir starten, stelle ich mich mal vor. Ich bin Kim Weiß." Sie lächelte und zog die Augenbrauen nach oben.

„Max." Er nahm ihre Hand und schüttelte sie mit fest. Dabei sah er ihr in die Augen und war erneut von deren blauem Strahlen begeistert. Sie plauderten locker und zwanglos über Belanglosigkeiten und es machte beiden Spaß. Irgendwann begannen sie, über Berufe zu scherzen.

„Ich bin Staatsanwalt. Und was machst Du so, Kim Weiß?"

„Ich arbeite am Flughafen. In der Gepäcksicherheit."

„Ok- wenn ich demnächst heiße Ware schmuggeln will, muss ich mich also mit Dir anfreunden, damit Du meinen Koffer durchlässt."

Kim winkte ab. „Vergiss es. An mir kommt keiner vorbei."

„War nur ein Scherz. Was macht man denn so in der Gepäcksicherheit?" Max rückte ein wenig näher. „Ich bestelle noch etwas zu Trinken. Für dich?"

„Apfelschorle." Kim schlug die Beine übereinander, was dazu führte, dass ihr Kleid noch höher rutschte. Max zwang sich, nicht mehr hinzusehen und bestellte eine Schorle und einen Weißburgunder.

Dann hakte er nach und fragte Kims Job am Flughafen.

„Ich bin in meinem Abschnitt dafür zuständig, dass das transportierte Gepäck sauber ist. Keine Waffen, keine

Drogen, keine Lebensmittel, keine Sprengstoffe, keine Tiere."

„Ich dachte immer, das macht der Zoll?" wunderte sich Max.

„Bei der Einfuhr ja. Wenn wir rausfliegen, kommt es auf die Sicherheit an Bord an. Illegales darf natürlich auch nicht transportiert werden und Waffen sowieso nicht. Deswegen scannen wir die Gepäckstücke ja auch. Aber ich mache manchmal auch die Einfuhr. Je nach Schicht. Da überwache ich die Arbeiter an den Gepäckwagen und den Gepäckbändern."

Max zeigte auf ihren Oberarm. „Die Muckis sind also vom Koffertragen?" Kim zog sofort den Arm zurück. Sie runzelte die Stirn, antwortete dann aber ruhig. „Nee, vom Fitnessstudio."

Noch bevor sie die Unterhaltung über Kims tägliches Fitnessprogramm fortsetzen konnten, wurde ihr Tisch frei.

Max erinnerte sich an einen fröhlichen Abend, an Kims ungezwungene, etwas raue Art. Sie hatte eine zuweilen derbe Ausdrucksweise, die wohl von ihrer Arbeit herrührte. Sie hatten während des Essens viel gelacht und anschließend noch etliche Caipirinhas im Cubana getrunken. Max war ein Draufgänger und sobald er merkte, dass eine Frau ihm zugeneigt war, nutzte er seine Chance. Kim machte ebenfalls keinen Hehl daraus, dass sie scharf auf ihn war. Auf dem Heimweg vom Cubana fielen sie schon in seinem Hauseingang fast übereinander her. Später wunderte sich Max, wie sie es noch bis in sein Bett geschafft hatten.

Kims Körper war vom vielen Sport äußerst durchtrainiert und sie hatte eine unerschöpfliche Ausdauer beim Sex. Sie war dominant und trieb Max an seine körperlichen Grenzen. Max genoss es.

Weil Kims Wohnung nicht weit von seiner entfernt war, kam sie regelmäßig nach ihrer Spätschicht mitten in der

Nacht noch vorbei und raubte Max den Schlaf. Es waren die intensivsten Nächte die Max seit langem erlebt hatte.

Kim war geradeheraus, etwas burschikos. Ihr Leben beschränkte sich auf Arbeit, Sport und gelegentliches Ausgehen, vorzugsweise in Diskotheken. Sie tanzte dann die ganze Nacht hindurch. Mit Max unternahm sie wenig, denn an den Wochenenden, wenn er Zeit hatte, arbeitete sie.

Bald jedoch versiegten die wenigen gemeinsamen Gesprächsthemen und ihre Beziehung reduzierte sich auf den Sex. Nach vier oder fünf Wochen war nicht einmal *das* Anreiz genug, sich regelmäßig zu sehen. Die Abstände zwischen den Treffen wurden zunehmend länger, die Spannung verlor sich. Max hatte Kim seit seinem Urlaub nicht mehr gesehen und er musste sich eingestehen, dass er sich nicht die Mühe gemacht hatte, nach ihr zu suchen.

Jetzt war Kim tot.

Es schien unwirklich und je länger er darüber nachdachte umso mehr bereitete sich ein tiefer Schmerz in ihm aus. Als Kim starb sonnte er sich in der Karibik. Er hatte nicht einmal zu ihrer Beerdigung gehen können. Max fühlte sich mies. Die Beziehung zu Kim war nur eine kurze Episode gewesen, schnelllebig und irgendwann sogar fast abgehakt. Ihr Tod berührte ihn jetzt zutiefst. Er merkte, wie sehr er sie mochte.

Wie gelähmt stand er auf und trat auf die Straße. Mechanisch ging er nach Hause und legte sich auf sein Sofa. Ein Film von Sequenzen aus ihren gemeinsamen Stunden lief vor seinen Augen ab. Immer wieder, fast die ganze Nacht. Er lag einfach nur da, starrte an die Decke und spürte nur noch düstere Trauer. Es war kein neues Gefühl für ihn. Als seine Schwester starb, war er ein Teenager gewesen. Er hatte damals nicht offen getrauert. Die Verzweiflung hatte auch seiner Mutter fast das Leben gekostet. Sie hatten den Fahrer des Unfallwagens nicht gefunden. Keiner hatte sich die Mühe gemacht, ernsthaft nach ihm zu suchen. Die Polizei hatte in den ersten Wochen unmotiviert nach Zeugen gesucht, hatte die Unfallstelle beobachtet und versucht, anhand von Spuren den Wagen ausfindig zu machen. Ohne Erfolg. Irgendwann wurde die Fahrerflucht ad acta gelegt. Max hatte sich hilflos damit abgefunden, alles verdrängt und keinen Schmerz mehr zugelassen. Er hatte sich dem Thema völlig verschlossen. Seither existierten Tote nur in seinen Akten, er hatte sich nie mehr mit ihnen auseinander setzen wollen.

Kim. Plötzlich spielte die kurze Dauer ihrer Beziehung keine Rolle. In einem Delirium aus Übermüdung und Trauer schlug seine Starre in Entschlossenheit um. Was für ein beschissenes Weichei er doch war, sich immer nur an den schönen Seiten des Lebens zu erfreuen und die wirklich ernsten Aufgaben zu verdrängen. Diesmal wusste er, was er zu tun hatte. Diesmal würde er dem Täter ins Gesicht blicken.

Düsseldorf, 12. Juni 2013

13

Am nächsten Morgen galt sein erster Gedanke Kim. Unter der Dusche dachte er an sie und fühlte sie nah bei sich. Er war traurig, aber gleichzeitig brannte er darauf, Informationen zu Kims Todesumständen zu erlangen.

Ohne Frühstück fuhr Max in die Staatsanwaltschaft. Sofort rief er die Kollegen im Morddezernat an, doch um diese Uhrzeit traf er noch niemanden an. Sein Kopf war randvoll mit Erinnerungen an Kim und er fühlte sich unfähig, eine andere Arbeit zu erledigen. Hartnäckig versuchte er, jemanden zu erreichen, der ihm Auskunft zu Kims Tod geben könnte. Erst eine unendlich erschienene Stunde später hob ein Kollege im Morddezernat den Hörer ab.

„Bauer, morgen. Ich brauche eine Akte. Dringend. Kim Weiß. Eine junge Frau, die vor drei Wochen in der Hammerstraße ermordet wurde. Ich habe kein Aktenzeichen, aber vielleicht kennen sie den Fall."

„Die Frau mit der durchgeschnittenen Kehle? Ja, kenne ich, ging ja durch alle Medien", antwortete der Kollege gelangweilt. „Gibt's da etwas Neues?" Er schnaufte in den

Hörer und fragte dann aber höflich: „Soll ich die zukommen lassen?"

„Nein", entgegnete Max. „Das dauert mir zu lange. Ich komme selbst vorbei. Die Akte ist noch bei ihnen auf dem Schreibtisch?" Das Brummen am anderen Ende bestätigte seine Annahme.

„Ich suche sie raus." Noch bevor sich Max bedanken konnte, legte er auf. Max war es recht. So verlor er keine Zeit.

Max kannte den Kollegen vom Sehen. Der Staatsanwalt hatte eine Glatze, die wie ein poliertes Ei glänzte. Er war umgänglich und zog die Akte sofort aus einem Stapel auf seinem Sideboard.

„Hier. Hab mich in letzter Zeit nicht weiter mit dem Fall beschäftigt"; fügte er entschuldigend hinzu.

Max zuckte mit den Schultern. „Danke" sagte er freundlich. Der Staatsanwalt stand auf und ging bis zur Tür. Gemeinsam mit Max verließ er den Raum und schlug den Weg Richtung Raucherbereich ein.

Als die Mordakte Weiß auf seinem Tisch lag, wurde ihm zum ersten Mal seit seiner Tätigkeit bei der Staatsanwaltschaft übel. Beim Betrachten der Fotos vom Tatort schossen ihm die Tränen in die Augen. Er dachte an Kim, und wieder hatte er Bilder ihrer gemeinsamen Zeit vor Augen: Kim in der Eisdiele, Kim beim Essen, Kim auf seinem Sofa, Kims Wutanfälle in ihrer Küche, wenn ihre Kochkünste fehlschlugen, Kim, wie sie auf seinem Bett lag und ihn ausgelachte, wenn ihm nach dem Sex die Glieder vor Anstrengung schmerzten. Die Bilder der Toten verschwammen mit den Bildern seiner Erinnerung.

Immer wieder las er wie besessen den Ermittlungsbericht und fragte sich, wer und warum ein Mensch einen solchen Mord an einer Frau begehen konnte. Wenigstens war sie nicht vergewaltigt worden, soviel stand fest.

Max las die Aussage des verantwortlichen Kriminalbeamten, der Kim gefunden hatte. „Als wir die Wohnungstür aufbrachen, bot sich uns ein ekelerregender Anblick. Trotz Mundschutz und Eukalyptusbalsam rochen wir den üblen Gestank. Die Verwesung der Leiche war schon sehr fortgeschritten und der Geruch war so beißend, dass ich würgen musste.

Unmittelbar nach dem Öffnen der Tür sah ich die Leiche. Sie lag seitlich im Flur der Wohnung. Die Beine waren angewinkelt, und der gesamte Körper war in Embryonalhaltung erstarrt. Der Kopf war fast vollständig vom Rumpf getrennt. Er klappte komplett nach hinten, berührte mit den Haaren die rechte Schulter. Ich konnte direkt auf die Halswirbelsäule in eine große offene Wunde sehen. Es war, als könne man der Toten tief in ihr Innerstes blicken. Die Wunde war voller Hausfliegeneier, die die Zersetzung vorantrieben. Zusätzlich hatte die Wärme des Raumesdie Verwesung der Leiche beschleunigt, daher der unerträgliche Gestank."

Max blickte auf ein Foto. Kim lag entstellt in einer schwarzen Blutlache Den größten Teil des Blutes hatte der Körper im Sterben auf den Parkettboden entleert. Das Blut war in die Poren und Ritzen des Holzes gezogen und hatte sich um den Körper verteilt. Es sah aus wie ein abstraktes Gemälde des Grotesken.

Zwei Tage waren die Mitarbeiter der Spurensicherung in der Wohnung bevor sie den Tatortreinigern Platz machten. Sie durchkämmten jeden Winkel und untersuchten sämtliche Oberflächen nach Fingerabdrücken. Sie nahmen Proben aller Gewebe und Materialien, die sie finden konnten. Jeder Fussel, jedes Haar und jede gesichtete Hautschuppe wurden für das Labor eingetütet und versiegelt. Es schien, als könne ihnen nichts entgehen.

Das vorläufige Ergebnis der Untersuchung war jedoch ernüchternd. Bis auf die Leiche hatte nichts die Sphäre der Wohnung gestört. Es gab keine Einbruchspuren, die Gegenstände und Kleidungstücke waren an ihrem normalscheinenden Platz, und bis auf eine legere Unordnung im Schlafzimmer war die Wohnung tadellos. Alle gesicherten Materialien wurden einer DNA- Analyse unterzogen. Die meisten Spuren stammten jedoch von der Toten. Es schien, als hätte sie in letzter Zeit wenig Besuch gehabt. Die einzige wiederkehrende DNA- Sequenz, die gefunden wurde, gehörte, wie sich später herausstellte, der Schwester der Toten. Zur weiteren Ermittlung wurde ein Tatortscanner eingesetzt. Alle Details des Tatortes wurden digitalisiert aufgezeichnet. Das Team vom Erkennungsdienst rekonstruierte den Tatort am Computer und spielte immer wieder mögliche Szenarien der Todessekunden durch. Den Tathergang konnten sie feststellen, der Frau wurde die Kehle durchtrennt. Über den Täter, sein Eindringen in die Wohnung, und seinen Fluchtweg konnten sie nur mutmaßen.

Die Kripo schnurrte die Ermittlungen ab. Nachbarn, Verwandte, Arbeitskollegen, Freunde, jeder, der mit der Toten auch nur Berührungspunkte hatte, wurde befragt. Die Arbeitskollegen hatten sie nicht vermisst, sie waren davon ausgegangen, dass sich Kim, wie so oft, eine Auszeit gönnte. Täter und Motiv kam man mit den Aussagen nicht näher. Alles Gesagte und Notierte führte nur zu Mutmaßungen.

Aus dem Auto der Toten wurden diverse DNA- Spuren entnommen, die Übereinstimmungen mit der Leiche aber auch anderen, unbekannten Personen aufwiesen. Es ließ sich ebenfalls nichts Ungewöhnliches feststellen. Jeder befördert auch andere Personen als sich selbst mit seinem Auto, nicht unbedingt den eigenen Mörder. Alle gefundenen Spuren wurden sofort in die internationalen Register eingespeist und zur Rasterfahndung freigegeben. Eine ad-hoc- Übereinstimmung mit bereits registrierten Personen gab es nicht.

Die Beamten hatten den Laptop, das Handy und einen MP3- Player der Toten beschlagnahmt. Alle Dateien, E-

Mails, Telefonanrufe, Bewegungen auf Bankkonten, Posteingänge, auch konventioneller Papierpost, wurden abgefragt, gesichtet, ausgewertet. Es gab keine Ungereimtheiten.

Alle Unterlagen, Akten, lose Schriftstücke, die in der Wohnung gefunden wurden, hatten die Ermittler in Augenschein genommen. Wie es schien, war Kim Weiß eine ganz normale Bürgerin gewesen. Ihr Leben bewegte sich zwischen Job, Ausgehen mit Freunden, Kollegen und Bekannten und regelmäßigen Besuchen bei ihrer Schwester. Eltern und andere, nähere Verwandte hatte sie nicht mehr. Ihre Mutter war vor knapp zwei Jahren verstorben, der Vater schon vor drei Jahrzehnten.

Kim Weiß war nicht verheiratet und hatte zum Zeitpunkt ihres Todes keinen festen Freund. Ein paar Wochen vor der Tat hatte sie mit einem Angestellten des Flughafens angebandelt. Er arbeitete im Ankunftsterminal des Flughafens am Schalter. Er hatte sie regelmäßig am Arbeitsplatz besucht, in seinen Pausen oder nach Feierabend. Die Beziehung war allerdings nur von kurzer Dauer gewesen. Nach Aussage der Schwester hatten sie sich kurz vor Kims Tod getrennt. Bei der späteren Vernehmung durch die Beamten erlitt der junge Mann einen Schock. Zur Aufklärung von Kims Tod konnte er nicht beitragen.

Exakte Angaben zum Tode von Kim konnte allein die gerichtsmedizinische Untersuchung beisteuern. Sie wurde um eine Eiluntersuchung gebeten. Die Mediziner konnten Todesursache und Todeszeitpunkt anhand der Obduktion sehr genau belegen. Die pathologischen und mikrobiologischen Untersuchungen führten zu ein und demselben Ergebnis. Der Tod war ohne Zweifel durch einen glatten Schnitt durch Speiseröhre, Luftröhre und Hauptaorta erfolgt. Die Frau war schnell verblutet. Es fanden sich keine Spuren eines Kampfes, keine anderen Verletzungen, keine Hämatome. Der Pathologe notierte noch eine alte Narbe an der Stirn, einen entfernten Blinddarm und Anzeichen einer Erkältung zum Zeitpunkt ihres Ablebens. Ansonsten sei die Frau gesund und sportlich- durchtrainiert gewesen. Sie hatte etwa neun Tage in der Wohnung unentdeckt gelegen.

Der zuständige Hauptkommissar kam zu keiner abschließenden Beurteilung des Falles. Zwei Fragen ließen ihn nicht los und er notierte sie in seinem Bericht: Wo befand sich der Täter, als er Kim die Kehle durchtrennte und wie entkam er?

Die Tote lag im kleinen Wohnungsflur. Dieser war so schmal, dass der leblose Körper in seiner finalen Position fast von einer Wand zur anderen reichte, den Weg zur Haustür also völlig versperrte. Die pathologische Untersuchung hatte mit quasi hundertprozentiger Sicherheit ergeben, dass die Tote durch einen Schnitt mit einer glatten eventuell auch sehr leicht geriffelten Klinge, höchstwahrscheinlich von einem Jagd- oder Tauchmesser, von hinten getötet wurde. Das Opfer war, so hatten es die Spezialisten rekonstruiert, zum Zeitpunkt des tödlichen Schnittes auf dem Weg aus der Wohnung. Die Tote stand also im Todesmoment zwischen dem Täter und der Haustür. Da die Fenster keine Einbruchspuren aufwiesen und bei Öffnung der Wohnung durch die Polizei bis auf das gekippte Fenster im Schlafzimmer geschlossen waren, war es für den Hauptkommissar wahrscheinlich, dass der Täter durch die Tür gekommen und entkommen war.

Aber- Kim hatte sofort so viel Blut verloren, dass sich eine große Pfütze unter ihr gebildet hatte. Wie konnte der Täter unmittelbar und sehr nahe hinter der Leiche stehen, um den

Schnitt auszuführen, und später sogar über sie zur Tür steigen ohne auch nur eine einzige Spur mit Blut zu hinterlassen? Sie hatten nicht den geringsten Abdruck gefunden, keine Schleifspuren, keine Wischspuren, keine Fußspur absolut nichts. Sie waren ratlos. Welcher Killer durchtrennte seinem Opfer die Kehle wie einem Tier und entschwand geistgleich? Würde nicht jeder die simplere Variante vorziehen und das Opfer einfach erschießen?

Zu einem genaueren Ergebnis als diese Mutmaßungen reichten die Erkenntnisse nicht. Mit ihren wenigen Informationen versuchten die Ermittler, ein Profil des Täters zu erstellen.

Man einigte sich aufgrund der gerichtsmedizinischen Angaben auf eine Altersspanne des Täters zwischen fünfundzwanzig und vierzig Jahren und darauf, dass es sich höchstwahrscheinlich um einen Mann handeln musste. Allerdings hatten sie keinen einzigen Hinweis zum Aussehen des Täters. Niemand hatte einen mutmaßlichen Verdächtigen in der Nähe des Hauses gesehen.

Das Profil passte auf Zig- Tausende Männer und möglicherweise einige Frauen.

Auch eine erneute Besichtigung des Tatortes brachte dem Kommissar keine neuen Erkenntnisse. Resigniert gab der Hauptkommissar auf, schrieb einen Bericht und drückte der Akte das Siegel der ungelösten Fälle auf, von denen sich im Laufe seiner Dienstjahre schon einige im Archiv eingereiht hatten.

Die Akte wurde vorschriftsmäßig zur Staatsanwaltschaft weitergeleitet.

An die Presse wurde kurz nach der Abschluss der Obduktion folgender kurze Text geschickt:

Düsseldorf, Hammerstraße. Am Dienstagmorgen fand die Polizei in der dritten Etage eines Mehrfamilienhauses die Leiche einer Frau. Die 30- Jährige wurde durch einen Messerschnitt durch die Kehle getötet. Täter und Motiv sind bisher unbekannt. Bei der Toten handelt es sich um die alleinstehende und alleinlebende Kim Weiß, einer Angestellten des Düsseldorfer Flughafens.

Es folgten die üblichen Aufforderungen an die Bevölkerung, Hinweise an die zuständige Dienststelle persönlich, per Telefon oder E-Mail abzugeben.

Die Presse schlachtete den Todesfall noch ein paar Tage aus, im Hauptkommissariat ging man zu anderen Fällen und der alltäglichen Verwaltungsarbeit über.

14

Sie hatten keinen Täter gefunden.

Max vertiefte sich in die Ermittlungsakten. Was er las und auf den Fotos sah, machte ihn unendlich traurig. Er fühlte sich leer und machtlos. Jemand hatte einen Menschen aus seinem intimsten Freundeskreis gewaltsam aus dem Leben gerissen. Er hatte es nicht verhindern können, hatte es erst jetzt erfahren, als es zu spät war, als Kims Leben bereits ausgelöscht war. Das schmerzte zutiefst. Nicht nur in seiner Seele. Langsam schlichen sich Kopfschmerzen in seinen Schädel und mischten sich mit einer ansteigenden Wut über den Stillstand der Ermittlungen. Diesmal konnte er nicht den Aktendeckel zuklappen und Kims Tod einfach hinnehmen. Er musste etwas tun. Sein Entschluss stand fest. Er würde den Fall neu aufrollen und selbst ermitteln.

Die Akte fiel zwar nicht in seine Zuständigkeit und vielleicht würde sich der Kollege vom Morddezernat auf den Schlips getreten fühlen, doch das war ihm egal. Er musste einen Weg finden, ohne großen Aufhebens an weitere, an alle Informationen zu gelangen. Doch wie? Er hatte keinen Anhaltspunkt, keine Idee. Er hielt es für klug, seinen ehemaligen Chef und Freund Handtke um Rat zu fragen.

Martin Handtke hatte Max damals quasi eingestellt. Er hatte sich zumindest dafür ausgesprochen, dass er bei der Düsseldorfer Behörde anfangen sollte. Mit der Zeit hatten sie sich fast angefreundet. Anfänglich erkundigte sich Handtke nach dem Befinden seines Schützlings, erst nur telefonisch, nach einigen Monaten trafen sie sich sogar auf ein Bier in der Altstadt. Dies waren rein private Treffen. Es war absolut unüblich, dass sich ein leitender Oberstaatsanwalt mit einem der unteren Chargen austauschte. Doch Max und Handtke genossen die sporadischen Treffen und lästerten über die Arbeit der Justizbehörden. Handtkes Tobsuchtanfälle über die Schlamperei in der Justiz fand Max genauso amüsant wie seinen Hang zum Militärischen. Handtke hatte in Max Augen Unterhaltungswert. Und er hatte Max Versetzung ins Drogendezernat genehmigt. Vor einem halben Jahr hatte sich Handtke in den Ruhestand zurückgezogen. Seither hatte Max ein paar Mal mit ihm telefoniert.

Er wusste, dass sich Handtke gerade von einem Herzinfarkt in einer Klinik erholte, dennoch rief er ihn augenblicklich an.

„Handtke."

„Max Bauer. Störe ich?"

„Max! Nein, ganz und gar nicht. Ich freue mich über ein bisschen Ablenkung. Hier ist es so deprimierend, dass man am liebsten gleich in den Sack hauen würde. Eben habe ich das Essen verweigert. Wer kann salzlose, in Wasser tot gekochte Spinatblätter und schuhsohlenartiges Putenschnitzel ohne Sauce essen? Ich soll mich gesund und diätetisch korrekt ernähren. Schön, aber dann bitte mit Geschmack!", Handtke machte Würgegeräusche.

„Hast Du die Schwestern im Griff?"

Handtke brummte. „Mach` Dich nur lustig. Du würdest es keine Minute hier aushalten. Aber was bleibt einem armen alten Mann anderes übrig? Was gibt es Neues von der Front? Hat sich der neue Oberst schon selbst gekrönt?"

Max lachte „Ja, so ungefähr. Er darf jetzt den großen Boss mimen, und das ist genau seine Lieblingsrolle. Sag` mir aber erst mal, was die Untersuchungen ergeben haben?"

„Ach", wehrte Handtke ab, „das Übliche. Die Arterien sind verkalkt und der Herzmuskel kontraktiert nicht sauber. Sie haben einen Bypass gelegt und mir ein Fitnessprogramm verordnet. Übermorgen kann ich nach Hause. Am Samstag fahre ich an die Ostsee zur Reha." Er klang etwas gequält. „Aber wie ich dich kenne, rufst du nicht an, um dich nach meinem Befinden zu erkundigen."

„Eine Freundin von mir wurde ermordet." Er schluckte, sein Hals war rau und er legte eine Pause ein. Handtke schwieg und gab Max Zeit, sich zu sammeln.

Max berichtete von seinem Besuch in Kims Wohnung und von den bisherigen Ermittlungen.

„Es gibt keinen Verdächtigen. Kim war eine Freundin. Wir waren vor einiger Zeit zusammen, nicht lange, aber intensiv."

Er holte tief Luft. „Kim war ein sehr herzlicher Mensch."

„War es ein Einbruch?" Handtkes Reaktion war immer noch vorsichtig.

„Nein, Martin, sicher nicht. Es gab keine Einbruchspuren und keine Verwüstungen. Es hat sich auch niemand an Kim vergangen, sie wurde nur auf übelste Weise umgebracht. Jemand hat sich Einlass in ihre Wohnung verschafft, hat ihr den Kopf mehr oder minder abgetrennt und ist ohne eine Spur verschwunden. Findest du das nicht merkwürdig? In der Wohnung floss das Blut wie aus einem Springbrunnen und der Kerl verduftet ohne sich zu bekleckern. Die Tatortfotos sind wie aus dem Horrorkabinett. Und dann- Nichts. Kein Tropfen Blut. Nirgendwo, nicht im Treppenhaus, nicht draußen, keine Kleiderspuren, keine Fußabdrücke, einfach- Nichts. Die Kripo hat nichts gefunden, nicht einen Hinweis."

Seine Stimme enthielt jetzt mehr Nachdruck, die Traurigkeit war in Ärger übergegangen.

„Es gab keinen Einbruch, keinen Überfall, keinen Tatverdächtigen, nicht den kleinsten Hinweis. Das stinkt doch. Entweder hatte die Kripo keine Lust zu ermitteln oder der Mörder war so ein absoluter Profi, der einen blitzsauberen Tatort hinterlassen hat. Vielleicht war es ein Auftragsmord."

„Jetzt wird es aber spekulativ", erwiderte Handtke, „Auftragsmord. Ich verstehe, dass Du geschockt bist. Es tut mir auch leid für Deine Freundin. Aber Auftragsmord? Es sei denn, du erklärst mir jetzt, dass deine Freundin Mitglied der Camorra war oder so. Nein, mal ernsthaft. Ich tippe auf Einbruch. Unglücklicherweise war deine Freundin wohl zu Hause, als eingebrochen wurde. Dann hat derjenige Panik bekommen und hat sie umgebracht."
Er machte eine Pause. „Wo willst du in so einem Fall suchen? Das kann jeder gewesen sein. Es klingt hart, aber es ist die Realität. Lies` die Kripoberichte nochmals durch. Wenn es keinen Hinweis gibt, ist es aussichtslos. Das ist

die Kehrseite unseres Geschäfts. Wir kriegen eben doch nicht jeden."

„Nein", Max war entschlossen. „Ich weigere mich, so schnell aufzugeben. Jemand hat ihr die Kehle durchgeschnitten, ihr fast den Kopf abgetrennt. Kein normaler Beschaffungskrimineller oder Einbrecher macht so etwas. Die schlagen Dich zusammen oder knallen Dich ab. Im Affekt. Da wird doch gekämpft. Ich habe die Berichte alle gelesen. Es gab kein Gerangel und keinen Kampf. Kim hatte nicht die kleinste Chance. Da wollte jemand lautlos sicherstellen, dass Kim wirklich tot ist." Max ließ sich nicht abringen.

„Ich kriege das Arschloch. Ich werde weitere Ermittlungen und Abgleichungen in den Datenbänken veranlassen. Da müssen die Fallanalytiker noch mal ran, und wenn die es nicht tun, dann mache ich es eben selber. Wir haben bei der Staatsanwaltschaft salopp gesagt den Ermittlungsauftrag des Gesetzgebers. Also führe ich ihn aus."

Handtke seufzte „Mach was Du willst. Du bist ja nicht zu bremsen. Warum willst du dann meinen Rat?"

„Weil ich fürchte, dass es zu lange dauert oder im Sande verläuft, wenn ich den offiziellen Weg gehe. Ich brauche einen Kontakt."

„Hm", Handtke schwieg für einige Sekunden. „Dann ruf Brandl bei der Kripo an. Bestelle ihm einen schönen Gruß von mir. Er soll sich kümmern."

„Danke", sagte Max schnell, bevor Handtke es sich noch anders überlegte.

„Und", fuhr Handtke fort, „häng das Ganze nicht an die große Glocke, sonst könnte es längere Diskussionen mit der Kripo geben. Sie würden es nicht im Geringsten tolerieren, dass Du quasi auf eigene Faust handelst und Ermittlungen in einem Fall, den sie schon abgeschlossen haben, in Gang setzt, ohne neue Beweise zu haben. Du stellst damit ja ihre Arbeit in Frage. Das werden sie nicht akzeptieren. Also verhalte Dich bedeckt."

„Das werde ich", erwiderte Max. „Aber ich will sicher gehen, dass hier gründlich gearbeitet wurde. Ich habe da meine Zweifel."

„Hört, hört. Das war doch bis jetzt auch Deine Devise. Schnelles Arbeiten, viel Freizeit, bloß keine zusätzlichen Anstrengungen unternehmen. Bei allem Respekt vor Deinen Leistungen Max Bauer, es ist mir niemals entgangen, dass Du am absoluten Minimum arbeitest. Insbesondere jetzt im Spezialdezernat tust du doch noch weniger. Ich darf mich nicht aufregen hat mein Arzt gesagt. Ausnahmsweise gebe ich ihm mal Recht. Also, lass mich in Ruhe genesen und unternimm Deine Nachforschungen. Ich bin krank, im Bett und habe dieses Telefonat nie geführt. Viel Glück, Max und- es tut mir leid, dass deine Freundin tot ist."

Max zögerte nicht und wählte die Nummer des Polizeihauptpräsidiums in Düsseldorf. „Hauptkommissar Brandl bitte", verlangte Max. Die antwortende Stimme war sehr freundlich, eine helle, sehr weibliche Tonart. „Gerne, wen darf ich ankündigen?" „Max Bauer, Staatsanwaltschaft Düsseldorf."

„Moment, ich verbinde sofort, Herr Bauer."

„Brandl", schreckte ihn eine sehr tiefe Stimme aus der musikalischen Warteschleife.

„Max Bauer. Guten Tag."

Max war Brandl einmal kurz begegnet. Er erinnerte sich an einen beleibten, bärbeißigen Bayer, der jedem Satz noch etwas hinzuzufügen wusste. Brandl konnte sich offenbar nicht an dieses Zusammentreffen erinnern.

„Sie rufen von der Staatsanwaltschaft an? Was gibt es?"

Die Stimme dröhnte ein wenig und der Hauptkommissar klang nicht so, als würde er gerne Anrufe von der Staatsanwaltschaft entgegennehmen. „Ja", antwortete Max. „Ich bearbeite eine Mordsache, bei der ich noch etwas Ermittlungsbedarf sehe."

„So, so. Wieso beantragen Sie nicht einfach formell Ihre Ermittlungswünsche unter dem entsprechenden Aktenzeichen? Da haben wir dann eindeutige Zuständigkeiten, können vernünftigerweise die Akten sichten und entsprechend handeln. Wenn Sie unsere Arbeit in Anspruch nehmen wollen, halten Sie sich an die Formalitäten."

„Ich möchte, dass sie sich persönlich darum kümmern. Ich habe ihre Nummer von Martin Handkte." Max bemühte sich, so ernst wie möglich zu klingen, damit der Hauptkommissar ihn nicht abwimmelte.

„Ach so läuft der Hase!"

Nach einer kurzen Pause lenkte Brandl plötzlich ein.

„Einverstanden. Normalerweise wäre es mir wurscht, doch ich helfe Ihnen. Aber nur, weil ich meinem alten Freund Handtke noch etliche Gefallen schulde. Geben Sie mir das polizeiliche Aktenzeichen. Ich werde die Ermittlungsberichte überprüfen. Danach melde ich mich bei Ihnen. Wir werden dann sehen, was wir noch tun können."

„Danke." Max war zufrieden. Er hatte das Aktenzeichen bereit.

Nach ein paar Sekunden Stille räusperte er sich. „Wann glauben Sie, kann ich mit einer Antwort rechnen?"

„Ich geb` mein Bestes. In den nächsten drei Tagen hören Sie von mir."

„Danke.", wiederholte Max.

„Ja, ja, schon gut. Schönen Tag noch." Der Hauptkommissar legte auf. Die Ermittlungen waren wieder in Gang.

Max dachte nach. Brandl hatte nicht nach Handtkes Befinden gefragt. Ob er überhaupt wusste, dass der Freund sich im Krankenhaus befand? Hätte Max es ihm sagen sollen? Nein, beschloss er, wenn er es erfahren sollte, dann nicht von mir. Wahrscheinlich würde er sowieso bei Handtke anrufen und sich über Max erkundigen. Da könnte Handkte ihn persönlich über sein Befinden informieren.

Max Blick fiel wieder auf die Akte und die vielen Seiten, auf denen Details über Kims Tod festgehalten waren. Daneben lagen die Fotos. Er steckte die Fotos in eine separate Mappe ohne sie erneut anzusehen. Es quälte ihn.

Wer hat dir das angetan?

Düsseldorf, 12. Juni 2013

15

Beim ersten Schritt aus dem Gebäude der Staatsanwaltschaft, begann es zu regnen. Max verstaute sein Handy und klappte den Kragen seiner Lederjacke hoch. Es half nur bedingt gegen die durchdringende Nässe.

Plötzlich hatte er Lust auf ein Bier. Er war schon fast im Cubana angelangt, da fiel es ihm ein. Kim hatte ein paar Mal von einer Kneipe in der Nähe des Flughafens erzählt. Nach der Arbeit hatte sie mit ihren Kollegen dort oft den Tag ausklingen lassen. Möglicherweise würde er jetzt am frühen Abend schon einige von Kims ehemaligen Arbeitskollegen antreffen. Max schüttelte eine nasse Strähne aus dem Gesicht. Der Regen war kalt und unangenehm. Er rannte zu seinem Auto und überlegte, wie er am schnellsten zu Kims Stammkneipe gelangte.

Vielleicht finde ich dort ein paar Antworten zu Kims Tod. Er wendete den Wagen und fuhr in Richtung Flughafen.

Nach einigem Suchen hatte er die Eckkneipe gefunden. Er trat ein und blieb erst in der Mitte des kleinen Raums stehen. Wie schummrig es hier ist, fuhr es ihm durch den Kopf, und wie leise. Keine Spur von Unbeschwertheit wie drüben im Cubana. Seine Augen wanderten durch das Lokal und er musterte die wenigen Gäste. An einem der Tische saßen ein paar Frauen und Männer von denen er vermutete, dass es frühere Kollegen von Kim sein könnten. Er überlegte kurz, sich einfach an ihren Tisch zu setzen, doch dann ging er zum Tresen, und bestellte ein Alt. Der Kellner schob das Glas herüber. „Sonst noch Wünsche?" Er entblößte zigarrettenverfärbte Zähne und beugte sich weit über den Tresen. Max verdrehte die Augen und sah weg. Wie konnte sich Kim in so einem Laden wohlgefühlt haben?

Zwei Frauen und drei Männer, saßen an einem Ecktisch. Zwei der Männer hatten noch blaue Overalls an, die das Logo der Flughafengesellschaft zierte, der dritte saß in einem knittrigen Hemd am Tisch. Eine der Frauen trug ein Halstuch in den Farben des Flughafenbetreibers. Vielleicht kannten sie Kim.

Gerade kam der Kellner mit einem Tablett, auf dem mehrere Gläser mit Altbier standen, an ihren Tisch. Er schmiss locker aus dem Handgelenk fünf neue Bierdeckel auf den Tisch und verteilte die Gläser auf die Deckel. Den Deckel, der schon auf dem Tisch lag, benutzte er, um die Anzahl der getrunkenen Gläser zu vermerken. Die Männer am Tisch unterhielten sich und achteten nicht auf den Kellner.

Max hörte die Männer diskutieren. Einer von ihnen sprach laut über den anstehenden Pilotenstreik auf dem Flughafen und über die kurzfristige Änderung der Dienstpläne.

Max stand auf und mit dem Altbierglas in der Hand machte er zögernd ein paar Schritte in Richtung des Tisches. Dann hielt er plötzlich inne und fuhr sich mit der freien Hand durch die Haare. Im gleichen Augenblick wurde er von hinten angerempelt.

„He, pass doch auf!" Max Ton war unangemessen scharf, der Mann hatte er nicht absichtlich gestoßen. Ärgerlich sah er sich um. Er war gereizt, die Atmosphäre dieser Kneipe behagte ihm nicht.

Ein großer, rotblonder Mann mit breiten Schultern und riesigen Händen, die er jetzt abwehrend in die Luft streckte, stand hinter ihm.

„Sorry, aber es sah so aus, als wolltest Du zu unserem Tisch gehen, dann bist Du plötzlich stehen geblieben."

„Ich wollte zu dem Tisch dort hinten", erwiderte Max.

„Na dann", polterte der Große und zeigte auf den Ecktisch. Er hatte es nicht auf eine Auseinandersetzung abgesehen. Stattdessen setzte sich in Richtung des Tisches in Bewegung und klopfte zum Gruß mit der flachen Hand auf die Tischplatte.

„Abend Leute", er zog einen Stuhl vom Nachbartisch herbei, ließ er sich stöhnend darauf nieder und ließ Max den freien Platz auf der Bank.

„Noch eine Runde", rief er laut in Richtung Tresen. Er brummte beim Rufen, sein großer Brustkasten klang wie ein Kontrabass.

„Mann, hab ich einen Durst!" Vorsorglich ließ er sich vom Kellner zwei Bier geben. Das erste goss er sich mit einem Schwung komplett in die Kehle.

Max hatte bis dahin außer einem Hallo nichts gesagt. Jetzt stieß der Große sein zweites Glas an sein Alt. „Prost! Trink mal 'nen Schluck und setz' dich!" Die anderen am Tisch sahen ihn neugierig an.

Als Max das Glas abgestellt hatte ging er in die Offensive: „Ich bin Max, ein Freund von Kim Weiß." Die Gespräche verstummten abrupt.

„Oh, Mann." Einer der Männer im Overall schmiss sich zurück und verschränkte die Arme. „Was willst du hier?"

„Ich", begann Max „versuche, etwas über ihren Tod herauszufinden. Ich bin Staatsanwalt und..." Max suchte nach der richtigen Formulierung.

Der Große sah ihm direkt in die Augen. Sein Blick verfinsterte sich. „Solche Freunde hatte Kim also."

„Lass mal Uwe", mischte sich jetzt die Frau mit dem Halstuch ein. „Ich habe Dich mal getroffen, als Du mit Kim unterwegs warst, richtig?" Sie wartete Max Reaktion nicht ab. „Kim hat mir später mehr von Dir erzählt. Das heißt, eigentlich hat sie gar nichts von dir erzählt. Ich habe sie gelöchert, aber sie hat nichts preisgegeben. Ganz geheimnisvoll hat sie getan." Die letzten Worte flüsterte sie nur noch, denn die Tränen schossen ihr in die Augen. „Kim war eine wirklich Nette, sie hat es nicht verdient, zu sterben." Sie sah zur Decke und kämpfte um ihre Fassung.

„Ich weiß", sagte Max. „Ich vermisse sie auch." Er wandte sich wieder Uwe zu, der immer noch angespannt war. Es war offensichtlich, dass er eine engere Beziehung zu Kim hatte. Uwe ballte die Faust.

„Ich hoffe, die Bullen kriegen ihren Arsch hoch und schnappen das Schwein, das Kim das angetan hat." Er stieß mehrmals seine rechte Faust in die Handfläche der linken Hand.

Dann schwiegen alle.

„Kommt ihr gerade von der Arbeit?" Max wollte das Gespräch wieder in Gang bringen.

„Leider nicht alle." antwortete der Schmächtige mit dem schmuddeligen Hemd zerknirscht. „Mich haben sie vor fast vier Monaten entlassen. Jetzt jobbe ich zwar als Aushilfsfahrer bei einer Spedition, aber die haben auch nicht immer Arbeit für mich. Und wenn, dann nur die Scheißsachen, die keiner machen möchte. Letzte Woche musste ich in fast einem Tag nach Polen und zurück fahren. Ich war total fertig. Wenn mich die Polizei erwischt hätte, hätten die mich wahrscheinlich sofort eingelocht. Kurz vor Hannover habe ich mir dann sogar fast gewünscht, dass die mich anhalten, damit ich eine Pause machen kann. Am Kamener Kreuz stand ich im Stau, da bin ich glaube ich eingeschlafen. Hinter mir hat ein anderer so laut gehupt, dass ich aufgeschreckt losgefahren bin und den Motor abgesoffen habe. Der hinter mir wäre fast draufgefahren. Das bringt einen um." Er trank in heftigen Zügen und sah Max dabei an. „Was macht man denn so, bei der Staatsanwaltschaft? Die Bösen einlochen, wie im Fernsehen?"

Max schüttelte den Kopf. „Das machen andere. Es ist lange nicht so spektakulär. Ich wühle jeden Tag in Akten und lese Verdammt. Ist auch nicht besser als quer durch Deutschland zu fahren." Die Frau mit dem Halstuch blickte ihn durchdringend an, sagte aber nichts.

„Da haste Recht", nickte der Schmächtige. „Früher hatten wir aber trotzdem mehr Spaß bei der Schicht, was Jungs?"

„Was war denn früher?", fragte Max.

„Da haben wir Koffer geschleppt. Oder sind Stapler gefahren, oder FMCs, als wir schon aufgestiegen waren.

Max blickte hoch. „FMCs?"

„Follow Me Fahrzeuge. Lotsenfahrzeuge auf dem Flughafen zum crashfreien Einweisen der Flugzeuge in die richtige Park- oder Startposition."

Max nickte. Sein Banknachbar mischte sich ein.

„Weißt Du, ohne uns würde keines von diesen beschissenen Flugzeugen abheben. Wir sind die Helden, nicht die Wichtigtuer von Piloten. Die Götter im Cockpit. Scheiß was drauf, die machen doch nur einen auf Großkotz. In Wirklichkeit fliegt die Kiste doch fast von selbst. Der Tower gibt alles vor, der Lotse fährt dich zur Startbahn, der Autopilot fliegt die eingetippte Route. Als ob wir das nicht alle wüssten. Die kraulen sich doch während des ganzen Fluges die Eier und schreiben SMS an ihre Freundinnen."

„Jetzt mach mal halblang, Mann, nur weil Du jetzt Einwinker bist." Der Schmächtige schnaubte verärgert. Bevor der Ton völlig entgleiste mischte sich Max ein:

„Welchen Job hatte eigentlich Kim am Flughafen?" Er wollte eine Bestätigung.

Aus Uwes Augen trat wieder Zorn. „Ich dachte, sie wäre Deine Freundin gewesen. Hat sie Dir nicht erzählt, womit sie ihr Geld verdiente? Oder hattet ihr keine Zeit für Gespräche!" Er gab ein verächtliches Geräusch von sich und drehte sich weg.

„Sorry", lenkte Max ein. „Ich wollte es nur genauer wissen."

„Das ist doch jetzt scheißegal, was sie gemacht hat. Kim ist tot." Uwe knallte mit dem Bierglas auf den Tisch. Ein Bierdeckel flog hoch. „Tot, verstehst Du?" Seine laute Stimme schreckte die übrigen Gäste der Bar auf. Die andere Frau, die bisher nur schüchtern und stumm dagesessen hatte, strich Uwe über den Arm. „Beruhige Dich", beschwichtigte sie. Uwe leerte sein Glas und hielt den Mund.

„Sie war im Sicherheitsbereich für das Gepäck verantwortlich" antwortete jetzt die Halstuchträgerin. „Kim hat die Gepäckstücke kontrolliert. An ihr ging nichts vorbei, das nicht hundertprozentig sauber war."

„Das ist eine schlimme Sache", mischte sich jetzt wieder Uwe ein, deutlich ruhiger als vor einigen Sekunden.

„Eigentlich war ich froh, endlich nicht mehr darüber reden zu müssen. Am Flughafen gab es tagelang kein anderes Thema. Zwei Wochen lang war die Kripo da und hat alle befragt. Wir konnten aber auch nicht helfen. Keiner von uns konnte sich erklären, warum es ausgerechnet Kim erwischt hat." Uwe kratzte sich am Kopf. „Zeitweise hat die Kripo so getan, als habe man Kim bewusst umgebracht. Ermordet sozusagen. Sie dachten wohl, einer von uns hätte damit etwas zu tun. Aber wenn Du mich fragst, dann war das einfach Pech. Einer steigt bei ihr ein und genau in dem Moment kommt sie nach Hause. Peng, da ist es passiert." Seine Stimme war dumpf und tief, als er den letzten Satz beendete.

„Wenn es peng gemacht hätte, wären wir mit unseren Ermittlungen weiter" entgegnete Max, doch keiner bemerkte seinen Sarkasmus.

Der schmächtige Mann spielte mit seinem Bierdeckel und ohne hochzusehen sagte er: „Kim war ein echt netter Mensch, die tat keinem was. Hat immer mit uns die Schicht getauscht, wenn wir mal in Not waren. Fast jedes Jahr hat sie Weihnachten und Sylvester, wenn echt der Bär los ist und alle verreisen, die Feiertagsschichten übernommen. Nur weil wir Familie hatten und sie nicht. Nee, die legt keiner bewusst um, das war ein beschissener Zufall. Mir tut das echt leid, Kim hatte wirklich wenig vom Leben, nur manchmal ein bisschen mehr Spaß, wenn sie zum Ballermann flog und die Sau raus ließ. Dann kam sie tierisch gut gelaunt wieder."

„Ibiza", warf Max ein.

„Was?"

„Ibiza, Kim flog immer nach Ibiza."

„Nee", der Schmächtige schüttelte den Kopf. „Das kann ich noch auseinanderhalten. Nee, die Kim flog immer nach Malle. Da hatte sie einen Riesenspaß. Ich glaube, das war das einzig Tolle in Kims Leben. Was für eine Verschwendung. Da arbeitest Du brav, sparst dein Geld für ein bisschen Abwechslung im Urlaub und dann wirst du umgelegt. Einfach so. Das Leben ist echt Beschiss."

„Das wird mir jetzt zu sentimental hier." Uwe stand ruckartig auf und schob seinen Stuhl zurück an den Nachbartisch. Er hob die Hand. „Ich hau jetzt ab. Bis morgen dann." Ohne ein weiteres Wort verließ er die Kneipe.

Die Schlagermusik im Hintergrund klang plötzlich eintönig. Die Beats des Schlagzeugs und die Gute- Laune- Texte konnten die angespannte und frustrierende

Atmosphäre am Tisch nicht bekämpfen. Keiner hatte mehr Lust zu sprechen. Sie blickten stumm auf ihr Bier. Max stand ebenfalls auf. Er holte seine Geldbörse aus der Hosentasche und legte einen Zehn- Euroschein auf den Tisch.

„Für das Bier. Danke, dass ich mit Euch über Kim reden konnte. Man sieht sich."

Dann ging er. Der Mann im Hemd starrte auf den glatten Geldschein. Sie hatten nichts preisgegeben, das Max bei seinen Ermittlungen voranbrachte.

Düsseldorf, 13. Juni 2013

16

Das Handy in seiner Jackentasche vibrierte und auf dem Display erschien das Foto von Matts. Sein engster Freund.

Sie hatten gemeinsam studiert und danach wurde Matthias Junior- Partner in einer großen Anwaltskanzlei und arbeitete Tag und Nacht. Nachdem er ein fettes Polster auf dem Konto hatte verließ er die Kanzlei und ließ sich in Köln nieder. Seitdem redete er auf Max ein, als Partner bei ihm anzufangen. Warum tust Du Dir die Staatsanwaltschaft an? Kündige, werde Anwalt oder Privatier, Du brauchst doch die paar Kröten im Monat nicht. Max winkte ab. Privatier war ihm zu langweilig, Anwalt zu stressig. Aber er freute sich über den Erfolg des Freundes. Einmal im Monat verbrachte Max ein Wochenende mit Matthias. Es war ein festes Ritual. Samstagvormittags Unternehmungen mit den Kindern, abends gingen sie immer aus, oft bis weit nach Mitternacht und redeten. Max gehörte irgendwie zur Familie.

Matthias war wie immer in Eile.

„Wie geht`s?", bellte er ins Gerät, um sofort fortzufahren: „Ich bin in Düsseldorf bei einer Beratung. Dauert wahrscheinlich bis achtzehn Uhr. Gehen wir essen?"

„Klar", kam Max zu Wort. „Ich reserviere uns einen Tisch. Halb sieben bei mir."

Der Besuch von Matthias war eine willkommene Ablenkung.

Stehend rief er im Monkey West an, seinem Restaurantfavoriten.

Matthias war pünktlich. „Matts", begrüßte Max den Freund herzlich. „Komm` rein. Alt?"

„Unbedingt!" Matthias schmiss in alter Gewohnheit seine Aktentasche und seine Jacke auf das Sofa und ließ sich rücklings auf dasselbe fallen. „Mann, bin ich müde!" Er hob die Beine hoch und ließ die Füße über die Seitenlehne hängen. Dann trank er in schnellen Zügen das Altbier direkt aus der Flasche.

„Wie lief es bei Gericht?", fragte Max. Er hatte sich gegenüber auf einen Hocker gesetzt. Obwohl sein Kopf voll mit Gedanken an seine Ermittlungen war, wollte er Matthias nicht gleich mit Kims Geschichte überfallen.

„Ach", Matthias drehte sich zur Seite. „Ist so eine Steuersache." Er kratzte sich am Kinn. „Mittelständler, drehen einen Riesenumsatz, kriegen aber den Hals nicht voll und tricksen an der Steuer vorbei. Das Übliche eben. Mein Mandant soll elf Millionen Euro Steuern hinterzogen haben. Sechs Jahre in Folge. Da frage ich mich, wer eher belangt werden sollte, der Unternehmer oder die Typen beim Finanzamt, die sechs Jahre pennen. Egal. So kann ich mal wieder einen Abend mit meinem alten Kumpel Max verbringen. Hast Du noch eins?", er deutete auf die Bierflasche.

Max war aufgestanden und in die Küche gegangen. Er brachte noch ein Alt und eine Dose Wasabierbsen und hielt Matts beides hin.

„Wie geht es Sylvia und den Kids?" Max hatte echtes Interesse. Er würde später von Kim erzählen.

Er sah seinen Freund an. Matthias wirkte müde. Irgendwie abgespannt und dennoch rastlos. Seine blonden Haare waren mit grauen Strähnen durchsetzt. An der Nasenwurzel, zwischen den Augenbrauen bohrte sich eine tiefe Falte in die Stirn. Die Arbeit als selbständiger Anwalt war nervenaufreibend. Er verbrachte die Tage in Gerichtssälen, Konferenzräumen oder auf der Anreise zu den Verhandlungsterminen, kehrte am Nachmittag in sein Büro zurück, bearbeitete Posteingänge und Akten, beantwortete das Telefon. Später empfing er Mandanten, bis in die Abendstunden. Zu Zeiten, in denen die meisten längst Feierabend hatten, bereitete er sich auf die nächsten Verhandlungen bei Gericht vor oder diktierte Schriftsätze. Freizeit hatte Matthias kaum.

„Tom und Sylvia?" wiederholte Matthias, als müsste er überlegen, um wen es sich handelte. Er trank nochmals einen Schluck. „Sylvie war gerade wieder ein paar Tage auf Mallorca. Tom hat jetzt Schwimmen gelernt und es im Meer ausprobiert. Und er spielt Fußball. Sind die scharf!" Matthias hatte eine paar Erbsen gegessen.

„Ich mag sie.", sagte Max. Er sah auf die Uhr. „Ich habe den Tisch für acht Uhr reserviert."

„Richtig", erinnerte sich Matthias. Er gähnte. „Ich halte es auch sicher nicht so lange aus."

Sie gingen zu Fuß zum Restaurant. Es war ein warmer Abend und viele Leute waren unterwegs. Matthias berichtete weiter von Tom und seinen Fußballfortschritten.

Im Monkeys South begrüßte die Chefin sie überschwänglich. „Herr Bauer!", rief sie ein wenig zu laut durch das Lokal. Bei Tisch, überflogen sie kurz die Speisekarte. Die Chefin notierte zwei Tartelettes von der Gänsestopfleber mi- cuit, Seeteufel auf Sommergemüse für Matthias und für Max Rochenflügel mit Risotto und weißer Trüffelbutter. Sie beschlossen, es bei einer Flasche Weißwein und Wasser zu belassen. Während sie auf die Getränke warteten, begannen sie ihr während der Studentenzeit erfundenes und seither nie mehr abgelegtes Spiel: Tischnachbarn Scannen.

„Links", Max deutete auf die beiden Frauen in ihrem Alter am Nebentisch, die schon lächelnd zu ihnen geschaut hatten. „Kosmetikindustrie." Matthias runzelte die Stirn. „Könnte passen. Rechts ganz sicher Chef mit Mausi." Max lachte und hob den Daumen beim Betrachten des Mittvierzigers im englischen Kaschmirpulli und seiner mindestens zwanzig Jahre jüngeren Begleitung in Röhrenjeans und Organzabluse. Ihr Kichern erinnerte ihn an Julia. Er hatte sie nicht mehr angerufen. Auch Matthias sah zu dem Tisch herüber, als die Getränke kamen. Nach dem ersten Schluck Wein fragte er Max:

„Wie sieht es bei Dir aus. Neue Liebschaften?" Er grinste und zog einen Mundwinkel nach oben. Seine Augen sahen Max vergnügt an. Er kannte den Freund und wusste, dass er richtig vermutet hatte. Für Max waren Frauen Flirts, Liebschaften, nichts Festes. Er genoss ihre Aufmerksamkeit, ihre Zuwendung, Bindung wollte er nicht. Manchmal nahm er eine mit nach Köln. Sylvia lachte dann über seine Umtriebigkeit. Sie wusste, dass es in ein paar Monaten schon eine andere Begleiterin geben könnte.

Max wippte mit dem Kinn zum rechten Nebentisch. „So ähnlich."

„Also nur ein Betthäschen."

„Nicht einmal das. Sie war vor drei Tagen bei mir. Aber ich war ein richtig mieser Gastgeber. Ich bin einfach nicht in der Stimmung. Es ist etwas passiert, dass mich nicht mehr loslässt. Erinnerst du dich noch an Kim?" Matthias schüttelte erwartungsgemäß den Kopf. „Wie soll ich mir bei der Anzahl die Namen deiner Liebschaften merken, Mister Frauenverschleißer", frotzelte er.

Max ließ sich nicht provozieren und begann, vom Mord an Kim zu berichten. In der Zwischenzeit wurden die Vorspeisen gebracht. Max beschrieb die Verstümmelung der Leiche und den Tathergang. Er schildete die Blutlache und die Position des quasi abgetrennten Kopfes. Matthias ließ die Gänsestopfleber auf der Zunge schmelzen.

„Köstlich!"

Max hielt inne und zog die Augenbrauen zusammen.

„Hmm", verlautbarte Matthias mit vollem Mund und deutete mit dem Zeigefinger auf seinen Teller. Er kaute. „Dafür hat er einen Stern verdient. Es ist immer wieder unglaublich gut. Ich meine natürlich die Gänseleber. Sorry, ich wollte Dich nicht brüskieren. Schlimme Sache mit der Süßen. Tut mir leid." Als er Max verärgertes Gesicht sah, wurde Matthias ernst.

„Leider erinnere ich mich nicht an sie. Aber es klingt unwirklich. So ein Gemetzel ist doch ekelhaft. Warum bringt man jemanden so um? Ein glatter Schuss hätte es doch auch getan. Ich gebe Dir zu hundert Prozent Recht, das ist definitiv kein Spontanverbrechen von einem null-acht-fuffzehn Einbrecher. Ob es organisierte Kriminalität ist, schwer zu sagen. Aber wahrscheinlich. Ich tippe auf

Drogen. Fernöstliche Drogenmafia. So aus dem Bauch raus und weil dieses Umfeld einfach erbarmungslos ist. Wenn Du die verfolgst, darfst Du Dir keinen Fehler erlauben. Sonst bangst Du selbst um Dein Leben. Die Drogenmafia ist einfach gnadenlos."

Max hatte jetzt auch von den Tartelettes gekostet und war ebenfalls überzeugt von der Kochkunst des Küchenchefs. Er trank einen Schluck vom Monbazillac, den sie bestellt hatten, da er perfekt zur Gänseleber passte, und fuhr mit seiner Berichterstattung fort.

„Die Ermittler haben kaum Hinweise gefunden. Der Tatort wurde lupenrein hinterlassen. Kein Verdächtiger, keine Spur. Es war, als sei Kim von einem Phantom exekutiert worden." Er nahm sich Zeit zu kauen.

„Ich habe die Berichte des Ermittlerteams gelesen. Es gibt keine echte Erklärung dafür, wie die Tat ausgeführt wurde, und vor allen Dingen, wie der Täter in die Wohnung gelangte und wie er wieder herauskam. Er hätte über und über mit Blut vollgespritzt gewesen sein müssen. Oder hätte zumindest Fußspuren hinterlassen müssen. Aber nichts dergleichen. Das ist so absurd, das verstehe ich einfach nicht. Der Kripo ging es genauso, so interpretiere ich jedenfalls die Berichte. Nachdem sie alles umgekrempelt und zumindest so getan haben, als hätten sie sich das Hirn zermartert, haben sie den Fall ad acta gelegt."

„Vielleicht handelte es sich um eine völlig abstruse Geschichte. Jemand hat Kim gezwungen, sich selber abzumurksen. Stell Dir vor, einer steht an der Tür, mit gezogener Waffe und zwingt Dich zum Selbstmord. Dann verschwindet er durch die Tür und der Tote liegt in seinem Blut. Kein Fußabdruck nötig, da Du nicht mehr nah an die Leiche treten musst." Matthias überspannte die Sache. Max verzog das Gesicht aber konterte immer noch sachlich.

„Die Variante des erzwungenen Suizids haben die Spezialisten auch schon durchgespielt. Aber, erstens wählt man in solchen Fällen wohl kaum dieses Todesszenario. Es gibt zu viele Unwägbarkeiten mit einem Messer. Was, wenn das Oper sich nur oberflächlich verletzt und man doch nachhelfen muss? Nein, dann ist Erschießen sicherer. Im Übrigen, wie viele Typen klingeln an deiner Tür und befehlen dir, dich abzustechen? Außerdem schließt der Pathologe Selbstmord kategorisch aus. Der Schnittwinkel ist so, dass ein Mensch unmöglich sich selbst auf diese Weise die Kehle hätte durchschneiden können. Der Pathologe vertritt sogar die These, dass der Täter leicht über dem Opfer stand, und behauptete gleichzeitig, dass

Kim Weiß im Stehen ermordet wurde. Wenn es sich nicht gerade um einen Riesen von zwei Meter zwanzig oder größer gehandelt hat, fällt diese Variante weg. Dennoch muss es sich um einen großen, starken Täter gehandelt haben. Wir schließen daher eine Frau als Täter aus. Wahrscheinlich hat sich Kim einfach etwas geduckt. Eine Schutzposition eingenommen."

„Wir schließen eine Frau als Täterin aus. Bist du im Ermittlerteam?", mokierte sich Matthias. „Das gefällt mir aber. Zum ersten Mal habe ich das Gefühl, die Staatsanwaltschaft zeigt richtig Einsatz und kommt ihrem Ermittlungsauftrag nach.

„Mensch, ich meine es ernst." Max war genervt. Offenbar traute Matthias ihm nicht zu, dass er sich emotional mit dem Fall verbunden fühlte. Er schwieg.

Die Hauptgerichte kamen. Max getrüffeltes Risotto verbreitete einen intensiven Duft nach frischer Trüffel, doch Max hatte kaum Appetit. Sie aßen ein paar Minuten schweigend. Dann nahm Max den Gedanken an den möglichen Täter wieder auf.

„Ich glaube auch deswegen, dass die Tat nicht von einer Frau ausgeführt wurde, weil Kim kein schwächlicher

Mensch war. Sie war zwar nicht groß aber unheimlich durchtrainiert. Sie hätte sich mehr zur Wehr gesetzt, wenn sie einer Frau gegenüber gestanden hätte, da bin ich mir sicher. Wenn man eine Chance sieht oder die Gelegenheit dazu hat, dann kämpft man doch um sein Leben.

Hat sie aber nicht. Das entspricht überhaupt nicht ihrem Naturell. Das ist wieder eine dieser Ungereimtheiten. Es gibt nicht die kleinste Spur eines Kampfes. Kim hatte keine Abdrücke weder am Körper noch an der Kleidung. Keiner hat sie festgehalten. Sie hat auch keinen berührt, gekratzt oder ähnliches. Es gibt keine DNA Spuren unter ihren Nägeln, an den Händen, an den Fußsohlen. Nicht einmal nach dem Täter getreten hat sie. Das ist doch nicht normal. Man wehrt sich doch. Oder aber, der Angriff kam so überraschend, dass sie wirklich keine Gelegenheit dazu hatte. Das ist meine Vermutung. Deswegen bin ich auch sicher, dass es sich um einen Profi handelt. Der Reis ist zu durch."

Er stocherte missmutig mit seiner Gabel im Reis herum. Dann legte er das Besteck zusammen und schob den Teller beiseite.

„Ein Auftragskiller? Mein Essen ist köstlich. Der Herr ist halt schwierig zufrieden zu stellen."

„Nein, aber beim Risotto muss der Reis noch leicht körnig sein, sonst ist es pampig."

Plötzlich richtete sich Matthias auf und legte geräuschvoll das Besteck auf seinen Teller.

„Stopp mal." Er hob den Zeigefinger und zeigte auf einen imaginären Punkt in der Luft. "In Köln gab es einen ähnlichen Mord. Ein Mann mit durchtrennter Kehle, ich erinnere mich nicht mehr genau, aber es war auch so ein Abschlachten."

„Und wo ist da der Zusammenhang mit Kim?"

„Also so oft wird Menschen nicht die Kehle durchtrennt. Da gibt es einfachere Methoden, jemanden umzulegen."

„Hm", Max war nicht überzeugt.

„Lass dir mal die Akten kommen, vielleicht findest du doch noch Gemeinsamkeiten."

Max nickte, während Matthias sich wieder seinem Essen widmete.

„Was haben die Befragungen der Angehörigen ergeben?" fragte Matthias mit vollem Mund und trennte gleichzeitig ein weiteres Stück vom zart pochierten Seeteufel mit der Gabel ab.

„Nichts. Es wurden so um die zwanzig Personen aus dem Umfeld von Kim befragt. Ich wurde in den Akten nicht erwähnt. Es gab wohl keinen Hinweis auf meine Person. Nach mir hatte sie einen festen Freund, von dem man E-Mails und Fotos gefunden hatte. Die Beziehung ging kurz vor ihrem Tod auseinander."

Er bemerkte, dass Matthias ihm nur noch mit halber Aufmerksamkeit zuhörte, stattdessen mit den Augen durch das Restaurant wanderte und bei den turtelnden Tischnachbarn anhielt. Als er gerade eine Bemerkung fallen lassen wollte, wandte sich Matthias ihm wieder zu:

„Was willst du jetzt unternehmen?"

Max hob die Schultern. „Keine Ahnung. Erst einmal werde ich Kims Schwester kondolieren. Ich will mit ihr reden. Vielleicht hat sie noch einen Hinweis."

„Die Sache ist heiß" scherzte Matthias, doch als er Max Miene sah, hob er die Hand und sagte verständnisvoll: „He, ich weiß, es hat dich getroffen. Es ist furchtbar, kein Zweifel. Es tut mir wirklich leid. Wenn es nicht um

Menschenleben ginge, hätte das Detektivspiel im amerikanischen TV- Serienstil eine sehr unterhaltsame Seite. -Sir, wir haben da eine neue Spur!" Matthias setzte sich aufrecht hin und imitierte laut den üblichen Tonfall eines befehlsgebenden Chiefs aus den einschlägigen Fernsehserien. Es war irgendwie komisch.

Die Marketing- Damen vom Nachbartisch schauten irritiert zu ihnen herüber.

Düsseldorf, 17. Juni 2013

17

Der Sachbearbeiter, mit dem Max vor vier Tagen telefoniert hatte, wirkte überlastet mit der Bitte, die Akten und Beweisstücke des Mordfalls aus Köln eiligst zuzusenden. Mit nörgelnder Stimme machte er unfreundliche Bemerkungen über die Düsseldorfer Behörden. Er war nicht von der Dringlichkeit und einem möglichen Zusammenhang mit seinen Ermittlungen überzeugt. Max stellte sich vor, wie er schleppend die Akten sammelte und Anweisung gab, in der muffigen Asservatenkammer die Beweisstücke hervorzuholen, um alles zu versenden.

Jetzt standen die Kisten in Max Büro und Max sichtete, was die Kollegen in der Wohnung des Mannes sichergestellt hatten. Es waren nur wenige Dinge. Zwei Ordner mit Unterlagen und diverse Kleingegenstände, Modellautos und ein Klarsichtbeutel mit ein paar Schmuckstücken, ein alter MP3 Player und eine Spielkonsole. Es gab Musikvideos und Filme, alle Folgen von Starsky und Hutch und auch neuere Filme und Spiele, die meisten wohl Raubkopien. Außerdem ein Hinweis, dass diverse MP3 Player und Mobiltelefone, mit denen der

Mann wohl gehandelt hatte, bei der Staatsanwaltschaft verblieben waren. Dann gab es noch den Laptop und das Handy.

Max klappte den Deckel einer Kiste zu und sah zu den Akten, in denen sich die Ermittlungsberichte befanden.

Er flippte planlos mit den Fingern durch die Niederschriften. Bei dem Toten handelte es sich um einen dreißigjährigen Kölner. Keine Vorstrafen, unauffällig, dachte Max.

Nur zwei Seiten später erkannte er, dass er sich geirrt hatte.

Der Mann war wenige Stunden vor seinem Tod von der Polizei verhört worden.

Max hatte gefunden, wonach sein Instinkt gesucht hatte.

Der Tote war Mieter einer Garage in der die Düsseldorfer Polizei Rauschgift sichergestellt hatte. Er zoomte das Bild der Garage auf seinen Bildschirm. Der Fall sagte ihm nichts. Offenbar wanderte doch nicht jedes

Rauschgiftdelikt über seinen Schreibtisch. Ein Zollbeamter hatte das Rauschgift gefunden, als sein Drogenhund angeschlagen hatte. Es war einer dieser Zufallsfunde, obwohl die Kripo immer behauptete, es gäbe keine Zufallsfunde in der Drogenbekämpfung.

Max las hastig weiter, doch mit der Abschrift des Polizeiverhörs konnte er nicht viel anfangen. Dann folgte der Bericht des Pathologen. Es gab tatsächlich Parallelen zum Mord an Kim: Tathergang und Todesart waren sehr ähnlich. Auch in Köln hatte der Täter einen blitzsauberen Tatort hinterlassen.

Die Übereinstimmungen waren aber letztlich gering. Die Tatsache, dass beide durch einen Schnitt durch die Kehle ums Leben gekommen waren, besagte nichts.

Max sah hoch. Obwohl er die Ordner nicht vollständig durchgesehen hatte, stand er auf und zog seine Jacke über. Er konnte sich nicht mehr auf die Akten konzentrieren. Nicht mehr heute Abend.

Er verließ sein Büro ohne seine Umwelt wahrzunehmen, immer noch eingenommen von den Überlegungen zu den Morden. Musste der Mann sterben, weil die Polizei das Rauschgift gefunden hatte?

18

Max Blick war geradeaus auf die nasse Windschutzscheibe gerichtet. Es hatte keinen Sinn, nach Hause zu fahren. Er würde nicht schlafen können. Seine Gedanken waren bei Kim. Er fühlte sich schlecht, sein Hals kratzte als kündigte sich eine Erkältung an, doch in Wirklichkeit reagierte sein Körper mit diesen Symptomen auf Kims Tod. Dass sein Körper Schwäche offenbarte missfiel Max, doch es passte zum Allgemeinzustand seiner Hilflosigkeit. Er verlor sich in Trauer und Erinnerungen. Die Tatsache, dass er noch nicht das Geringste herausgefunden hatte, belastete ihn.

Übermorgen würde er ihre Schwester besuchen. Was sollte er ihr mitteilen? Keine neuen Erkenntnisse? Kims Fall ist im Archiv verschwunden?

Max schlug auf das Lenkrad. Verdammt. Er hatte es satt, nicht weiter zu kommen. Max startete den Motor.

Der Regen hatte nachgelassen. Max fuhr durch eine trostlose Gegend im Norden von Düsseldorf. Er war noch nicht oft hier gewesen. In dieser Straße sogar noch nie. Doch in dieser Woche war er schon zum zweiten Mal in diesem Stadtteil unterwegs. Kims Stammkneipe, die er vor drei Tagen aufgesucht hatte, lag nur wenige Minuten entfernt. Er rief sich die Begegnung mit ihren früheren Kollegen ins Gedächtnis. Eine eigenartige Gruppe, dachte Max. Es war schwer anzunehmen, dass Kim sich mit ihnen wohl gefühlt hatte. Doch sie waren alle von Kims Tod tief berührt gewesen, insbesondere der Großgewachsene, Uwe.

Beim Fahren betrachtete er die Häuer. Trist. Nur selten war eines der mehrstöckigen Häuser in den durchgehend bebauten Straßenzügen renoviert. Aber selbst dann hatte man sich nicht viel Mühe mit der Auswahl der Farben gegeben. Grau und ein schmutziges Beige dominierten. Die einzigen weißen Farbtupfer an den Fassaden waren die zahlreichen Satellitenschüsseln, die vor fast jedem Fenster angebracht waren. Die Einwohner des Stadtteils besaßen viele Nationalitäten und versuchten, sich über den Fernseher ihre Heimat in das Düsseldorfer Wohnzimmer zu holen.

Als Max in die Straße einbog, in welcher der Garagenhof lag, brach die Dämmerung herein. Die Garagen waren nicht zu verfehlen. Ein Flachdachgebäude mit Parkmöglichkeiten für zehn Autos. Kaltes Betonmauerwerk und nicht eine einzige Pflanze. In dem fahlen Licht der aufkommenden Dunkelheit war der Ort wenig anheimelnd.

Max parkte direkt vor den Garagen. Er sah sich um und betrachtete die umliegenden Häuser. Drei große Mehrfamilienhäuser umschlossen den Innenhof, in dem das Garagengebäude stand. Max wunderte sich. Die zahlreichen Wohnungen sahen alle bewohnt aus. Von den meisten Fenstern war der Garagenhof gut zu sehen. Hier, mitten in einer dicht bewohnten Siedlung hatte jemand mehrfach Taschen mit Heroin abgestellt, die auch wieder abgeholt worden waren, ohne aufgefallen zu sein. Unwahrscheinlich. Einer der Anwohner müsste etwas beobachtet haben. Personen, Autos, irgendetwas Auffälliges.

Das Pflaster des Garagenhofes war holprig und uneben. In den Senken hatten sich nach dem Regen große Pfützen gebildet. Vom Dach des Garagengebäudes tropfte Wasser herunter. Max zog die Handschuhe, die er zum Joggen im Winter nutzte, an und ging auf ein Garagentor zu. Die Garage, in der das Heroin gefunden wurde, war die dritte von links. Das Schloss unter dem Torgriff war zersprengt. Mit dem Fuß stieß er fest gegen das Tor.

Das Tor bewegte und schwang etwas auf. Max fasste den Griff, hob das Tor mit einem Ruck an und duckte sich zur Seite. Er hatte keine Ahnung, was ihn erwartete. Zum Schutz presste er seinen Körper an die Außenwand und wartet einige Sekunden. Ohne den Rücken von der Wand zu nehmen beugte er den Kopf nach vorne und sah in die Garage. Trotz der Dunkelheit, die im Inneren herrschte, sah er, dass sie leer war. Er blickte zur Decke auf das herunterhängende Stromkabel. Es gab keine Leuchte. Max verharrte noch einige Sekunden, doch offenbar war er ungestört. Dann ging er zurück zum Auto. Er brauchte die Taschenlampe.

Mit Hilfe des schwachen Lichts der Taschenlampe begann er, das Innere der Garage abzutasten. Er wusste nicht genau, wonach er suchen sollte, denn die Spurensicherung war vor Monaten bereits vor Ort gewesen. Sicher hatten sie auch professionellere Mittel im Einsatz gehabt als eine Supermarkt-Taschenlampe.

Das Rascheln kam plötzlich und unerwartet. Ehe Max die Taschenlampe ausrichten konnte, hatte es seine Füße erreicht. Sein Puls schnellte nach oben. Das zitternde Licht der kleinen Lampe warf gespenstige Schatten an die Garagenwände. Mit einem Satz hechtete Max aus der Garage. Die Ratte überholte ihn und verschwand in der Dunkelheit.

Scheißvieh! Als seine Atmung sich beruhigt hatte kehrte er in die Garage zurück. Langsam ließ er die Taschenlampe an den Wänden entlang gleiten und spähte in jede Ritze. Er leuchtete alle Ecken aus. Auch über den Fußboden ließ er den Lichtstrahl wandern. Nach fünf Minuten knipste er die Taschenlampe aus. Es gab nichts in der Garage, keinen Gegenstand, keine Spur. Bis auf ein paar Insekten und trockenen Blättern, die der Wind hereingeweht hatte, war in der Garage nichts zu finden.

Max klappte das Garagentor herunter. Wieder kein Erfolg. Keine Überraschung. Es war nicht zu erwarten, dass die Beamten der Spurensicherung einen wichtigen Beweis in der Garage übersehen hatten.

Etwas übersehen hatte einzig Max: Die getarnte Kamera, die an dem schmalen Dachüberstand der Garage angebracht war, zeichnete jede seiner Bewegungen auf und übermittelte sie unmittelbar an einen Rechner der Düsseldorfer Kriminalpolizei.

Düsseldorf, 18. Juni 2013

19

Schon sehr früh am nächsten Morgen hatte die Kripo das Filmmaterial der Kamera ausgewertet. Die Männer staunten, als die Bilder aus der Überwachungskamera über den Bildschirm liefen. Vor Monaten hatten sie diese Kamera installiert und noch keine einzige nennenswerte Beobachtung zu verzeichnen. Der Garagenhof wurde seit dem Rauschgiftfund standardmäßig überwacht. Es war üblich, Fundorte zu beobachten. Die Wahrscheinlichkeit, dass am Rauschgifthandel Beteiligte noch einmal zum Fundort zurückkehrten, war nicht gering. Anscheinend hatten sich in diesem Fall die Beobachtungen gelohnt. Die Überraschung für die Kripobeamten war noch größer, als sie Minuten später einen Staatsanwalt auf den Bildern identifizierten.

„Den Burschen schauen wir uns mal genauer an." Kriminalinspektor Brandl zwirbelte an seinem Bart. „Der hat doch bei mir gerade noch angerufen. Wollte Unterstützung in einer Mordsache. Jetzt erwischen wir ihn in einem überwachten Objekt? Was treibt der nur? Da mach ich mir keinen Reim drauf."

Er ließ sich schwer auf einen Bürostuhl fallen.

„Den Schnösel knöpfen wir uns noch heute vor."

Er würde Max gehörig in die Mangel nehmen und ihn schnellstmöglich zu seinem Besuch in der Garage befragen. Sein scheinheiliges Getue würde er ihm schon austreiben. Tut so, als würde er in einem Mordfall herumstochern und steckt selbst bis zum Hals im Dreck. Brandl zögerte nicht lange und schickte umgehend zwei Beamte mit der Vorladung zu ihm.

Das Klingeln weckte Max, obwohl es schon halb zehn war. Im Pyjama und mit zerzausten Haaren schlurfte er zur

Haustür. Den gestrigen Abstecher im Cubana spürte er deutlich in den Gliedern, die er träge bewegte. Zwei Polizeibeamte standen vor ihm. Einen erkannte er auf Anhieb. Sie waren bei einer Razzia in einem Fitnessclub aneinander geraten. Der Betreiber hatte im großen Stil mit Amphetaminen gehandelt. Max wollte den sofortigen Zugriff, aber der Polizist hatte so lange gewartet, dass der Mann fliehen konnte. Max war damals ausgerastet und hatte die Schuld dem Beamten angelastet.

„Was wollt Ihr von mir?", fragte Max noch müde und ein wenig gereizt. Er hob das Kinn als suche er Streit. Die Beamten ließen sich nicht provozieren. Sie überreichten Max einen Brief und eine Empfangsbestätigung.

„Was soll das?", fragte Max.

„Bitte lesen Sie den Brief", antwortete der Max Unbekannte betont höflich. „Wir können Ihnen keine Auskunft erteilen."

„Schisser", entfuhr es Max. „Ihr wisst doch genau, um was es geht. Immer so aalglatt." Max verkniff sich ein Schimpfwort, denn er wusste, dass er wegen Beamtenbeleidigung Ärger bekommen könnte, wenn die beiden es darauf anlegten. Grummelnd öffnete er den Brief und überflog die Zeilen.

Er wurde zu einer Zeugenaussage geladen. Der Garagenhof wurde überwacht.

Verdammt. Er hatte nicht an eine Überwachung gedacht. Im Geiste ging er noch mal den Fundort durch. Er hatte keine Kamera bemerkt. Ein grober Fehler. Max behagte der Gedanke gar nicht, dass die Kripo ihn dabei beobachtet hatte, wie er dilettantisch mit einer kleinen Funzel in der Garage herumgekrochen war und obendrein nichts gefunden hatte. Außerdem war er unerlaubt in die Garage eingedrungen. Das war Hausfriedensbruch. Sein Bauchgefühl sagte ihm, dass es eine Anzeige geben würde. Wenn er Pech hatte, sogar mit großen Auswirkungen. Er musste sich eine plausible Erklärung für sein Verhalten überlegen. Im Geiste ging er eine erste

Argumentationskette durch. Der vor ihm stehende Beamte unterbrach seine Gedanken.

„Es wäre gut, wenn Sie sofort mitkämen, Herr Bauer."

Jetzt regte Max sich auf. „Ich habt wohl einen Knall. Ich komme nirgendwohin mit. Ich habe Anspruch auf einen Termin beim Staatsanwalt, der mir fristgerecht mitgeteilt wird und zu dem ich mich auch äußern darf. Außerdem will ich einen Anwalt. Jetzt verschwindet aus meinem Türrahmen, bevor es eine Dienstbeschwerde gibt."

Max knallte die Tür zu, die im selben Augenblick wieder aufsprang. Der kleinere der Beamten hatte blitzschnell seinen Fuß davor geschoben.

„Was soll das", rief Max aufbrausend. „Nimm` Deinen Fuß aus meiner Tür und fahr weiter Streife. Du hast kein Recht darauf, hier wie ein billiger Staubsaugervertreter die Tür aufzuhalten. Ich komme nicht mit, Ihr könnt mich mal."

„Herr Bauer", der Ton des etwas hinten stehenden Beamten, den Max kannte, war immer noch übertrieben ruhig und besonnen. Innerlich kochte er vor Wut, er hatte große Lust, Max aus der Wohnung zu zerren und ihn nieder zu prügeln. „Bitte machen Sie uns jetzt keinen Ärger und begleiten Sie uns." Es bereitete ihm sichtlich Mühe, die Worte so ruhig zu formulieren.

„Vergiss es", raunzte Max ihn an. „Raus aus meiner Tür."

Als der Polizist keine Anstalten machte, seinen Fuß zurückzuziehen, verlor Max die Beherrschung. Er stieß den Beamten mit Wucht nach Hinten, so dass der gegen seinen Kollegen schlug. Beide taumelten und nur das Geländer am Treppenabsatz des Hausflures verhinderte ihren Sturz. Inzwischen hatte Max die Tür geschlossen. Die Beamten rappelten sich auf und verließen das Haus. Sie unternahmen keinen Versuch, Max erneut in das Präsidium mit zu nehmen. Sie wussten, dass Max die Tür nicht mehr öffnen würde.

Max wartete, bis die Beamten verschwunden waren. Ohne Zweifel würde ihm noch heute erneut eine Vorladung bei der Staatsanwaltschaft zugestellt werden. Die Kripobeamten würden alles daran setzten, ihn zu einer Vernehmung zu zwingen. Er wollte umgehend in sein Büro und sich auf diesen Termin vorbereiten. Er würde sich der Vernehmung nicht entziehen können. Zwar hatte Max keinen Zweifel, dass er glaubwürdig darlegen konnte, den Garagenhof im Rahmen seiner Ermittlungen aufgesucht zu haben. Doch er musste glaubhaft sein. Er war unbefugt in die Garage eingedrungen und hatte einen Hausfriedensbruch begangen. Er hatte sich einiges zu Schulden kommen lassen. Das würde Konsequenzen haben, schlimmstenfalls ein Disziplinarverfahren nach sich ziehen.

Doch offensichtlich wurde auch von anderer Stelle noch ermittelt. Warum sonst wäre die Garage noch unter Beobachtung und hätten sie ihn sofort aufgesucht. Ging es wirklich nur um den Mann, der das Drogendepot angemietet hatte und seine Handlangertätigkeit? Vielleicht wäre es sogar sinnvoll, mit der Polizei zu kooperieren. Max beeilte sich, zur Staatsanwaltschaft zu gelangen.

„Herr Bauer, schon so zeitig unterwegs?" Max kannte den Hausmeister der Staatsanwaltschaft, doch auch wenn er ihm schon einige Male geholfen hatte, für einen Plausch hatte er im Moment keine Zeit.

„Bin im Stress", antwortete Max im Vorbeigehen. Es entsprach exakt seinem Zustand.

Er musste schnellstmöglich eine handfeste Begründung für das Eindringen in die Garage finden. Er durchwühlte nochmals die Beweisstücke aus Köln. Nichts Stichhaltiges. Mit der linken Hand griff er den zweiten Ordner aus Köln. Hier hatte er noch nicht alles gelesen. Er bewegte sich so hastig, dass ihm der Ordner mit den Unterlagen aus der Hand glitt und zu Boden fiel. Max fluchte. Die Sache benebelte schon seine Reflexe. Er schob die Papiere zusammen und schmiss sie auf den Schreibtisch. In dem

Chaos konnte er leicht etwas übersehen. Max hasste es, in unordentlichen Akten zu suchen. Er hatte keine Lust, die Unterlagen jetzt auch noch zu ordnen, zwang sich aber. Im Stehen begann er, die Schriftstücke zu sortieren und einzuheften. Dabei sah er jedes Beweisblatt durch. Zeitvergeudung. Er drehte eine Dokumentenhülle um und suchte die passende Lochung für den Ordner. Der Zettel in der Hülle war mit wenigen Worten beschriftet. Es war das Protokoll einer Aufnahme des Handys des Toten.

Das war es. Sechs Namen.

Ganz oben stand KIM.

Plötzlich verlor sich seine Sachlichkeit. Seine Hände zitterten, als er das Papier in den Händen hielt und Kims Namen wieder und wieder las.

Kim war tot. Er starrte auf den Zettel, eine Reihe schwarzer Buchstaben, die eine lebensfrohe junge Frau benannten. Mit einem Mal wog das leichte Blatt Papier tonnenschwer in seinen Händen. Max fiel wie in Zeitlupe auf seinen Schreibtischstuhl. Für einen langen Augenblick verflüchtigte sich sein Bestreben, seine Unbeteiligtheit an dem Rauschgiftlager in der Garage zu beweisen. Er schrie und weinte innerlich vor Trauer, auch wenn kein Laut nach außen drang. Kim lächelte. Jäh begriff er, dass nur Erinnerungen an Kim vor seinem geistigen Auge abliefen und ihn mitrissen. Er atmete tief durch und zwang sich zurück in die Realität.

Auf der Notiz stand nur Kim, doch Max hatte keinen Zweifel, dass es sich um seine Freundin Kim handelte.

Kim und fünf weiteren Namen waren dort vermerkt. Was war das für eine Namensliste?

Aus der Kiste holte er das Handy des Toten. Es war abgeladen. Er würde ein passendes Ladekabel besorgen müssen, um die Aufnahme abhören zu können.

Max blätterte in den Akten und suchte in den Ermittlungsberichten nach einem Hinweis auf die Aufnahme. Nach kurzer Zeit war klar, dass das Handy in der Jackentasche des Toten war und er es im Tod unter sich begraben hatte. Die spurentechnische Untersuchung hatte keine Befunde ergeben. Das Handy war frei von anderen Fingerabdrücken als die des Toten. Offensichtlich lief aber über Stunden die Aufnahmefunktion. Die Aufnahme ließ jedoch keine Rückschlüsse zu. Die meiste Zeit war nur ein Rauschen zu hören, kurzzeitig Straßenlärm. Dann Stöhnen, vielleicht Kampfgeräusche und undeutliche Sätze und Schreie. Nur ein besser zu verstehender Satz, den die Kriminalisten mit „Alle kommen zu mir" notiert hatten. Dann die Namen. Die Ermittler hatten nach Personen mit den Namen in dem Umfeld des Mannes gefahndet, aber keine Übereinstimmungen gefunden. Das Protokoll wurde abgeheftet.

Hatten Kim und der Mann aus Köln sich gekannt? Hatte sich vielleicht die ganze Gruppe gekannt?

Max sah sich die Namen auf der Liste an. Nach Kims Name folgte ein weiterer Frauenname. Die letzten vier Namen klangen italienisch oder spanisch: Miquel Olivar, Munos Rodriguez, Jaime Quint und Antonio Molinar. Was sollte er mit diesen Namen anfangen?

Max lehnte sich zurück und überlegte, wie er die beiden Toten in Einklang bringen konnte. Ein unglaublicher Gedanke durchfuhr ihn.

Vielleicht stammte das Gesagte vom Täter. Vielleicht war es keine Freundesgruppe, sondern die nächsten Opfer des Täters.

Zum Zeitpunkt des Mordes in Köln lebte Kim noch. Wäre es denkbar, dass jemand einem im Todeskampf die Namen nennt? derer nennt, die ebenfalls sterben würden? Unwahrscheinlich, aber er könnte Brandl gegenüber behaupten, dass dies eine Liste von Todeskandidaten war und dass er deswegen in der Garage ermitteln wollte. Das war eine brauchbare Möglichkeit.

Was aber, wenn er Recht hatte? Was, wenn es tatsächlich eine solche eine Liste wäre. Waren sie schon alle tot? Oder noch nicht? Schlagartig wurde ihm klar, dass diese Menschen gefunden werden mussten. So oder so, denn selbst wenn sie schon tot wären würden sie ihn zu Kims Mörder führen. Dessen war Max sich sicher.

Max blickte auf den weiblichen Namen. Agnes. Er glaubte sich zu erinnern, dass Kim eine Freundin namens Agnes hatte.

Binnen Sekunden hatte er die Übersicht der Telefonnummern aller Frauen mit Vornamen Agnes aus Düsseldorf auf seinem Bildschirm. Fast gleichzeitig startete er eine Anfrage in den sozialen Netzwerken und beim Einwohnermeldeamt.

Die Treffer in den Online- Netzwerken summierten sich auf einige Duzend. Er meldete sich als Freund bei den Nutzerinnen in Kims Altersgruppe an und hoffte so auf mehr Informationen. Vom Einwohnermeldeamt gab es keine prompte Rückmeldung. Er würde der immer hilfsbereiten Frau Yildirim aus der Meldebehörde bei Gelegenheit wieder ein paar Blumen zukommen lassen, vielleicht erhöhte das die Auskunftsgeschwindigkeit.

Er forschte nach den Namen der Spanier im Internet und versuchte, alle in einen Zusammenhang zu bringen.

Beim Klingeln des Telefons fuhr er hoch.

„Brandl."

„Guten Morgen." Max versuchte es unverfänglich, doch Brandl ließ sich nicht auf höfliches Geplänkel ein.

„Wir erwarten Sie noch heute Vormittag bei uns, Herr Bauer. Ich mache deutlich, dass es in Ihrem eigenen Interesse ist, hier zu erscheinen."

Nicht einmal Zeit für einen Kaffee hatte er bislang gehabt. Das holte Max jetzt nach. Er besorgte sich in der Cafeteria einen Kaffee, füllte ihn in einen Pappbecher und machte sich, den heißen Becher in der Hand, auf den Weg zum Polizeipräsidium. Er hatte Brandl zähneknirschend zugesagt, noch am Vormittag bei ihm zu erscheinen. Er musste die Vorwürfe aus dem Weg schaffen. Außerdem wollte er sich nicht mit Brandl anlegen. Als er am Büro von Bettina Ochs, der Öko- Staatsanwältin, wie Max sie nannte, vorbeiging, kam ihm eine Idee.

Die Tür stand offen und die Staatsanwältin saß am Schreibtisch. Genervt sah sie von ihrem Aktenstapel auf, als Max ungebeten in das Büro hereinkam. Sie griff nach einem Diktiergerät und sagte sehr kurz angebunden.

„Was willst du?"

Er störte. Max überlegte kurz, ob er ihr überhaupt sein Anliegen vortragen sollte. Doch für alles andere war es jetzt zu spät. Er tat ein wenig verlegen und sagte charmant:

„Morgen Bettina. Hm, ich wollte dich nicht aus deiner Arbeit herausreißen. Ich hätte da nur eine Bitte. Ich frage mal ganz direkt: Meinst du, Ingo würde mir bei einer, sagen wir sehr persönlichen Ermittlung helfen?"

Sie sah ihn an und hob fragend die Augenbrauen. Als sie antwortete, klang ihr Ton gereizt. „Da frag ihn am besten selbst. Du bist doch sonst nicht so schüchtern. Mann Max, bitte, ich habe noch eine Menge zu erledigen und wollte heute nicht hier übernachten. Ruf ihn an und bestell ihm schöne Grüße von mir, wenn dich das beruhigt. Ich hätte es erlaubt." Sie verzog das Gesicht zu einer Grimasse und widmete sich wieder ihren Akten. Max kam sich dümmlich vor. Natürlich konnte er Ingo Ochs direkt anrufen. Er dachte nur, es sei unkomplizierter, wenn seine Frau es täte. Dann hätte er sich auch die Formalitäten und die Begründungen für den Auftrag erspart. Doch Bettina hatte ihn jetzt eiskalt abblitzen lassen. Er sah ein, dass seine Strategie fehlgeschlagen war. Es ärgerte ihn. Bettina, das ganze Behördensystem und die systemhörigen Mitarbeiter frustrierten ihn. Er wandte sich ab und ging.

Die Namen auf der Liste kannte er bereits auswendig.

Auf dem Weg zum Polizeipräsidium erreichte ihn eine SMS von Julia. Sie sei am Abend mit einer Freundin in der Meerbar verabredet. Max könne sich ja dazugesellen. Er lehnte ab und wünschte beiden einen netten Abend.

Max empfand Brandl als scharfsinnig und listig. Er war vor dreißig Jahren aus Niederbayern nach Düsseldorf gezogen, der Liebe wegen, daraus machte Brandl öffentlich keinen Hehl. Offenbar war er glücklich mit seiner Rheinländerin, doch das Urbayerische hatte er niemals abgelegt. Er war ein humorvoller Mensch, der schallend lachte, aber jetzt war er nicht zu Scherzen aufgelegt. Grimmig sah er Max an.

„Was hatten Sie in der Garage zu suchen, Herr Bauer?"

Max überlegte kurz, ob er Brandl überhaupt hier mündlich Auskunft geben sollte. Er war unentschlossen und begann, an den Händen zu schwitzen. Die Situation war heikel. Einerseits war er zu keiner Aussage gezwungen. Andererseits wollte er Brandl nicht brüskieren. Instinktiv spürte er, dass wenn er sich weigerte, mit ihm zu sprechen, Brandl keine Rücksicht mehr auf seine Bekanntschaft zu Handke nehmen und ihn nicht schonen würde. Außerdem wollte er, dass Brandl für ihn ermittelte. Mangels Alternative beschloss er, zu kooperieren.

„Ich habe ermittelt", antwortete er knapp.

„Oh", Brandls Stimme nahm einen ironischen Ton an. „Der Herr Staatsanwalt hat ermittelt." Er rollte das „R" noch eindringlicher als üblich. „Das ist ja mal was ganz Neues. Und was bitteschön haben Sie abends in einer Garage ermittelt? Wen haben Sie denn da gesucht, den wir nicht schon gefunden hätten?" Er sah Max von Oben herab an.

Max fühlte sich wie ertappt, doch er zwang sich, die Nerven zu behalten. So ruhig wie möglich antwortete er: „Nach Beweisen im Mordfall Kim Weiß. Ich hatte Sie ja bereits informiert, dass ich an der Sache interessiert bin."

„Ha, nach Beweisen im Mordfall Weiß", äffte Brandl ihm nach. „Na, kommen Sie, Herr Bauer." Jetzt verengte er die Augen zu Schlitzen und spitzte den Mund, so dass sein dicker Schnauzbart seine Lippen völlig bedeckte. „Halten Sie uns doch nicht zum Narren. In dieser Garage wurden Drogen gefunden und kein Mord begangen. Das war ein Depot, von dem nur Eingeweihte wussten." Die Augen Brandls durchbohrten Max als er fast zischend fragte: "Woher wussten Sie von den Drogen?"

Jetzt wurde Max aufbrausend. „Das ist ja absurd. Ich habe nur versucht, mir ein Bild zu verschaffen, herauszufinden, wer Kim Weiß ermordet hat. Mit Drogen hatte das nichts zu tun." Er hob die Hände.

„Klar", Brandl beugte sich vor. „Da schleichen Sie nachts an einer Garage herum, brechen dann einfach das Schloss auf und gehen rein, riskieren eine Anzeige wegen Hausfriedensbruch und eine Menge Ärger anstatt die eigentlichen Ermittler ihren Job erledigen zu lassen. Alles um herauszufinden, wer Kim was weiß ich ermordet hat. Das ist doch ein Schmarrn!" Er machte eine abwertende Handbewegung.

„Nein, Herr Bauer!" Brandls Gesicht war jetzt gefährlich nah. „Wir haben auch ermittelt. Aber in einer ganz anderen Sache."

Wieder starrte er Max an. „Nämlich in Ihrer."

Er wartete Max Reaktion ab. Max runzelte die Stirn.

„So? In meiner Sache. Ich wusste gar nicht, dass die existiert. Was gibt es denn da zu ermitteln?" Ihm missfiel diese Unterredung zunehmend.

„Eine ganze Menge", entgegnete Brandl triumphierend. „Wir haben mal Ihren Lebensstil unter die Lupe genommen. Tolle Wohnung, sportliches Auto, vor kurzem drei Wochen Urlaub auf Barbados und so weiter und so weiter. Alles vom Gehalt der Staatsanwaltschaft? Na, da wechsle ich doch glatt den Job!" Brandl ging um Max herum und sprach von hinten in sein rechtes Ohr: „Oder haben Sie vielleicht nachgebessert, mit kleinen Drogengeschäften?"

Jetzt reichte es Max. Er sprang auf, drehte sich zu Brandl und hob die Stimme: „Das sind haltlose Unterstellungen."

„Ach so?"

„Mein Privatleben geht Sie gar nichts an."

„Genau. Solange Sie nicht urplötzlich auf unseren Überwachungsbändern auftauchen ist mir das auch wurscht. Aber jetzt habe ich Sie auf dem Schirm." Er stellte sich streitlustig vor Max und verschränkte die Arme.

„Bedauerlicherweise liegen Sie falsch. Ich habe nur versucht, die Defizite der Ermittler aufzuarbeiten." Max Antwort war zynisch. Er hatte keine Lust zu erklären, dass er über ein zusätzliches Einkommen aus Tantiemen verfügte. Wenn Brandl das nicht herausgefunden hatte würde es Max sicherlich nicht preisgeben.

„Defizite, ha. Jetzt werden Sie nicht unverschämt. Meines Wissens ist der Fall komplett aufgerollt. Die Sache ist durchermittelt, da brauchen wir keine Unterstützung und schon gar nicht der Staatsanwaltschaft. Außerdem fällt die Akte nicht in Ihre Zuständigkeit. Aber es wurde wohl ein bisschen brenzlig, was?" mutmaßte Brandl erneut.

Max hatte genug gehört. Er empfand es nur noch als Zeitverschwendung, mit Brandl zu sprechen und überlegte, wie er diese Unterredung schnellstmöglich beenden konnte. Er beschloss, seinen einzigen Trumpf zu ziehen.

„Bei mir wird es nicht brenzlig. Aber vielleicht bei demnächst Ihnen, wenn ich offen lege, dass Sie bei Ihren Ermittlungen die alles entscheidende Liste mit den Namen der nächsten Opfer übersehen haben." Max verkrampfte innerlich, denn er fuhr jetzt volles Risiko. Er hatte den Satz einfach herausgeschleudert, ohne den geringsten Beweis für seine Äußerung.

„Welche Liste?" Brandl rollte mit den Augen.

Max blieb keine Wahl, er setzte zum Angriff über. „Sehen Sie, der Fall ist doch noch nicht durchermittelt. Es gibt eine Namensliste, die auf dem Handy vom toten Garagenmieter abgehört wurde. Der Name des Toten ist da zu hören und der meiner Freundin. Beide sind bereits tot. Soviel steht fest. Keiner weiß, wann die anderen Personen folgen oder ob es sie schon erwischt hat. Aber wenn sie noch am Leben sind und dennoch sterben, weil die Kripo es verschlafen hat, sie zu finden und zu beschützen, dann stehen sie verdammt schlecht da."

Jetzt schwieg Brandl und Max nutzte sein Zögern.

„Da haben Sie wohl ein kleines Detail übersehen?" Er versuchte, Brandl nicht zu provozieren.

Brandl sah ihn nachdenklich an. „Wo haben Sie die Liste gefunden?"

„Bei den Beweisstücken", bestätigte Max. „Ich glaube, wir müssen uns dringend darum kümmern. Während wir hier diskutieren ist vielleicht gerade der nächste auf der Liste an der Reihe."

„Diese Liste besagt gar nichts, sonst hätten wir sie längst verwertet. Vielleicht hat der Bursche auch nur seine Geburtstagsgäste aufgesprochen." Brandl ließ sich nicht beirren und blieb stur. „Lenken Sie nicht vom Thema ab, Herr Bauer. Solange ich nicht vom Gegenteil überzeugt bin, gehören Sie weiterhin zum Kreis der verdächtigen Personen. Und den Hausfriedensbruch kann ich auch nicht unter den Teppich kehren. Ich habe schon den LOSTA verständigt."

„Wenn Sie es so wollen", Max drängte es aus dem Büro. Er fühlte sich unter Druck gesetzt. Der leitende Oberstaatsanwalt würde Fragen stellen und er hatte keine Lust auf Diskussionen und Rechtfertigungen. Er musste Brandl beweisen, dass es sinnvoller war, die Ermittlungen in den Mordfällen erneut aufzunehmen anstatt ihn des Drogenhandels zu verdächtigen. Vielleicht war die Handyaufnahme seine letzte Chance dafür.

Max stand auf und wand sich an Brandl vorbei zur Tür. Obwohl er fürchtete, sich in der Sache zu verrennen, entgegnete er Brandl bestimmt: „Ich mache mich jetzt wieder an die Arbeit und führe die Ermittlungen fort."

Brandl packte ihn am Arm.

„Gar nichts werden Sie unternehmen. Solange Sie verdächtig sind, ist die Angelegenheit für Sie tabu. Es gibt nichts zu ermitteln." Zweifellos war es Brandl sehr ernst. Aber auch Max ließ keinen Zweifel an seiner Entschlossenheit. Er löste sich ruckartig aus Brandls Griff und erwiderte entschieden:

„Der Name meiner Freundin ist da gefallen, zusammen mit dem eines Mannes, der eine Garage angemietet hat, in der Drogen gefunden wurden. Beide sind tot. Wenn das kein Grund ist, in die Garage zu gehen, dann nennen sie mir einen besseren. Meine Freundin wurde ermordet. Ich habe also ein sehr persönliches Anliegen und werde ungebremst weiter ermitteln." Kampflustig sah er Brandl an.

Brandl zuckte zurück. Er hatte begriffen, dass er mit Worten Max nicht aufhalten konnte.

Köln, 19. Juni 2013

20

Als die Frau ihm die Haustür öffnete, drang Essengeruch nach draußen. Gebratenes Fleisch und Zwiebeln. Max wunderte sich über den Geruch am Morgen. Er hatte vor einer halben Stunde einen Espresso an einer Tankstelle getrunken und sich dazu ein Rosinenbrötchen aus der Backtheke genommen. Jetzt stand er vor einem kleinen Einfamilienhaus in einer Kölner Neubausiedlung. Die Straße mir ihren schlichten, gepflegten Häusern lag in einer gutbürgerlichen Wohngegend.

„Guten Morgen." Die Stimme der Hausherrin war freundlich. Als sie ihn hereinbat, wirkte sie jedoch verunsichert. Monika Wehrbaum war dicklich und bewegte sich schwerfällig. Sie führte Max in eine geräumige Küche die mit Küchenutensilien vollgestopft und unaufgeräumt war.

„Macht es Ihnen etwas aus, wenn wir uns hier hinsetzen, dann habe ich die Töpfe im Blick." Sie lächelte. „Wenn ich erst mittags nach der Schule mit dem Kochen anfange, dann wird es zu spät", fügte sie erklärend hinzu. Max winkte ab und stellte sich neben sie an den Herd. Er blickte in den offenen Topf.

„Hm, Gulasch. Sieht sehr lecker aus.". Max nickte anerkennend. Monika Wehrbaum errötete leicht.

„Danke", sie freute sich über das Kompliment. „Trinken Sie einen Kaffee?"

„Gerne." Max machte es sich am Esstisch bequem. Er hatte sich auf die Eckbank gesetzt und sah zu, wie sie einen mit Kaffeepulver gefüllten Beutel in die Kaffeemaschine legte und den Startknopf drückte. Der Kaffee roch gut und er trank ihn schwarz. Monika breitete eine Zeitung auf dem Küchentisch aus, setzte sich zu ihm und begann, Kartoffeln zu schälen. Sie schälte schnell und geübt. Max dachte an Kim, die außer Salaten niemals ein vernünftiges Essen zubereitet hatte. Er betrachtete die Frau mit ihrer üppigen Figur und ihrer hausfräulichen Art. Sie trug einen weit ausgestellten roten Rock und eine altmodische Bluse mit rotem Mohnblumenmuster. Ihre dunkelbraunen Haare waren kurz geschnitten und begannen, am Ansatz grau zu werden. Sie war mindestens zehn Jahre älter als Kim und Max war überrascht, wie verschieden Schwestern sein können.

Sie wussten beide nicht so recht, wie sie das Gespräch beginnen sollten.

„Schön, dass Sie gekommen sind." Monika Wehrbaum sah ihn an. Sie hatte Ränder unter den müden Augen.

Max nickte. Als er sie angerufen hatte um seinen Besuch anzukündigen, hatte er ihr kondoliert. Ihre Stimme hatte heiser und traurig geklungen und anfänglich war sie misstrauisch gewesen und wollte ihn abwimmeln. Doch Max war, standhaft geblieben, und sie hatte schließlich eingewilligt. Sie hatte die morgendliche Zeit vorgeschlagen, da würden sie am meisten Ruhe haben, da die anderen Familienmitglieder aus dem Haus sein würden.

„Ich dachte, es tröstet Sie ein wenig, mit jemandem zu reden, der Kim kannte und um sie trauert. Es war sicherlich ein großer Schock für Sie."

„Ja, das war es." Sie strich sich mit dem Unterarm über die Haare wobei sie immer noch das Schälmesser in der Hand hielt. „Ich hatte Kim sehr gern, auch wenn sie, wie sie sicher bemerkt haben, ganz anders lebte als wir." Dann beugte sie sich vor. „ Kim hat nie etwas von Ihnen erzählt.

Als Sie anriefen, habe ich zuerst gedacht, Sie sind wieder einer von der Presse. Doch dann habe ich gemerkt, dass Sie es aufrichtig meinen. Außerdem", sie lehnte sich verlegen zurück, „habe ich im Internet recherchiert, ob Sie wirklich Staatsanwalt sind."

Max lächelte. „Sie können beruhigt sein. Ich bin Staatsanwalt und ich war tatsächlich mit Kim zusammen. Allerdings nicht lange. Wir waren zu verschieden."

„Ohne Zweifel. Aber trösten Sie sich, Kim hat es nie lange mit einem Mann ausgehalten. Das war ihr Naturell. Sie hat nie Ausdauer gezeigt und die Dinge durchgezogen." Sie strich sich eine Haarsträhne aus der Stirn und entblößte tiefe Sorgenfalten.

„Sie war eine gute Turnerin. Als Kind und Jugendliche hat sie alle Preise in der Schule abgeräumt. Doch als man sie fördern wollte und sie hätte mehr trainieren müssen, hat sie mit dem Turnen aufgehört. Auch die Schule hat sie geschmissen. Mit fünfzehn ist sie in den Sommerferien mit einem Jungen durchgebrannt. Sie sind per Interrail nach Portugal und Spanien gereist. Nach den Ferien war dann Schluss und meine Eltern konnten sie so gerade dazu zwingen, ihren Realschulabschluss zu beenden." Sie sah zum Fenster herüber und ihr Blick verlor sich, als sie weiter erzählte.

„Aus ihrer Sicht hatte sie immer gegen mich anzukämpfen. Sie war zwölf Jahre jünger als ich, unsere Mutter stand voll im Berufsleben, als Kim geboren wurde. Sie hat ihren Job nicht aufgegeben und sie und ich haben uns die Erziehung von Kim geteilt. Als ich Abi machte, kam Kim gerade in die Schule. Meine Mutter dachte immer, aufgrund meines Berufes als Lehrerin könnte ich Kim bei ihren Schulproblemen helfen, aber sie ließ mich nie. Später jobbte sie in einem Fitnesscenter. Ich glaube, sie hatte eine Affäre mit dem Eigentümer und als auch diese beendet war, zog sie für drei Jahre nach Ibiza und arbeitete in einem Ferienclub. Wir haben sie in den Sommerferien dort besucht. Es ging ihr gut."

Max stimmte ihr zu. Er erinnerte sich an die Fotos von Ibiza, die in Kims Wohnung standen. Helle, fröhliche Bilder.

„Der Ferienclub hat ihren Vertrag aus wirtschaftlichen Gründen nicht verlängert. Kim war damals sehr betrübt. Da die Absage sehr kurzfristig kam, hatte sie keinen vergleichbaren Job in dieser Saison gefunden. Also hatte sie die Stelle am Flughafen angetreten. Das eine muss man Kim lassen, sie hat immer gearbeitet und niemals jemandem auf der Tasche gelegen. Kims Traum war es, Flugbegleiterin zu werden. Ich glaube, deswegen hat sie auch auf dem Flughafen gearbeitet. Sie hoffte, sie würde dadurch eines Tages die Chance auf ihren Traumjob haben. Tja, und dann war plötzlich alles vorbei."

Monika Wehrbaum konnte die Tränen jetzt nicht mehr zurückhalten. Sie schniefte und hielt sich die Hände vor das Gesicht. Max sah zu Boden. Erst jetzt wurde ihm bewusst, dass Kim sich ihm gegenüber nie geöffnet hatte. Sie hatte ihm nie von ihren Träumen erzählt.

Kims Schwester stand auf und holte sich aus einer Schublade ein Papiertaschentuch. Sie schnäuzte sich laut. Dann sah sie auf. „Es geht schon wieder. Es, es ist nur so traurig. Sie hat es nicht verdient, sie war wirklich ein guter

Mensch. Warum mussten sie ausgerechnet in ihrer Wohnung einbrechen?"

Max fühlte einen Kloß im Hals. Er räusperte sich, doch seine Stimme klang trotzdem noch erstickt. „Ich glaube nicht, dass sie Opfer eines zufälligen Wohnungseinbruchs war."

„Nicht?" Sie hielt inne und sah ihm in die Augen. Plötzlich war sie verunsichert.

„Wer könnte das getan haben?" fragte Max nach.

Sie schüttelte den Kopf. „Ich habe keine Ahnung. Wenn ich einen Verdacht gehabt hätte, hätte ich es der Polizei gesagt. Die waren ja zweimal bei uns. Alles, was ich wusste, habe ich den Beamten gesagt. Doch viel konnte ich nicht beisteuern. Kim und ich haben uns zwar regelmäßig getroffen, aber das war meist hier. Sie kam zu Besuch, spielte mit den Kindern, aß mit uns und fuhr wieder los. Sie hat wenig von ihrem Leben oder ihren Freunden erzählt. Sie sind das beste Beispiel dafür."

„Hatte sie mit irgendjemandem Ärger gehabt?" Max bohrte weiter.

„Ich denke nein, aber ich weiß es nicht genau. Ich kenne ihre Bekannten nicht. Mit wem sie Freund oder Feind war kann ich nicht beurteilen. Von ihrem letzten Freund hatte sie sich gerade getrennt. Das hatte sie ausnahmsweise mal erzählt. Er arbeitete auch am Flughafen. Ich glaube nicht, dass er etwas damit zu tun hat. Aber wer weiß." Wieder sah sie Max in die Augen. Max hatte irgendwie das Gefühl, dass sie ihm nicht die Wahrheit sagte. Er lehnte sich zu ihr vor und ohne den Blick abzuwenden fragte er gerade heraus:

„Gibt es etwas, dass Sie der Polizei nicht mitgeteilt haben?" Es klang eher nach einer Behauptung als nach einer Frage.

Durch ihre Augen huschte ein Zucken, als sei sie ertappt worden. Sie stand abrupt auf, klappte die Zeitung mit den Kartoffelschalen zusammen und trug sie zusammen mit dem Topf, in den sie die geschälten Kartoffeln gelegt hatte, zur Spüle. Dort entsorgte sie die Schalen im Biomüll und füllte den Topf mit Wasser. Sie fügte Salz hinzu und stellte den Topf auf den Herd. Nachdem sie die Herdplatte angestellt und ein paar Mal das Gulasch umgerührt hatte, drehte sie sich zu ihm um. Sie lehnte sich mit dem Rücken an die Küchenablage und dachte einen Augenblick nach.

„Sie hatte ein Schließfach gehabt", flüsterte sie.

„Ein Schließfach?" wiederholte Max.

„Ja. Sie deponierte dort ihr Geld."

„Ihr Geld? Warum hatte sie das nicht auf dem Konto, so wie alle Menschen?"

„Sie traute den Banken nicht. Ich weiß, es ist Quatsch, aber sie war eben ein bisschen sonderbar. Sie wollte, dass ich das Geld für sie aufbewahre. Da habe ich auf die Anmietung eines Schließfaches gedrängt, ich wollte kein Geld hier im Haus haben."

„Was ist mit dem Schlüssel dafür?"

„Den habe ich, und nur ich. Ich habe das Schließfach auch auf meinen Namen gemietet. Kim hatte keinen Schlüssel. Wenn sie zu Besuch kam, gab sie mir einen Umschlag mit Geld und den legte ich dann ins Fach."

Max deutete auf den Herd. Das Kartoffelwasser kochte über und es zischte, als es auf die heiße Herdplatte traf. Monika Wehrbaum stürzte zum Herd und zog den Topf von der Platte. „Verdammt!" schimpfte sie.

Max stand auf und ging ebenfalls zum Herd. „Wissen Sie, woher sie das Geld hatte? War es viel?" Er war sehr nah an sie herangetreten und Monika war die fehlende Distanz sichtlich unangenehm. Sie trat einen Schritt zurück.

„Kim wollte mir nie sagen, woher das Geld stammte", beeilte sie sich zu antworten. „Ich habe mir auch so meine Gedanken gemacht, aber es hätte keinen Sinn gehabt, Kim zu einer Antwort zu drängen. Sie hätte mir ohnehin nichts verraten." Sie ergriff erneut den Kochlöffel und rührte unnötigerweise wieder im Gulaschtopf herum. „Ich habe nie nachgezählt. Aber Kim hatte vorgehabt, eine Weltreise zu unternehmen. Wenn sie Hunderttausend zusammen hätte, wollte sie los, hatte sie mal gesagt. Vielleicht ist es schon fast so viel. Ich habe mich noch nicht getraut, hinzugehen." Sie rührte immer noch im Topf.

Max dachte schweigend nach.

„Wollen Sie hineinsehen?"

„Bitte?", Max hatte ihr nicht richtig zugehört. „Ach so, nein, nicht jetzt. War nur Geld im Schließfach?"

„Ja, ganz sicher."

„Dann ist es nicht so wichtig. Es gehört jetzt wohl ohnehin Ihnen."

„Werden Sie der Polizei davon erzählen?" Sie stellte die Frage leise und ängstlich.

„Nein", versicherte ihr Max. „Aber, sollten Sie noch etwas anderes im Schließfach finden, etwas, was uns helfen könnte, Kims Tod aufzuklären, sagen Sie es."

Sie versprach es.

„Kennen Sie eine Frau, die Agnes heißt?" Monika Wehrbaum sah ihn an und nickte.

„Ja, Agnes Brinkmann. Agnes war Kims Freundin. Sie kannten sich schon ewig. Wieso?"

„Ich würde gerne mit ihr reden. Vielleicht kann sie mir weiterhelfen", log Max. Ohne Beweise lohnte es sich nicht, Kims Schwester zu verängstigen.

„Glaube ich nicht. Sie ist nicht einmal zu Kims Beerdigung gekommen." Ihre Miene verfinsterte sich.

„Ich will es trotzdem versuchen. Man weiß ja nie. Haben sie ihre Telefonnummer?"

Sie schüttelte den Kopf. „Nein, leider. Oder doch, es könnte sein. Ich habe noch ein altes Handy von Kim. Vielleicht ist die Nummer gespeichert." Sie verschwand und kehrte kurz darauf mit einem Lächeln zurück. Max übernahm Agnes Nummer in sein Handy und ging zur Tür.

„Danke, dass Sie gekommen sind." Sie sagte es zum zweiten Mal an diesem Morgen. Max gab ihr die Hand und drückte sie.

„Sie fehlt mir auch."

Kim war wohl doch nicht so ein Unschuldslamm dachte er im Auto. Gehörte sie zur Drogenszene? Warum sollte sie mit einem Mann auf einer Liste stehen, der ein Drogendepot gemietet hatte, wenn sie nicht mit ihm in Verbindung stand. Das Geld im Schließfach könnte eine Bestätigung für Kims Aktivitäten im Drogenmilieu sein. Max überlegte, ob sie nur Dealerin gewesen war oder einen höheren Rang in der Drogenorganisation bekleidet hatte. Max hielt beide Varianten für plausibel. Er würde weiter forschen müssen. Ihre Schwester war dabei kaum eine Hilfe. Sie hatte entweder tatsächlich keine Ahnung von Kims Nebenbeschäftigung oder sie war eine begnadete Schauspielerin.

Er hatte gezögert, es ihr auf den Kopf zuzusagen. Doch jetzt, da Kim tot war, nützte es auch der Schwester nicht, Kims mögliche kriminelle Seite offen zu legen.

Max startete den Motor. Da kam ihm noch ein weiterer Gedanke. Der Täter hatte in Kims Wohnung nicht nach dem Geld gesucht. Es gab keine Spuren einer Durchsuchung, nichts war verwüstet. Vielleicht hatte der

Täter keine Ahnung von Kims Geld gehabt. Dann war ein Raubüberfall unwahrscheinlich. Jemand hatte ein anderes Motiv für die Tat. Möglicherweise sollte Kim aus dem Weg geschafft werden. Warum? Wusste sie etwas, das sie nicht preisgeben sollte?

Er würde Kims Leben tiefer durchleuchten müssen.

Noch während der Fahrt wählte Max die Nummer, die Kims Schwester ihm genannt hatte.

Die Stimme war leise. „Ja?"

„Agnes Brinkmann?" Keine Antwort, aber immerhin hatte sie nicht aufgelegt. „Mein Name ist Max Bauer, ich war ein Freund von Kim."

Immer noch keine Reaktion.

„Von Kim Weiß."

Jetzt hörte Max deutlich das heftige Atmen der Frau und er ahnte, dass sie Kim kannte.

„Hören Sie"; fuhr er behutsam fort. „Sie müssen nicht reden. Sie kennen mich nicht und ich weiß nicht, ob Sie wirklich die Frau sind, die ich suche, die ich warnen will.

Aber hören Sie mir einen Augenblick zu. Ich erkläre es. Ich kannte Kim. Sehr gut sogar, sie war mal meine Freundin. Doch jetzt ist sie tot: Sie wurde ermordet und ich will wissen warum und wer dafür verantwortlich ist. Ich bin Staatsanwalt und ich suche ihren Mörder. Und ich will Sie warnen, Agnes. Sie sind ebenfalls in Gefahr, das nächste Opfer zu sein. Kim ist tot, und ich habe Anhaltspunkte dafür, dass Sie es demnächst auch sein könnten."

Max stockte. „Sind Sie noch dran?"

Er hörte immer noch das Atmen und ein Radio im Hintergrund. Die Frau sagte kein Wort. Entweder hielt sie ihn für einen Irren oder war zu Tode erschrocken. Das Schweigen missfiel ihm. Seine Hand verkrampfte sich um sein Handy.

„Fahr zur Hölle!" Die Stimme war jetzt messerscharf.

„Gern", entgegnete Max nicht minder scharf. „Wenn es Dich in Sicherheit bringt, darfst du mich dorthin begleiten." Max verlor die Geduld. „Was habt ihr getan, was hat Kim getan, dass sie sterben musste? Ich muss es wissen. Ich will ihren Mörder finden."

Agnes gab ihm keine Antwort.

„Verdammt!" Max schrie in sein Handy. „Rede endlich, er ist auch hinter dir her! Rede endlich, nur dann kann ich wenigstens dir helfen."

„Ich brauche keine Hilfe." Es klang trotzig.

„Oh doch, denn früher oder später wird dich Kims Mörder auch finden, wenn du nicht aufpasst." Max holte Luft. Er wollte ihr gerade mit der Existenz der Namenliste drohen. Ihr plötzliches Sprechen verhinderte seinen erneuten Gefühlsausbruch. „Kim hat dich erwähnt, als es vorbei war, mit euch."

„Was hat sie dir erzählt?"

Doch anstelle einer Antwort flüsterte sie: „Ich habe Angst!"

Sie rang hörbar nach Luft.

Also doch! Sie wusste etwas, und es gab auch einen Grund für ihre Angst. Er versuchte, beruhigend zu klingen, doch es gelang ihm nicht.

„Warum hast du Angst? Wer will euch eliminieren, wer. Wer hat Kim umgebracht? Weißt du etwas, Agnes?" Er schleuderte die Fragen förmlich heraus. Agnes antwortete nicht. Sie flüsterte nur heiser:

„Jemand war in meiner Wohnung."

Nein! Max beschleunigte ungewollt und der Wagen geriet in die andere Spur. Die Reifen surrten beim Überrollen der Fahrbahnmarkierung. Er riss das Lenkrad herum.

Jemand ist schon hinter ihr her!

„Wann?"

„Vor drei Tagen."

„Bleib nicht mehr in deiner Wohnung. Versteck dich, fahr zu einer Freundin, in den Urlaub, egal, tauch einfach ab. Niemand darf dich finden, sonst bist du erledigt. Hörst du, niemand. Geh nicht mehr ans Telefon, besorge dir ein neues Handy. Niemand darf wissen, wo du bist, außer demjenigen, bei dem du unterkommst, jemandem, dem du wirklich trauen kannst. Diese Killer kennen keinen Spaß." Max hoffte, dass sie ihn ernst nahm.

„Ich bin schon verschwunden", versicherte sie.

„Gut. Ruf mich alle 24 Stunden an oder schick mir eine SMS, damit ich weiß, dass du noch am Leben bist. Ich kann dir keinen Personenschutz gewähren, nur den Rat, abzutauchen."

Sie versprach es.

„Noch eines muss ich wissen, hat Kim gedealt?" Doch die Frau hatte schon aufgelegt. Max drückte das Gaspedal und raste zurück nach Düsseldorf. Agnes durfte nicht das nächste Opfer werden.

Düsseldorf, 20. Juni 2013

21

Max brach der Schweiß aus, als er die Nachricht las.

„Leichenfund am Güterbahnhof."

Dann begriff er. Geschickt, dachte er. Sie traut mir nicht, aber sie ist clever. Die Meldung war vor einer Stunde über die Nachrichtenticker gelaufen. Jetzt hatte Agnes sie als SMS an ihn verschickt. Agnes ist also am Leben und auf der Höhe des Zeitgeschehens. Ihr Unterschlupf war sicher, aber wie lange noch.

Max beschleunigte den Wagen. Er war auf dem Weg zu Ingo, dem Kriminaltechniker. Er hatte ihn nicht mehr in seinem Labor vorgefunden und fuhr ihm jetzt nach zu seinem Ruderclub. Den Tipp hatte Ingos Frau ihm dann doch noch gegeben.

Max war Ingo oft begegnet. Geredet hatten sie jedoch noch nicht viel miteinander. Ingo war nicht der redseligste Mensch. Er war ein typischer „Nerd", ein forschungsverliebter Sonderling. Seine Arbeit war bei den Behörden jedoch hoch angesehen.

Max fing Ingo vor dem Clubhaus des Rudervereins ab. „Sorry, dass ich nach Feierabend störe, aber es ist dringend. Ich brauche Ihre Hilfe."

Ingo sah ihn wie einen Außerirdischen an. Dann senkte er den Blick und anstelle eines Grußes erwiderte er: „Die Schuhe sind ok."

„Bitte?" Max verstand Ingos Interesse an seinen sportlichen Straßenschuhen nicht.

Ingo war zu den Bootshäusern gelaufen, gab diverse Handzeichen, und zwei Minuten später ließen sie gemeinsam ein Ruderboot zu Wasser. „Können wir noch reden, bevor Sie losrudern?"

„Geh an Bord", befahl Ingo.

„Ich bin froh, dass Sie noch anders kommunizieren können, als nur in Zeichensprache", ätzte Max, stieg aber nach Ingo in das Boot. Dann würden sie eben unterwegs reden.

„Hier", Ingo hielt ihm die Ruder hin. „Rudere einfach in meinem Rhythmus mit." Ingo saß vorne und ruderte schnell, so schnell, dass Max nach den ersten hundert Metern schon außer Atem war. An eine Unterhaltung war nicht zu denken.

„Wie weit rudern wir?" schnaufte Max.

Ingo antwortete nicht sondern schlug weiter mit den Rudern auf die Wasseroberfläche ein. Max hatte keine Übung und größte Mühe, mitzuhalten. Er kämpfte eine halbe Stunde gegen seinen Frust an, dann ließ er die Ruder fallen.

„Weiter", Ingo drehte sich nicht einmal um.

„Jeder Galeerensklave hat mehr Recht auf eine Pause" Max bewegte die Ruder nicht. „Können wir jetzt reden?"

„Ich höre." Mit dem gleichen Eifer wie bei seinen Forschungsarbeiten ruderte Ingo weiter. Max begann, das Boot zu schaukeln.

„He!" Ingo fuhr herum. Max blickte unschuldig. Er erwartete Ingos Reaktion. Doch Ingo nickte. „Wir kehren um. Aber zurück geht es gegen die Strömung, da müssen wir beide ordentlich reinhauen."

Gemeinsam wuchteten sie die Ruder gegen die Kraft des Wassers.

Als sie das Boot wieder an den Anleger zogen, entlockte Max erschöpfter Anblick Ingo ein Kompliment.

„Du warst gar nicht so schlecht." Er hatte wohl von Anfang an gewusst, dass selbst ein sportlicher Mensch dem hohen Schlagtempo eines geübten Ruderers nicht standhalten kann.

„Ich bin völlig durchgeschwitzt. Normalerweise hätte mich niemand zu dieser Tortur gezwungen. Doch ich brauche deine Hilfe." Er duzte Ingo jetzt auch. „Deswegen wollte ich die ganze Zeit mit dir reden. Ich bin hinter dem Mörder einer Frau her. Sie war meine Freundin. So wie es aussieht, plant das Schwein noch weitere Morde. Es gab einen Mord in Köln, der möglicherweise auch auf sein Konto geht. Ich will ihn einbuchten, bevor er wieder zuschlägt."

„Warum hast du das nicht gleich gesagt?"

„Weil mir die Puste ausging!"

Ingo lenkte ein. „Was ist mit der Kripo?"

„Kannst du vergessen. Die sind mit dem Fall durch und glauben nicht an weitere Opfer. Die vermuten sogar, ich sei in den Fall verwickelt."

„Bist du ja auch, in gewisser Weise."

Max verzog die Mundwinkel. „Nimm dir die Beweisstücke in der Sache nochmals vor, alle DNA- Funde aus Kims Wohnung. Jede technische Spur soll im Prinzip neu überdacht werden. Auch Querverbindungen zu dem Mordfall in Köln. Ich habe noch ein paar Beweisstücke aus Köln, die du untersuchen sollst."

„Wie bist du an die gekommen?"

Max sah Ingo unverblümt an. „Beziehungen."

„Du willst, dass wir die Untersuchungen der Kölner Kollegen hinter ihrem Rücken in Frage stellen?"

Max nickte.

Ingo lehnte ab, um im gleichen Augenblick, als er Max ernsten Gesichtsausdruck sah, seine Meinung zu ändern. „Du hast es eilig, was?"

„Insbesondere mit den Ergebnissen."

Sie waren beim Fahrradständer neben dem Parkplatz angelangt. Bevor Max losfuhr, reichte Ingo ihm die Hand: „Ich beeile mich mit den Analysen."

„Danke."

Max stieg auf sein Rad. Im Fahren griff er nach seinem Handy. Agnes hatte keine weitere SMS geschickt.

Unterwegs hielt er unweit vom Rheinufer an Cems Frisörsalon an. Er brauchte dringend einen Haarschnitt. An einem Außentisch des daneben liegenden Szenecafes saßen zwei Mütter mit großen schwarzen Sonnenbrillen, die ihre tiefliegenden Schlafmangelaugen bedeckten. Die Kinderwagen mit ihren Babys hatten sie direkt neben dem Eingang zum Frisör geparkt. Eine vollbusige Studentin brachte ihnen zwei Aperol Spritz und lächelte Max zu. Er lächelte breit zurück und stellte sein Fahrrad neben die Babys.

Cems Laden war eine Welt für sich. Die Einrichtung glich dem Cockpit eines Startreck- Raumschiffes, mit grellem

Neonlicht ausgeleuchtet. In einer Dauerschleife lief türkische Musik, türkische Zeitschriften lagen überall herum und es gab süßen, schwarzen Tee und freies W-LAN. Obwohl der Laden immer voll war, brauchte man bei Cem keinen Termin. Innerhalb kürzester Zeit erhielt man einen Haarschnitt, eine perfekte Rasur und die neusten Nachrichten aus der Stadt. Die Infos aus Cems Laden waren frischer als in jedem Newsroom. Cem redete gern und fragte seine Kunden aus bis auf die Knochen.

Heute hatte Max keine Nerven für Small Talk. Er zückte sein Handy, loggte sich ins freie Netz und während Cem ihm die Haare schnitt mailte er Ingo die Ermittlungsberichte.

Ingo hielt sein Versprechen. Schon am nächsten Vormittag meldete er sich bei Max. Ingos Stimme klang belegt und übernächtigt als er anrief.

„Ich habe alle Ermittlungsberichte, die du mir gemailt hast, durchgearbeitet. Die Untersuchungen sind alle korrekt durchgeführt worden. Teilweise von mir selbst oder auch von anderen Kollegen, die durchaus die erforderliche Kompetenz besitzen. Die Ergebnisse die wir vorliegen haben sind schlüssig, da gibt es nichts zu deuten. Es wurde eben wenig Material am Tatort gefunden, das ausgewertet werden konnte. Auch bei den Beweisstücken aus Köln konnten wir nicht mehr finden, als die Kollegen vor Ort."

Max verbarg seine Enttäuschung nicht. „Mensch, das ist schwach! Mehr gibt es nicht? Das glaube ich nicht!"

„Wir haben noch eine Möglichkeit", schlug Ingo vor. „Wir könnten die Taschen untersuchen, die in der Garage gefunden wurden."

„ Um DNA- Spuren von Kim in den Taschen zu finden?" Max war skeptisch. „Unwahrscheinlich. Das bringt uns nicht weiter."

„Nicht in sondern an den Taschen. Die Untersuchung der Taschen ist die einzige Chance auf neue Erkenntnisse. Du solltest mein Angebot annehmen." Ingos Antwort war knapp und eindeutig.

Max vertraute seiner Einschätzung. Er wusste, Ingo urteilte fair. Außerdem ging er ungern das Risiko ein, etwas zu übersehen. Ingo würde seinen Ruf als erstklassiger Forensiker niemals aufs Spiel setzen. Die Untersuchung der Taschen war demnach ein großzügiges Angebot.

„Weißt du, wo sie sich befinden?"

„Unterschreibe mir einen Antrag, und wir besorgen die Taschen aus jeder Asservatenkammer."

„Wie lange wird es dauern?"

„Zwei Tage." Damit hatte Ingo den Zeitrahmen selber gesteckt.

Düsseldorf, 22. Juni 2013

21

Auf den Rheinwiesen von Oberkassel blühte der Raps und verwandelte die linke Flussseite in eine leuchtend gelbe Landschaft. Der Beachclub am Rheinstrand hatte nach der Winterpause wieder geöffnet und die Düsseldorfer strömten zu den aufgeschütteten Sanddünen am Rheinufer. Am heutigen milden Freitagabend würde es besonders voll werden.

Max stand an der Strandbar und hatte keine Augen für die blühende Natur. Kims Tod vereinnahmte ihn. Seine Ermittlungen hatten nur zu Schwierigkeiten geführt. Das zehrte an ihm. Seit Tagen beschäftigte ihn nichts anderes. Er brauchte eine Pause. Mit einem Caipirinha in der Hand schlenderte zu den Strandkörben, vorbei an den Teakholzliegen mit den Beachbeauties. Er wollte ungestört sein und setzte sich etwa abseits in einen Strandkorb. Von dort aus führte er ein einsilbiges, längst überfälliges Telefonat mit seiner Familie, das wie so oft in angespannter Stimmung endete. Sie versuchten immer wieder Max vorzuschreiben, wie er sein Leben zu gestalten hatte, auch wenn er schon über Dreißig war. Max war froh, nicht täglich von seinem Vater Anweisung entgegenzunehmen. Er wusste, dass eine Zusammenarbeit im elterlichen Unternehmen sehr bald zu einem endgültigen Zerwürfnis geführt hätte.

Als er das Telefonat beendete, färbte sich der Himmel dunkel. Die Sonne war untergegangen und hinterließ gerade noch einen roten Streifen am Horizont. Max trank den Rest des Caipirinhas auf ex. Er hatte mit seiner Familie nicht über Kim geredet. Sie würden seine Anstrengungen und Beweggründe nicht verstehen. Seit dem Verlust seiner Schwester waren Gefühle für sie tabu.

Hinter ihm erhob sich Gelächter. Drei Frauen hatten sich mit Ipads und Getränken auf die Steinmauer hinter seinem Strandkorb gesetzt. Eine Blonde mit kurzen Haaren und hoher Flirtbereitschaft war darauf erpicht, mit ihm ein Gespräch zu beginnen. Sie lächelte ihm zu und hob ihr ebenfalls leeres Glas:

„Ich glaube, wir beide müssen uns noch einen bestellen." Charmant.

Es war der richtige Einstieg. Sie verbrachten fast eine Stunde angeregt redend an der Bar und zogen dann in einen Strandkorb um. Sie war eine hochgewachsene, schlanke Frau Mitte Dreißig mit blendend weißen Zähnen, teurer Kleidung und tonangebend. Sie arbeitete für eine große Unternehmensberatung, redete ununterbrochen in Anglizismen. Ihre Art reizte Max und der Alkohol gab ihm Auftrieb. Sie erklärte gerade, dass sie normalerweise bis spät in die Nacht arbeitete.

„Veranschlagt doch einfach eine Woche mehr für das Projekt. Dann habt ihr angenehmere Arbeitszeiten. Nächtliches Arbeiten beschleunigt doch nur den Alterungsprozess und macht Falten."

Naiv sah er sie an und verengte die Augen. Er wusste, dass es betriebswirtschaftlich völlig unsinnig war, ein solches Projekt zeitlich zu verzögern. Aber er wollte sie provozieren.

Es funktionierte. Hitzköpfig erklärte sie ihm, was er längst wusste. Als sie sich zu ihm umdrehte, küsste Max sie. Er hatte sie überrascht, überrumpelt, die eiskalte Businessfrau. Sie zögerte erst, erwiderte dann aber seinen Kuss. Letztlich hatte sie erreicht, worauf sie hinaus wollte. Sie küssten sich lange und wieder und wieder. Max schmeckte den Caipirinha auf ihren Lippen und ein wenig von der Barbecue Sauce der Spare Ribs vom Grill, die sie gemeinsam an der Bar gegessen hatten. Er roch ihr Parfum, ein etwas herber, fast männlicher Duft, der aber zu ihrer

Art passte. Sie hielten sich eng umschlungen. Zum ersten Mal war sie still. Dann redeten sie wieder. Zwischendurch klingelte Max Handy. Er unterdrückte den Anruf und sie nahm ihm das Handy aus der Hand. Aus Spaß öffnete sie die Spieleapp, ein Abschuß- Spiel, und forderte ihn zu einem Duell auf. Sie spielten lachend und kämpferisch. Unzählige Spiele, jedes kaum länger als eine Minute. Immer wieder suchten sich ihre Münder, sie küssten sich und verloren ihre Spiele. Küssten sich wieder und wieder. Es war das schönere Spiel.

Als die abendliche Kälte spürbarer wurde, stand Max auf und besorgte an der Bar eine breite, warme Decke und zwei Bier. Sie hatte noch ihre Arbeitskleidung an, einen schmalen, knielangen Rock in Weiß und eine passendes Jackett, und fror jetzt. Max beobachtete sie von Weitem. Gerade kramte sie in ihrer großen hochmodischen Handtasche und zog ihr Handy heraus. Ein kurzer Blick auf das Gerät genügte ihr, dann verfasste sie eine Nachricht.

Als Max zum Strandkorb zurückkam, stellte er die Bierflaschen in den Sand. Dankbar nahm sie die Decke an. Max setzte sich und sie legte ihm das andere Ende der Decke über den Schoß. Er ließ sie gewähren. Sie tranken schweigend das Bier und nach einer Weile legte sie den Kopf auf seine Schulter und schmiegte sich an ihn. Die Decke wärmte sie und schaffte eine gewisse Intimität. Sie küssten sich, diesmal heftiger. Ihre Körper schoben sich enger aneinander. Max streifte ihr Jackett von der linken Schulter und berührte ihren nackten Oberarm. Sie ließ ihn. Er begann, ihre Brüste zu streicheln, vorsichtig über den Stoff ihres Oberteils tastend, dann leidenschaftlicher. Er spürte ihre Hand auf seinem Rücken und schob ihren Rock hoch. Ihre Bewegungen waren ungelenk, ihr großer Körper schlaksig, fast unbeholfen. Später, als sie wieder eng umschlungen unter der Decke saßen und in den Düsseldorfer Nachthimmel blickten, dachte er, dass ihre nüchterne, besonnene Art wohl eine wilde Leidenschaft nicht zuließe.

Gegen vier Uhr wachte er auf. Seine Gelenke waren steif vor Kälte und der Feuchtigkeit des Rheins. Er sah zu ihr herunter, sie schlief und hatte einen Arm fest um seine Brust gelegt. Behutsam streichelte er ihren Arm und betrachtete ihre geschlossenen Augen. Auch schlafend wirkte sie stark und selbstbewusst. Er dachte an Kim und ihre kindsköpfige Art, die gegensätzlicher nicht hätte sein können.

„Lass uns gehen", flüsterte er in ihr Ohr und weckte sie dadurch.

Schlaftrunken nickte sie. Sie standen auf und reckten ihre steifen Beine und Arme. Max legte den Arm und ihre Schulter.

„Ich rufe Dir ein Taxi."

Sie sah ihn an und verstand sofort. Auf dem Weg zur Straße berührte sie ihn nicht. Als das Taxi kam, küssten sie sich zum Abschied. Sie öffnete ihre Handtasche und nahm ihr iPhone heraus.

„Ich heiße Maila", sagte sie leise. Sie bat ihn nicht, sie anzurufen.

Max nahm sie nochmals in den Arm, fester als vorhin. Er küsste sie am Hals.

„Max Bauer", flüsterte er ihr ins Ohr. „Du bist cool!" Er umarmte sie immer noch, hielt sie eine Weile an sich gedrückt, überlegte, ob er das Taxi fortschicken und sie nach Hause mitnehmen sollte. Es war zu Fuß nur wenige Minuten zu gehen. Sein Zögern hatte zu lange gedauert.

Maila löste sich von ihm und ging zum Taxi. Sie lächelte ihm zu, ohne Verärgerung, ohne Bitterkeit.

„Schlaf gut, Max Bauer."

Sie hielt immer noch ihr iPhone in der Hand. Ihr Daumen bewegte sich schnell, sie spitze die Lippen und küsste ihn durch die Luft. Die Taxitür knallte zu, der Fahrer gab Gas. Drei Sekunden später signalisierte Max Handy den Eingang einer SMS.

„Tolle Nacht!" Sie hatte sich beim Spielen seine Nummer erspäht.

Biest dachte er. Im Gehen schickte er ein Smiley zurück.

Düsseldorf, 23. Juni 2013

22.

Mit dem Kaffee in der Hand starrte Max auf sein Handy und widerstand der Versuchung, Agnes anzurufen. Er hoffte, dass sie noch am Leben war und um diese Zeit schlief. Es war gleich sechs Uhr und er hatte sich nach seiner Rückkehr vom Rheinstrand nicht mehr schlafen gelegt, sondern saß auf seinem Sofa und überlegte, wie er seine Ermittlungen fortführen würde. Die Nacht mit Maila hatte ihn kurzzeitig abgelenkt und auf andere Gedanken gebracht. Aber die Suche nach Kims Mörder war jetzt wieder in seinem Kopf.

Bisher verfolgte er ein Phantom und alleine war es schwer, weiter zu kommen. Sollte er nicht doch eine andere Stelle der Kripo über seine Vermutungen unterrichten? Sie würden ihn nicht ernst nehmen. Was er brauchte, war ein handfester Beweis, dass er die richtige Spur verfolgte. Solange der fehlte, würde er alleine weiter suchen müssen.

Als das Handy klingelte schreckte er zusammen.

Nicht Agnes sondern Ingo riss ihn aus seinen Gedanken.

Er entschuldigte sich nicht für seinen Anruf um diese frühe Uhrzeit sondern preschte gleich vor: „Wir haben etwas. Das Beste ist, du kommst gleich rüber ins Labor."

„Es ist unglaublich, ein Quantensprung. Setz die Schutzbrille auf."

Ingo empfing Max mit Begeisterung auf dem Gang. Er reichte Max die Hand und zeigte mit dem Kinn auf eine Glastür.

Jetzt, dachte Max, ist er wieder der Ingo, den ich kenne. Überdreht und verschroben. Er sah übernächtigt aus, ein paar seiner Haare hingen ihm über die Brille. Über einem schwarzen Sweatshirt und einer Jeans trug er den weißen Laborkittel. In der oberen Kitteltasche steckten mindestens zehn Kugelschreiber, so als ob er in Gedanken jedes Mal bei Bedarf einen neuen Stift aus der Schublade ziehen und nach Gebrauch unbewusst in die Tasche stecken und ihn dort vergessen würde. Entgegen Max Vermutungen, war Ingo hellwach und begeistert von seinen neuen Erkenntnissen. Etwas nervös wippte er von einem Bein auf das andere.

„Wir betreten jetzt ein Labor der Sicherheitsstufe zwei. Es besteht zwar nur eine äußerst geringe Gefahr für deine Gesundheit, aber ich muss dich darauf hinweisen. Wegen der Haftung. Wir arbeiten mit gentechnisch manipuliertem Material, zu Forschungszwecken. Daher die hohen Sicherheitsbestimmungen. Die Proben, die wir für die Kripo und die Gerichte untersuchen, sind natürlich nicht verändert. Ist ja klar. Du kannst unbesorgt mitkommen, solange du nicht schwanger bist."

Er lachte kurz über seinen eigenen Witz und zerrte Max am Arm. Neben der Glastür befand sich ein kleines Regal, auf dem verschiedene Kunststoffbrillen lagen. Ingo nahm eine und reichte sie Max. Bebrillt betraten sie das Labor. Ein paar junge Mitarbeiter in weißen Kitteln hatten sich um einen Abzug versammelt und betrachteten mehrere Reagenzgläser. Sie kommentierten im Flüsterton die Farbnuancen der Flüssigkeiten aus den Gläsern. Max nickte ihnen zum Gruß zu. Auf der gegenüberliegenden Seite des Raumes erledigte ein Roboter einen automatischen Pipettiervorgang an hunderten Gefäßen. Ingo war schon zu einem kleinen Schreibtisch vorgegangen und öffnete eine Datei auf dem darauf stehenden Laptop.

„Sieh dir das an", bedeutete er Max. „Wir haben eine völlig neue Testmethode ausprobiert. Das heißt, eigentlich ist die Methode nicht neu, nur haben wir sie in einer unkonventionellen Art angewandt."

Max verstand ihn nicht. Er fragte nach, bekam aber keine Antwort. Ingo war zu sehr in die Zahlenreihen auf seinem Bildschirm vertieft. Nach einem Moment sah er auf. Er schaute Max in die Augen und sagte feierlich: „Isotopenanalyse."

Max verstand nichts. Er glaubte, den Begriff schon einmal gehört zu haben, wusste aber nicht mehr, in welchem Zusammenhang.

„Ist das das Ergebnis oder die Methode? Sorry, aber ich habe keine Ahnung." Max war ehrlich. Aber auch ungeduldig. Er hatte keine Lust, seine Zeit in diesem Labor zu verschwenden und sich Fremdwörter anzuhören. Ihm fehlte das technische Verständnis für die Details der mikrobiologischen Ermittlungen. Er wollte eine klare, präzise Aussage zu seinem Fall.

„Natürlich", entgegnete Ingo ohne Häme. Er schlug sich mit der flachen Hand vor die Stirn. Die Brille verrutschte dabei und hing jetzt schief in Ingos Gesicht.

„Meine Schuld.", rief Ingo. „Wie kann ich das am Einfachsten erklären?" Er dachte nach und hob die Arme vor die Brust, wölbte die Hände und deutete eine Kugel an. Er bewegte die Hände so, als drehe er einen Ball mit ihnen. Dann versuchte er, Max die Untersuchungsmethode zu erläutern.

„Chemische Elemente bestehen zumeist aus Isotopen, Kleinstteilchen, die sich durch ihre Schwere unterscheiden. Mit einem Massenspektrometer kann man die isotopische Zusammensetzung der Elemente sehr genau bestimmen. Solche Isotopenuntersuchungen werden zu unterschiedlichen Zwecken eingesetzt. Hier im Rheinland und am Niederrhein oft, um die Herkunft von Spargel zu bestimmen. Die Isotope leichter Elemente wie zum Beispiel Sauerstoff oder Stickstoff, helfen, die Anbauregion des Spargels genau zu bestimmen. Jede Region hat beispielsweise in ihrem Grundwasser eine genau definierte Isotopie. Ist das isotopische Muster des Spargels und des in ihm befindlichen Wassers identisch mit einem regionalen Muster, kann man davon ausgehen, dass der Spargel in der spezifischen Region angebaut wurde. Solche Erkenntnisse sind wichtig für die Lebensmittelindustrie."

„Wie hilft uns jetzt der Spargel mit der Analyse der Mikrospuren aus den Taschen?" Max war genervt. Ausschweifende Ausführungen lagen ihm noch nie.

„Ganz einfach." Ingo machte eine Kunstpause und sah zu seinen jungen Kollegen herüber. Die diskutierten immer noch beachteten ihn nicht. „Wir haben die Spuren aus den Taschen auf die gleiche Art und Weise untersucht, wie wir den Spargel untersucht hätten. Gleiche Methode mit gleichem Ziel: Bestimmung der Herkunft."

Ingo ergriff einen Kugelschreiber, knipste die Miene vor und zurück und fuhr fort.

„Es hätte keinen Sinn ergeben, die Wasserspuren des Taschenmaterials zu untersuchen, sowie beim Spargel üblich. Der Spargel zieht das Bodenwasser aus seinem Anbauacker und behält es im Wesentlichen. Die Restfeuchtigkeit aus dem Taschenmaterial, hat nicht so eine homogene Zusammensetzung. Hätte eine Tasche an irgendeinem Ort der Welt im Regen gestanden, wäre die Herkunftsisotopie verfälscht. Da die Taschen gereist sind, erwies sich die Wasseruntersuchung als sinnlos. Also haben wir aus jeder Tasche verschiedenste Partikel wie Staub oder Fusseln gesammelt. Pro Tasche einen mikroskopischen Beutel. Dann haben wir das Mikromaterial isotopisch bestimmt, sagen wir, pro Partikel ein Isotopenprofil erstellt. Das war die Idee eines der Greenhorns da vorne." Ingo zeigte wieder mit dem Kinn auf die Gruppe junger Forscher.

„Das war eine Mordsarbeit. Im Übrigen wussten wir nicht, ob wir damit erfolgreich sind, es war „trial and error". Man muss es sehr sorgfältig angehen, alles genauestens dokumentieren, das ist auch der Löwenanteil der Arbeit. Die, sagen wir mechanischen Analysen, erledigen die Roboter. Die Auswertung und Dokumentation bleibt den Menschen, aber auch die Arbeiten am Massenspektrometer. Wir mussten uns erst einmal einigen, welche chemischen Elemente als Parameter für das Isotopenprofil dienen sollten. Entsprechend mussten die Analysegeräte programmiert werden. Als alle Ergebnisse vorlagen, haben wir sie nebeneinandergestellt, als Zahlenreihen sozusagen. Wir haben die Analyseergebnisse pro Tasche als Gruppe definiert. Pro Gruppe hatten wir fünf Profile. Anschließend haben wir daraus Kurven gezeichnet und diese wiederum übereinandergelegt. Pro Gruppe fünf Kurven."

Ingo zeigte auf den Bildschirm, der auf seinem Schreibtisch stand. Max erkannte farbige Linien und ein Raster mit einer Skala.

„Die Kurven haben wir in Segmente zerlegt und diese verglichen, ähnlich wie bei einer DNA Analyse. Da hatten wir dann endlich ein Erfolgserlebnis. Es gab in jeder Gruppe mindestens eine Kurve, die mit den Kurven aus den anderen Gruppen übereinstimmte. Betrachtete man nur ein bestimmtes Segment aus diesen Kurven, hatte man sogar eine völlig identische Übereinstimmung. Die Spuren aus den Taschen haben somit ein identisches Herkunftsprofil." Ingo hob den Daumen in Richtung der Mitarbeiter. „Super Jungs!"

„Du meinst, sowohl die die Taschen aus der Düsseldorfer Garage als auch die aus Köln stammen alle aus demselben Ort?"

„Ja. Das heißt nein. Die Taschen nicht. Woher die kommen, wissen wir nicht. Aber in jeder Tasche gab es Spuren und Partikel mit einer gemeinsamen Herkunft. Das heißt wir können mit ziemlicher Sicherheit sagen, dass alle Taschen mal an ein und demselben Ort waren. Alle Spuren stammen aus Mallorca." Ingo grinste. „Cooles Plätzchen, was?"

„Mallorca?" Max staunte ungläubig. Damit hatte er überhaupt nicht gerechnet.

„Seid ihr ganz sicher? Die Kripo verfolgt eine Spur nach Amsterdam und ist überzeugt, dass die Taschen aus Amsterdam kommen."

Ingo kippte den Bildschirm etwas nach vorne. Er wollte Max nochmals die Kurven zeigen.

„Da liegt die Kripo eben falsch. Es ist nicht auszuschließen, dass die eine oder andere Tasche in Amsterdam war. Aber auf keinen Fall alle, das ist sicher. Diese Sequenzen stimmen haargenau überein, da habe ich keinen Zweifel. Außerdem habe ich es noch mal checken lassen.

Wir haben ein Abbild der Sequenzen nach Chicago gemailt. Ich kenne da jemanden, der beim FBI eine Spezialabteilung leitet. Als ich vor drei Jahren drüben war, haben wir zusammen in den Chicagoer Kneipen ordentlich

Bier getrunken und die weltbesten Steaks gegessen. Es ist eben die Stadt der Schlachthöfe. Du glaubst nicht, wie köstlich Fleisch sein kann. Sie lassen das Fleisch schimmeln, damit es zart wird. Kaum zu glauben, was? Die Dinger sind einfach unbeschreiblich gut. Ich glaube, wenn der Kollege bei uns im Steakhaus Fleisch ist, mutiert er zum Veggie. Von den Schuhsohlen, die meine Frau zubereitet, will ich gar nicht reden."

Max stellte sich vor, wie seine vegetarische Kollegin Bettina, die in der Kantine der Staatsanwaltschaft selbst mikroskopisch kleine Speckwürfel aus Bohnengemüse herauspickte, Fleisch briet. Gleichzeitig verursachte der Gedanke an ein schmackhaftes Steak eine große Leere in seinem Magen. Er hatte Hunger. Seine letzte Mahlzeit war um sieben Uhr morgens eine Schüssel mit Cornflakes gewesen.

Ingo hatte sich total verzettelt. Bevor er noch weiter ausholte, stoppte ihn Max.

„Können wir noch mal über die Taschen und dieses Verfahren reden? Wie kommt ihr überhaupt auf Mallorca?"

„Sorry, ich bin ein wenig vom Kurs abgekommen." Ingo schob sich die Brille in die Haare.

„Die Amerikaner benutzen das Verfahren der Isotopie schon etwas länger als wir in der Kriminalistik. Hauptsächlich um Tote zu identifizieren. Unbekannte Leichen. Von denen werden Proben entnommen, Haare, Speisereste und analysiert. Aus den Proben werden Isotopenprofile erstellt. Daraus kann man schließen, wo sich der Tote in seinen letzten Lebensjahren aufgehalten hat. Für die Ermittler ist diese Erkenntnis oft der entscheidende Hinweis zur Identifizierung der Toten. Mittlerweile ist das auch bei uns Standard. Das FBI verfügt über eine Datenbank mit isotopischen Profilen. Ich habe Joe, so heißt mein Kumpel, gebeten, unsere Sequenz mit seinen Daten abzugleichen. Der Vergleich dauerte keine Stunde. Joe hat einen Volltreffer bestätigt. Die Jungs im Labor waren total aus dem Häuschen. Joe hat eine Übereinstimmung gefunden, damit hatten wir so schnell nicht gerechnet.

Ich vertraue Joe zu hundert Prozent. Er würde keine Ergebnisse melden, die nicht wasserdicht sind. Das kann ihn da drüben den Job kosten. Auch eine von uns fehlerhaft erstellte Isotopie hätte er sofort bemängelt.

Wenn Joe Mallorca identifiziert hat, dann ist es Mallorca. Auch, wenn es Dir jetzt völlig abwegig vorkommt. Spanisch halt."

Er lachte wieder über seinen Witz.

Als er bemerkte, dass Max nicht lachte, lenkte er ein. „Ich habe auch keine Ahnung, wie Taschen mit Heroin aus Mallorca in einer Garage in Düsseldorf landen und wer sie dort deponiert hat. Ungewöhnliche Story." Ingo bewegte die Hand vor seinem Gesicht auf und ab.

Max hakte nochmals nach.

„Also, die Taschen stammen alle aus Mallorca."

Ingo korrigierte ihn sofort.

„Nicht die Taschen. Es können Taschen sein, die irgendwo auf der Welt gekauft wurden und dann einfach nach Mallorca gereist sind. Sie waren in der letzten Zeit, und ich meine einen Zeitraum von weniger als einem Jahr, auf Mallorca. Wie vorhin gesagt." Ingo runzelte die Stirn. Er schien sich nicht sicher, ob Max das Untersuchungsergebnis wirklich verstanden hatte. Als er die Erklärungen wiederholte, fiel Max ihm ins Wort.

„Sind die Taschen auf Mallorca mit dem Heroin befüllt worden?"

„Das kann ich nicht rückschließen. Wir haben keine Spuren des Heroins in den Taschen gefunden. Das Heroin war offensichtlich hermetisch verpackt, in dicken Kunststoffbeuteln oder so etwas eingeschweißt, so dass nicht das geringste Bisschen aus der Verpackung entweichen konnte. Von den Paketen selbst haben wir auch keine Partikel. Die Beutel hat der Zoll beschlagnahmt. Wahrscheinlich sind sie schon vernichtet worden. Es kann aber durchaus sein, dass die Taschen nur auf Mallorca verladen wurden. Vielleicht haben sie dort in einer Lagerhalle über längere Zeit gestanden. Oder waren nur einige Stunden am Flughafen. Das lässt sich nicht genau bestimmen."

„Wir wissen also auch nicht, woher das Heroin stammt."

„Richtig. Das könnte nur eine Analyse des Stoffs selber ergeben. Den haben wir aber nicht. Ich weiß nicht, ob die Zollfahndung eine solche Untersuchung angeordnet hat. Im Normalfall sollten sie." Er holte Luft und sah Max an. „Nach was suchst Du eigentlich? Nach Heroinhändlern oder nach einem Mörder? Hat Deine tote Freundin mit Heroin gedealt?"

„Ich weiß es nicht."

Max zuckte die Achseln.

„Hilft dir das hier überhaupt?" Ingo tippte auf seine Kurven.

„Ich weiß nicht", zweifelte Max. Es klang erschöpft.

Er dankte Ingo für seine prompte Arbeit und verabschiedete sich. Sie vereinbarten, sich mit Bettina mal abends auf ein Bier zu treffen.

Er hatte Zeit verloren. Was sollte er mit der Information anfangen? Ingo hatte recht, zu wissen, dass die Taschen auf Mallorca waren lieferte ihm nicht den Täter. Im Grunde besagte es nichts. Frustriert blickte er auf sein Handy.

Keine Nachricht von Agnes. Er drehte sich im Kreis.

Max beschloss, zum Supermarkt zu fahren. Dort besorgte er sich ein ordentliches Stück Fleisch und einen Rotwein zum Abendessen. Vielleicht würde das seinen Verstand wieder schärfen.

Er hatte keine Lust auf eine Verabredung und so öffnete er allein für sich de Rotwein in seiner Küche.

Auf einem flachen Brett mischte er getrocknete Kräuter mit Knoblauchsalz und mahlte reichlich Pfeffer aus einer großen, schwarzen Pfeffermühle darüber. Es knackte appetitlich, als die Körner aus dem präzisen Mahlwerk auf das Brett fielen. Kaum wälzte er Speckscheiben in der zubereiteten Gewürzmischung, um sie seitlich um das Fleisch zu wickeln, rief Georg an, ein Freund aus Zeiten der Schulferiensportcamps.

„Na, Ärger mit Doris?" Max interpretierte den Anruf richtig.

Dankbar über die Nachfrage begann Georg sofort, über seine zerrüttete Beziehung zu sprechen.

Max schmolz etwas Pflanzencreme in einer breiten Pfanne. Als sich das Fett verteilt hatte und anfing, leicht zu zischen, legte er drei Fleischstücke in die Pfanne. Sofort breitete sich ein aromatischer Duft nach Kräutern und gebratenem Fleisch in der Küche aus. Max trank noch einen Schluck Rotwein, stellte den Dunstabzug an und kontrollierte, das Handy zwischen Ohr und Schulter geklemmt, den Garzustand. Das Timing war perfekt. Georg berichtete immer noch hitzig über unerhört hohe Geldausgaben seiner Frau. Aufgrund des Lärms des Dunstabzugs aber auch, weil er keine Lust hatte, hörte Max Georg nicht zu.

Max sah auf das Fleisch und beobachtete, wie es briet. Er dachte an Ingo und die amerikanischen Steaks. Seine Gedanken kreisten nochmals um die Laboranalysen und die Ergebnisse. Er dachte an Kim und ihr grausames Schicksal, an ihre Freunde und Kollegen und daran, wie sie Kims Leben, ihre Vorlieben, ihre Reiselust, ihr Faible für Mallorca beschrieben hatten.

Der plötzliche Gedanke traf ihn wie der Schlag und raubte ihm den Appetit.

Köln, 24. Juni 2013

23.

„Isotopenanalyse."

„Wie bitte?"

„Ja."

„Wie, ja? Schreibst Du jetzt den Wetterbericht?" empörte sich Matthias.

„Falsch."

„So hört es sich jedenfalls an. Gibt es auch eine Erklärung?" fragte Matthias spitz. Sie saßen in einem Biergarten am Kölner Rheinufer. Sylvia war ausgegangen, zu ihrem „Girlsabend", wie sie es immer nannte. Matthias korrigierte dann üblicherweise in „Ladies Dinner", doch Max fand, als bald dreifache Mutter hatte Sylvia mit ihrem jugendlichen Aussehen noch immer das Attribut „Girl" verdient.

Matthias hatte sich auf den Besuch gefreut und wollte in Ruhe mit Max reden. Sie saßen entspannt in Polo-Shirts in der letzten Abendsonne und hatten beide ein Kölsch bestellt, das gerade serviert wurde.

Max rieb sich an der Nase. „Moderne Kriminalistik eben, High-Tech Spurensuche im Labor, mit Massenspektrometer und PC. Das hat uns auf die Spur gebracht."

„Das ist alles?"

„Ja, so simpel."

„Mein lieber Freund", sagte Matthias, nachdem er einen langen Zug aus seinem großen Glas getrunken hatte. „Ich bin Rechtsanwalt und auch sonst ein schlichter Geist. Wie kann Dich Isotopenanalyse nach Mallorca führen?"

„Ich gebe zu, vorhin im Auto etwas unausgegoren berichtet zu haben." Max machte eine Pause und griff nach einer Speisekarte.

„Ich habe Hunger."

„Mensch", Matthias fuhr sich durch die Haare. „Hier gibt es nur strammen Max und Salate mit Dosengemüse. Wenn Du was Vernünftiges essen möchtest, dann müssen wir das Lokal wechseln. Erzähl mir erst von deinem schrägen

Forscher und wenn wir ausgetrunken haben, dann gehen wir noch zu Ilse. Die macht die beste Currywurst von ganz Köln. Mit selbstgemachter Soße. Ist eine Wucht, glaub mir."

„Ich berichte Dir auch mit leerem Magen gerne und hocherfreut über meine Ermittlungen." Max nahm betont langsam einen Schluck Alster und begann, erst von seiner Lektüre der Unterlagen aus Matthias Büro, dem Drogenfund im Düsseldorfer Norden und von seinen Ermittlungen in der Garage zu berichten.

„Was hat es denn mit dieser Isodingsanalyse auf sich?" Matthias räkelte sich auf seinem Stuhl. Er wollte unterhalten werden. Offensichtlich gab es nicht genügend attraktive Menschen in seiner unmittelbaren Umgebung, die es wert waren, beobachtet zu werden.

„Nach der sinnlosen Befragung durch Brandl und seinen Warnungen habe ich nochmals die Spuren aus Kims Wohnung überprüfen lassen."

Max schilderte sein Treffen mit Ingo im Ruderclub. Dann hielt er inne.

„Ich erzähle nichts mehr, bevor ich nicht endlich eine Mahlzeit im Bauch habe", grollte Max. „Was ist nun mit der Currywurst?"

„Schon gut", Matthias winkte den Kellner heran. „Wir gehen zu Ilse. Es ist nicht weit. Aber, eins kann ich Dir sagen, zur Ruhe kommst Du erst, wenn ich jedes Detail kenne, über die Ergebnisse dieses Wunderforschers Ingo, dem Marathonruderer."

Drei Querstraßen weiter standen sie vor Ilses Imbissbude. Vor dem Haus hatte sich eine größere Menge Menschen versammelt. Sie standen locker herum und hatten Pappteller in den Händen. Manche lehnten an den Alleebäumen der Straße. Max bestellte eine Currywurst.

„Für Dich auch?" Matthias sah ihn nicht. Er hatte einen Kollegen getroffen und unterhielt sich mit ihm. Der Kollege stieß ihn an. Matthias drehte den Kopf und nickte.

„Mit extra viel Currysauce, Ilse weiß Bescheid."

„Sie haben es gehört, der Herr wünscht extra viel Sauce auf seine Wurst."

„Ja, ja, ich weiß schon. Der kommt immer auf den letzten Drücker, wenn ich gerade schließen will. Er isst seine Wurst so schnell, dass du gar nicht gucken kannst. Auch wenn sie schon bisschen kalt ist. Hauptsache viel Sauce drüber. Das ist so ein Obergestresster." Ilse sah Max aus müden blauen Augen an. Sie hatte die Augen mit dickem schwarzem Kajalstift umrandet und die Wimpern unnatürlich hochgetuscht. An ihren gefärbten Haaren nagte der Spliss und vielleicht auch der permanente Dunst des Frittierfetts. Ilses Figur bediente das Klischee der Imbissbudenbesitzerin: Sehr üppig. Zumindest bis zur Taille, mehr konnte Max hinter der Theke nicht sehen. Ihr Dekolleté war zu tief und ließ unnötig viel des großen, nicht mehr jugendlichen Busens unbedeckt. Max sah auf die Altersflecken und schnell wieder auf die Currywürste, die Ilse ihm entgegen schob. Ilse bemerkte den Blick und zuckte die Achseln.

„Die Wurst ist noch knackig, für alles andere gibt es keine Gewährleistung."

So viel Humor hätte er der Ilse nicht zugetraut. Er legte sechs Euro auf den Tresen, nahm die beiden Pappschälchen mit den Würsten in die Hand und ging zu Matthias. Dessen Gesprächspartner verabschiedete sich gerade. Matthias verschlang seine Wurst binnen Sekunden, wie Ilse prophezeit hatte. Dann holte er noch zwei Bier. Sie tranken aus den Flaschen.

„Jetzt", sagte Matthias ernst, „ist deine Schonfrist vorbei."

Max nickte zustimmend. Doch er begann erst, die Ergebnisse seiner Ermittlungen zu resümieren, als sie bei Matthias zu Hause in zwei gemütlichen Sesseln saßen. Matthias schenkte noch ein Glas Rotwein ein und unterbrach Max nach ein paar Minuten.

„Nicht Dein Ernst. Die Kripo hat dich auf dem Kieker wegen Drogen und Hausfriedensbruch, eine Frau versteckt sich wegen einer Morddrohung von Kims potentiellem Mörder und du willst im Alleingang die Welt retten." Er tippte sich an die Stirn.

„Komm zurück auf den Teppich der Realität und schalte die Behörden auf Mallorca ein, wenn du glaubst, dass du genügend Argumente dafür hast. Die Nummer ist einfach nichts für einen Einzelkämpfer."

„Das habe ich bereits", retournierte Max. „Aber..." Das Handysignal für eine eingehende SMS lenkte ihn ab. „Der

US-Präsident ist in Indien gelandet", las er vor. „Wenigstens."

„Wie bitte?" Matthias verharrte in einer unbequemen Pose.

„Das war Agnes. Sie meldet sich leider nur unregelmäßig."

„Oh, verstehe." Matthias nickte. Er bemühte sich jedoch nicht, seinen Sarkasmus zu verbergen. „Das Mädchen wird verfolgt, aber du hältst es nicht für nötig, Brandl zu ihrem Schutz aufzufordern." Spöttisch fuhr er fort: „Was soll die Kripo auch schon unternehmen, es ist selbstverständlich sicherer, wenn man dem Herrn Staatsanwalt vertraut. Klar doch!"

„Brandl weiß Bescheid, aber er unternimmt nichts, weil er mir nicht glaubt. Er hält die Liste für irrelevant."

„Wen wundert's!" Matthias schwenkte das Weinglas.

„Die Tatsache, dass Kim in den letzten Jahren ein paar Mal auf Mallorca Urlaub machte, ist kein Indiz dafür, dass ihr Tod mit der Insel in irgendeinem Zusammenhang steht."

„Die mallorquinische Polizei sieht es genauso. Ich habe heute Früh versucht, die Behörden zu involvieren, aber sie scheinen nicht bereit, etwas zu unternehmen." Max klang frustriert.

Matthias lehnte sich zurück. Nach einer kurzen Bedenkzeit schlug er vor:

„Weißt Du was, ich gebe Dir die Schlüssel. Du kannst in meinem Haus wohnen so lange Du willst. Etwas Urlaub auf Mallorca wird Dir gut tun. Bist etwas blass." Er kniff die Augen zusammen. Seine Ironie hatte Max nicht überhört, aber es überraschte ihn.

Mit einer so plötzlichen Zustimmung hatte er nicht gerechnet.

„Im Übrigen wäre es nicht schlecht, wenn das Haus mal wieder bewohnt wird. Wir haben es in diesem Jahr noch nicht so oft dorthin geschafft."

Mit der Geburt seines ersten Kindes hatte Matthias das Grundstück auf Mallorca erworben. Er hatte die Vorstellung gehabt, dass sie als Familie ein Urlaubsdomizil benötigten.

„Wie ist dein Plan? Wonach willst du auf Mallorca zuerst suchen?"

Max zuckte mit den Achseln. „Ich weiß es nicht. Vielleicht nach den Männern, die auf der Liste standen. Es sind spanische Namen, vielleicht gibt es eine Spur von ihnen auf Mallorca." Er setzte sich auf. „Es ist schon ein eigenartiger Zufall, dass die Drogentaschen via Mallorca verladen werden, Kim immer wieder auf der Insel war und vier spanische Namen auf einer Liste auftauchen."

Matthias gähnte. „Die Mallorca- Geschichte geht nicht auf. Ich glaube zwar, dass die Taschen auf Mallorca verladen wurden, Kim hat meiner Meinung nach aber rein gar nichts damit zu tun. Sie ist einfach ein- zweimal im Jahr an den Ballermann gefahren. Das machen Hunderttausende. Das ist billiger Partyurlaub mit Sonnen- und Bummsgarantie. Nimm es mir nicht übel, aber alles andere ist ein bisschen weit her geholt." Er gähnte wieder während er den letzten Satz beendete und stand auf. „ Gute Nacht."

Er ging Schlafen und ließ einen nachdenklichen Max im Sessel sitzen.

Max verbrachte trotz allem ein fröhliches Wochenende in Köln. Am Sonntag feierten sie Toms Geburtstag. Eine Ritterparty. Beim Turnierreiten spielte Max Runde um Runde begeistert das Pferd. Anschließend testeten sie die halbe Nacht lang die neusten Rotweine aus Matthias Keller.

Montag früh rissen Kopfschmerzen Max aus dem kurzen Schlaf. Er rieb sich die Stirn und stand auf. Im Haus war es noch still. Leise ging er ins Bad und duschte so kalt wie möglich. Sein Kopf schmerzte immer noch, doch zumindest war er nach dem Duschen richtig wach. Es war noch früh und als er sich anzog dachte er wieder an Kim.

Max ging in die Küche und fand Sylvie, die schon herum werkelte. Beim Anblick der leeren Flaschen, die von gestern auf der Ablage standen, wurde Max leicht übel.

„Ihr habt ja noch ganz schön was getrunken", begrüßte ihn Sylvie, die zeitiger ins Bett gegangen war. Sie umarmte ihn. „Kaffee oder Aspirin zum Frühstück?"

Max nickte. „Beides."

Sylvie machte ihm einen doppelten Espresso und löste eine Kopfschmerztablette in einem Glas Wasser auf. Max setzte sich an den Küchentisch und trank in schnellen Schlucken das Medikament. Sylvie öffnete den Backofen. Sie hatte Croissants aufgebacken, die jetzt in der ganzen Küche dufteten. Als Sylvie ihm einen Teller mit einem frischen

Croissant und die Erdbeermarmelade hinschob war Max plötzlich berührt. Er fühlte sich aufgehoben und verstand, warum Matthias die Geborgenheit seiner Familie so schätzte.

Nach und nach erschienen Matthias und die Kinder zum Frühstück. Matthias begnügte sich wortkarg mit einem Espresso und einer Kopfschmerztablette, steckte die Schachtel mit den restlichen Tabletten in die Jackentasche und verschwand in seine Kanzlei.

Als wieder Ruhe eingekehrt war, streckte Sylvie Max einen Schlüsselbund entgegen

„Flieg rüber." In ihrer Stimme schwang ehrliche Besorgnis mit. "Wer weiß, vielleicht müssen sonst noch mehr sterben."

Mallorca, 29. Juni 2013

24.

Als Max aus dem Flugzeug stieg, brannte ihm der erste Atemzug in den Lungen. Es war sehr heiß. Das grelle Sonnenlicht blendete und er fingerte die Sonnenbrille aus seinem Kabinenkoffer. Er sah sich um. Aeroport de Son San Juan. Das Flughafengelände vermittelte nichts von der Schönheit der Insel. Funktionalität und uncharmante Betongebäude. Eine Baustelle verstellte ihm die Sicht auf das Rollfeld von dem der ohrenbetäubende Lärm der Starts und Landungen im Minutentakt zu ihm drang. Achtzehntausend Passagiere in der Stunde. Touristische Massenabfertigung perfektioniert zur logistischen Meisterleistung.

In der Ankunftshalle sah Max die lange Schlange vor dem Mietwagenschalter und ärgerte sich, dass er den Mietwagen nicht online reserviert hatte.

Doch die Aushändigung des Leihwagens verlief zügig. Max erhielt ein Cabrio. Die dunkelhaarige Angestellte verkündete mit einem Riesenlächeln das kostenlose Upgrade während sie zwischen Daumen und Zeigefinger den Schlüssel vor Max auspendelte. Noch im Parkhaus öffnete Max das elektrische Dach und fuhr los.

Gemächlich rollte er über die Autobahn nach Santanyi und genoss die laue Luft der Insel. Er fühlte sich sofort entspannt. Irgendwann hatte er über einen Globetrotter gelesen, der die ganze Welt bereist hatte, sich aber nirgends so heimisch fühlte wie auf dieser Insel.

In Santanyi verpasste er die richtige Abfahrt. Anstatt die schnellere Umgehungsstraße zu nehmen, war er in das Zentrum abgebogen. Orientierungslos fuhr er durch das Gewirr der engen Straßen. In der Mittagszeit wirkte die Stadt verschlafen. Zweigeschossige Stadthäuser, durch geschlossene Fensterläden vor der Mittagshitze geschützt, und rote Ziegeldächer prägten das Stadtbild. Obwohl zu den reichsten Gemeinden Europas gehörend, protzte der Ort nicht mit Galabauten. Gemütlich, dachte Max.

Er fand die Umgehungstraße, die an beiden Seiten von einem rot gepflasterten Bürgersteig gesäumt war, dessen hochwertige Natursteinverlegung nicht einmal in deutschen Einkaufsstraßen vorzufinden war. Ein Plakat pries die EU- Subventionen. Max bemerkte die meterhohen Stahlskulpturen, die in den zentralen

Rondellen der Kreisverkehre standen. Eiserne Monumente moderner mallorquinischer Kunst. Sie gefielen ihm.

Er passierte Gymnasium, Schwimmbad und schließlich den Friedhof. Beim nächsten Kreisverkehr fuhr er weiter Richtung Cala Figuera, Richtung Meer. Die Luft war feucht und salzig. Er hörte das Meer gegen Felsen schlagen.

Am Ende der Straße, neben einem alten Wehrturm, lag auf den Klippen das Haus. Er hatte es schon auf einigen Aufnahmen gesehen. In Matthias Anwaltsbüro gab es ein Foto der Kinder vor der Eingangstür. Die Tür erkannte Max sofort. Eine schwere dunkelbraune Holztür mit einem großen Knauf. Die Tatsache, dass das Haus in Wirklichkeit ungeahnte Dimensionen hatte, überraschte ihn jetzt sehr. Matthias hatte nie diese Größe erwähnt. Dazu noch ein großer Garten mit Blick auf das offene Meer. Sein Lebenstraum, ganz einfach, hatte Matthias ihm damals erklärt, denn kein vernünftiger Mensch benötigte ein Ferienhaus solchen Ausmaßes. Im Übrigen ein Schnäppchen aus der Insolvenzmasse eines Berliner Unternehmers. Max erinnerte sich wie euphorisch Matthias damals von dem Haus und der günstigen Gelegenheit erzählt hatte. Von seinem Wunsch, ein Feriendomizil für seine Familie zu schaffen, wohin alle gerne kommen würden, auch in vielen Jahren. Max erinnerte sich auch an die langen Streitgespräche mit Sylvia, die völlig gegen den Erwerb war. Max hatte sich damals nicht in die Diskussionen eingemischt. Er kannte Mallorca kaum, wusste zwar, dass es außer dem Ballermann noch andere, respektable Ecken gab, konnte sich aber kein Bild machen. Matthias ließ sich nicht beirren und vor wenigen Monaten hatten sie die letzten Betten gekauft.

Max wusste nicht, wie lange er auf der Terrasse gestanden und auf das offene Meer gestarrt hatte. Er hatte jegliches Zeitgefühl verloren. Er begleitete mit seinen Blicken die vorbeifahrenden, teilweise mehrstöckigen Yachten, und die Containerschiffe, die am Horizont entlang zogen. Er war gefangen von der Schönheit des Platzes. Sein Blick streifte die schroffen Felsen rechts und links der weiten Bucht. Als umarmten sie das Meer, ragten sie fünfzig, vielleicht sechzig Meter rechts und links der weiten Bucht heraus.

Handkte erschien vor seinem geistigen Auge. Vielleicht stand der auch gerade auf der Terrasse seiner Reha- Klinik und blickte auf die Ostsee.

Max drehte einen Stein in der Hand. Er hatte nur durch eine kurze Notiz in der Staatsanwaltschaft seinen Urlaub eingereicht und war abgefahren. Möglicherweise stand ihm deswegen noch Ärger bevor. Er schmiss den Stein hinunter ins Meer. Über die Staatsanwaltschaft und über seinen Job wollte er in diesem Augenblick nicht nachdenken.

Stattdessen dachte er an Kim. Er hatte keine Ahnung, wie und wo er ihre Mörder hier auf der Insel suchen sollte. Es gab keinen echten Anhaltspunkt. Matthias hatte Recht gehabt, hier eine Spur zu finden war eine Schnapsidee.

Doch allein für diese Aussicht über das Meer hatte sich die Reise gelohnt. Er würde Matthias ein Leben lang vorhalten, dass er ihn nicht eher mitgenommen hatte.

Nach einer kurzen Inspektion des Hauses und insbesondere des Kühlschrankes, stieg Max nochmals ins Auto und fuhr nach Santanyi . Er erstand eine Grundausstattung an Lebensmitteln, die für ein paar Tage reichen würden. Auch drei Flaschen mallorquinischen Wein hatte er eingepackt.

Wieder im Haus angekommen, öffnete er eine Flasche Rotwein und legte sich zwei Eier auf die Küchenplatte. Spiegelei, frisches Weißbrot und ein Glas Wein auf der Terrasse.

Bevor er mit der Zubereitung des Essens begann, vernetzte er seinen Laptop mit der W- LAN Station des Hauses. Als die Verbindung stand, fragte er seine E-Mails ab und las den Wetterbericht für den Süden Mallorcas. Die Vorhersage für die nächsten Tage war uneingeschränkt gut. Dann ging zurück zur Küchenzeile und nahm ein Ei in die Hand.

Max holte aus und schlug das Ei mit Wucht in die Pfanne.

Durch die Wucht des Aufpralls wurde der Schädel des Fischers fast gänzlich zertrümmert. Der wehrlose Mann hatte nicht die geringste Chance gegen seinen Angreifer. Lautlos hatte der sich angeschlichen. Nichtsahnend hatte der Fischer einige Minuten vorher sein Boot für die nächtliche Fahrt in die Fanggründe vorbereitet. Es war ein kleines, altmodisches Fischerboot, nur etwas größer als ein Ruderboot. Ein moderater Außenbordmotor sorgte für den Antrieb. Das Boot war mehr als vierzig Jahre alt, aber immer noch fahrtüchtig. Er hatte alle Taue kontrolliert, Treibstoff nachgefüllt und die Fender an die Reling gehängt. Die Rettungsweste lag griffbereit. Alle Netze waren korrekt gefaltet, so dass sie problemlos und schnell zu Wasser gelassen werden konnte. Jeden Morgen gegen drei Uhr verließ er den kleinen Hafen von Cala Figuera im Südosten von Mallorca an Bord der „Maria del Salud". Er fuhr allein. Sein Ziel war das offene Meer, gleich nach der ersten Zwölf- Meilen- Zone. Weiter trug ihn das Fischerboot nicht. Weiter brauchte er nicht. Die Beute war ausreichend, so dass sich das Risiko in Seenot zu geraten nicht lohnte. Seine Kollegen taten es ihm gleich. Jede Nacht knatterten die kleinen Fischerboote hinaus und warfen ihre Netze in zehn Kilometer Küstennähe in die See. Außer in den Vollmondnächten war es sehr dunkel, im Hafen und auch auf See. Nur die Mastleuchten warfen kleine Lichtkegel auf das Wasser. Die Fischer fuhren mit Hilfe des Radar und ihres Orientierungssinnes. Im Laufe der Jahre kannten sie jeden Küstenfels und jede Klippe.

Einige der Motoren knatterten schon, als der Fischer in der dunklen Nacht wie üblich zu seinem Bootshaus ging, um sein Ölzeug zu holen und die Türen zu verschließen.

Der Schritt in den schmalen Raum war sein letzter.

Mallorca, 30. Juni 2013

25.

„So eine Scheiße!" de San Gil entglitt zum dritten Male die Sprache.

„Schaut Euch nur diese Schweinerei an. Alles voller Blut. Als ob sie einen Ochsen geschlachtet hätten. Madre mia. Es ist zum Kotzen. Ausgerechnet jetzt und an diesem Ort. Jimenez, Jimenez! Kommen Sie her!" De San Gil schnaubte wie ein Ochse. „Wieso zum Teufel war die Presse vor uns da? Wer hat die verständigt? De Muro wird uns lynchen, weil das an die Öffentlichkeit geriet. Jimenez, hören Sie mir überhaupt zu?" Er schrie unterdessen, so dass selbst ein Schwerhöriger nicht weghören konnte.

Alejandra Jimenez kam jetzt langsam näher. Sie hielt ihr Handy an das rechte Ohr und nickte. Ein paar Mal sagte sie noch „Si" und beendete das Gespräch. Sie spuckte ihr Kaugummi aus und scharrte mit dem Fuß etwas lose Erde darüber. De San Gil war kurz vor dem Überkochen, sein überschüssiges Bauchfett bewegte sich auf und ab während er umher stampfte. Alejandra stellte sich neben ihn und heuchelte Verständnis.

„Ja, es ist eine ungeheuer widerliche Angelegenheit. Ich hätte nie gedacht, dass man einen Menschen so verstümmeln kann. Da war einer mächtig sauer."

„Klappe, Jimenez. Halten Sie keine Volksreden." De San Gil war außer sich. „Beantworten Sie mir meine Frage. Wieso war die Presse vor uns da?"

Alejandra räusperte sich. Sie wusste, dass es eine Katastrophe war, dass die Presse von diesem Fall Wind bekommen hatte. De San Gil hatte Recht. Der Minister für Tourismusangelegenheiten war ein äußerst empfindlicher Mensch. Er würde De San Gil persönlich dafür verantwortlich machen, dass so ein Mord überhaupt auf der Insel und dazu noch an einem der markantesten Touristenorte passieren konnte. Die Reputation Mallorcas stand auf dem Spiel. Eine solche Geschichte durfte auf keinen Fall an die Öffentlichkeit geraten. Mallorca galt als absolut sicheres Urlaubsziel. Normalerweise hätten sie in aller Stille ermittelt. Die Touristen hätten einen halben Meter vom Tatort Eis geschleckt und verzückt den malerischen Hafen von Cala Figuera betrachtet. Jetzt aber war die Sache anders gelaufen.

„Niemand hat den Mord bemerkt", versuchte Alejandra eine Erklärung. „Die Angehörigen des Fischers haben ihn offenbar nicht vermisst. Dafür waren ein paar deutsche Touristen früh auf den Beinen. Zwei Frauen wollten eine Yogasitzung oberhalb des Hafens abhalten. Mit Blick auf das offene Meer, wegen der absoluten Meditation."

„Wenn Sie nicht augenblicklich auf den Punkt kommen, dann schicke ich Sie für immer und ewig nach Tibet. Da können Sie die absolute Meditation erfahren und von mir aus auch abheben!" De San Gil war nicht mehr zu beruhigen. Die soeben eingetroffenen Mitarbeiter der Spurensicherung blickten sich verstohlen zu ihnen um.

Alejandra zuckte nicht mit der Wimper. Sie kannte ihren Chef. „Die Touristinnen kamen am Bootshaus vorbei, haben das Blut bemerkt und sind reingegangen. Die eine hat mit ihrem Handy ein paar Fotos geschossen und die Bilder sofort an eine deutsche Zeitung gesendet. Die hatten so ein Gewinnspiel ausgeschrieben. Der beste Hobbyreporter bekommt den Superpreis oder so ähnlich. Jedenfalls waren die Fotos sofort bei der deutschen Presse. Erst mehr als eine Stunde später haben die Frauen die

Polizei alarmiert. Nicht, weil sie es verheimlichen wollten, sondern, weil sie eine Polizeistelle gesucht haben. Sie sind mit dem Fahrrad nach Santanyi gefahren und dort zur Guardia Civil. Die Guardia hat uns natürlich nicht informiert sondern sind selber zum Tatort gefahren."

„Verdammt! Die Touristen und die Guardia waren hier! Großer Gott. Dadurch ist der Tatort völlig kontaminiert. Die Leute von der Spurensicherung können gleich nach Hause gehen. Was wollen die hier noch sicherstellen? Fingerabdrücke von sensationslüsternen Touristen. Vamonos Jimenez, für mich gibt es hier nichts mehr zu tun." De San Gil drehte sich um und ging zum Auto.

„Wo wollen Sie hin", erlaubte sich Alejandra zu fragen.

„Ins Büro. Meditieren! Und den Tourismusminister beschwichtigen, bevor er uns den Haien zum Frass wirft. Und Jimenez", die Stimme des Polizeipräsidenten wurde messerscharf, „ich will endlich den Bericht der Küstenüberwachung. Seit Ewigkeiten warte ich darauf. Merda! Illegale,

Drogenschmuggler und jetzt noch dieser Mord. Sehen Sie zu, dass wir schnell Ergebnisse haben, sonst sind wir erledigt! Was für eine Scheiße diesen Sommer!" De San Gil knallte die Autotür zu und raste mit quietschenden Reifen die steile Straße Richtung Ortsausgang von Cala Figuera hoch.

Alejandra sah ihm nach und steckte sich eine Zigarette an. Sie gab es ungern zu, aber De San Gil hatte recht. Es lief zäh. Sie waren in der Schmugglersache keinen Deut vorangekommen. Das Team tappte immer noch völlig im Dunkeln. Sie hatten ein paar Spuren, die sich aber in keinen vernünftigen Zusammenhang bringen ließen, geschweige denn zu den Hintermännern des Drogenschmuggels führen würden. Jetzt auch noch dieser Mordfall. Alejandra fluchte innerlich. Sie wusste intuitiv, dass es auch in diesem Fall kaum Aussicht auf Erfolg geben würde. Jeder, Tourist oder Einheimischer, käme theoretisch als Täter in Frage. Die Wahrscheinlichkeit, dass sich der Täter noch auf der Insel aufhalten würde, war sehr gering. Es war ein leichtes, irgendwann zwischen drei und fünf Uhr den Fischer umzubringen, zum Flughafen zu fahren und sich von einem x-beliebigen Flugzeug zu einem x-beliebigen Ort auf dieser Welt transportieren zu lassen. Natürlich würden sie alle Passagierlisten durchforsten, alle Überwachungsvideos ansehen und mit übermüdeten Augen feststellen, dass sie nicht einmal wissen würden, nach wem sie suchten. Jeder der zigtausend Passagiere, die seit der Tatzeit die Insel per Flugzeug verlassen hatten war theoretisch ein Verdächtiger. Hinzu kamen noch die Boote, die aus den unterschiedlichsten Häfen seit dem Morgen ausgelaufen waren. Und das Restrisiko, dass der Täter doch noch auf Mallorca war, in einem Privathaus oder einem Hotel. Registriert unter falschem Namen, oder auch nicht. Alejandra seufzte. Es war eine aussichtslose Aufgabe, den Mörder des Fischers zu finden Das wusste de San Gil auch. Vielleicht hatte er deswegen so gebrüllt.

Es sei denn, der Täter hatte doch einen genetischen Fingerabdruck in dem Bootshäuschen hinterlassen. Alejandra befahl den dageblibenen Mitarbeitern der Spurensicherung, ein genaues Tatortscreening durchzuführen. Auch wenn sie keine konkrete Spur finden würden, es blieb die Möglichkeit, den Tathergang zu rekonstruieren. Jede kleinste Besonderheit war jetzt wichtig, um das Profil des Täters einzugrenzen. Ein Verbrechen trug immer eine eigene Handschrift. Ihre Chance.

Alejandra zückte ihr Smartphone und machte ein paar Aufnahmen. Sie wollte so schnell wie möglich von hier verschwinden. Der Bootsschuppen sah grauenvoll aus.

Noch während sie die Fotos schoss, rief De San Gil an. „Jimenez, Sie müssen die Angehörigen verständigen." Er überließ ihr die traurige Aufgabe, der Familie des Fischers die Todesnachricht zu überbringen und zog es wie immer vor, nicht mit zu fahren.

„Reden Sie mit den Angehörigen, finden Sie heraus, ob die etwas damit zu tun haben oder ob sie selber Opfer sind und möglicherweise auch in Gefahr. Forschen Sie nach dem Motiv!" Die üblichen Anweisungen.

Alejandra war froh, dass der Witwe des Fischers der Anblick des Bootshauses erspart geblieben war. Als sie das Haus des Fischers erreichte, sah sie Leute vor der Tür. Ein junger Mann redete beruhigend auf eine dürre Frau ein, die herrisch wiederholte, sie wolle so schnell wie möglich an den Hafen. Alejandra hörte ihn sagen, er wolle erst seinen Bruder Felipe anrufen. Möglicherweise sei der Vater bei ihm und es sei alles in bester Ordnung.

Alejandra trat zu ihnen, stellte sich vor und die Frau sackte auf die vor dem Haus stehende Steinbank. Tränen rannen ihre Wangen hinunter, sie weinte still, stützte den Kopf mit den Händen ab. Ihr Sohn verharrte in einer versteinerten Miene und starrte ins Leere. Er sagte kein Wort. Krampfhaft hielt er sein Handy in der Hand und drückte so stark zu, dass seine Finger weiß wurden.

Alejandra wartete einige Minuten ab. Dann beugte sie sich vorsichtig zu der trauernden Frau hinunter und legte ihr die Hand auf die Schulter. Der Sohn schaute grimmig. Als er jedoch merkte, dass seine Mutter sich beruhigte, ließ er Alejandra gewähren.

Die Fischersfrau sah auf und nickte Alejandra zu. „Ich habe geahnt, dass das Meer ihn eines Tages für sich behalten würde." Sie wirkte jetzt gefasster, obwohl die Tränen immer noch in ihren Augen standen.

Alejandra hielt kurz inne, dann fragte sie mit sanfter Stimme:

„Was glauben Sie, ist passiert? Haben Sie sich nicht gewundert, dass er nicht nach Hause kam?"

Die Frau schüttelte den Kopf. „Er kam oft erst mittags. Meistens fuhr er zur Cala S'Almnuia, in unser großes Bootshaus." Sie wich der Frage aus, senkte den Blick und redete einfach weiter. „Der Fang lässt sich dort gut an Land bringen. Meine Söhne verladen die Fische direkt in ihre Transporter und fahren sofort nach Palma auf den Fischmarkt zur Frühauktion, da verdient man am meisten. Wenn sie sich verspäten ist es aber auch keine Tragödie. An den Ständen kann man bis mittags die Fische verkaufen. Mein Mann war oft nicht pünktlich. Wenn der Fang gut läuft, dann nimmt man mit, was einem ins Netz geht. Man bleibt einfach länger auf See. Tage mit wenig Beute gibt es genug." Ihre Züge verhärmten sich, sie kämpfte mit den Tränen.

„Dann kam der Anruf." Sie verstummte.

„Welcher Anruf?" erkundigte sich Alejandra vorsichtig. Sie wollte sie nicht zu sehr strapazieren.

„Von Christobal, einem Fischer aus der Nachbarschaft. Munos Boot war immer noch im Hafen, nur lose vertäut, so wie man es macht, wenn man in ein paar Minuten auslaufen will. Das Meer war ruhig, so dass es das Boot nicht fortgerissen hatte. Christobal hat das Boot gesehen und sich gewundert, warum Munos das Boot nicht ordentlich vertäut hatte. Er ist an Bord gegangen, um Munos zu suchen. Da hat er gemerkt, dass Munos in dieser Nacht nicht ausgelaufen war. Die Netze waren noch ganz trocken. Er hatte ein ungutes Gefühl und wollte sich vergewissern, dass alles in Ordnung sei. Ramon", sie zeigte auf ihren Sohn, „ist sofort zu mir gekommen und wir wollten gemeinsam zum Hafen. Da sind Sie aufgetaucht." Sie hob den Kopf. Auch jetzt versagte ihre Stimme immer noch nicht und mit einer bewundernswerten Würde bat sie Alejandra: „Sagen Sie mir, wo ist er ertrunken?"

Alejandra schaute zu Boden. Plötzlich war ihr schwindelig, ihr Magen zog sich zusammen. Sie konnte es nicht. Sie winkte den Sohn heran und sprach sehr leise, mit heiserer Stimme zu dem Mann, der ungefähr so alt war wie sie.

„Er ist nicht ertrunken." Jetzt flüsterte Alejandra. „Er wurde ermordet. An Land."

Ramon hob den Kopf und riss die Augen weit auseinander. Er schüttelte wie wild seinen Kopf und rief: „No, no, impossible." Sie wollte ihm mehr berichten, doch seine Augen hatten sich glasig abgewandt und er wirkte wie fortgetragen in eine andere Welt.

Alejandra verstummte. Aus ihrer Jackentasche zog sie eine Visitenkarte. „Wir melden uns bei Ihnen." Wieder nickte sie als Zeichen des Mitgefühls. Dann machte sie kehrt und ließ die Beiden in ihrer Trauer allein.

Mallorca, 30. Juni 2013

26.

Den Samstag verbrachte Max fast ausschließlich im Ferienhaus, am Pool und auf der Terrasse. Er faulenzte. Aus Matthias Bücherregal hatte er sich einen schwedischen Kriminalroman ausgesucht und las auf der Liege neben dem Pool. Nach einer Weile wich er unter die bedachte Terrasse aus, denn die Sonne verbrannte ihm die Haut. Das Buch fesselte ihn, dennoch nickte er ein und verschlief den halben Tag. Am späten Nachmittag fuhr er nach Palma.

In einer Bar trank er einen Kaffee und schlenderte anschließend die Fußgängerzone hinunter bis zum Paseo Maritimo und zur Kathedrale. Als es dunkel wurde, kehrte er in ein Tapas- Restaurant ein. Drinnen war es laut und voll. Max schlängelte sich durch die Menge zur Bar, über der verschiedene Schinken hingen, von denen Fett in kleine Auffangbehälter tropfte, um nicht auf den Köpfen der Gäste zu landen. Der Angestellte hinter dem Tresen schnitt geschickt feine Tranchen von einem Schinken, den er zuvor in einem Holzgestell verkeilt hatte. Der Schinken verbreitete einen intensiven Duft, der sich angenehm mit dem herben Geruch der Weinfässer mischte.

Holprig bestellte er eine „racion" Schinken, worauf ihm ein paar Malloquiner anboten, sich zu ihnen zu gesellen. „Setz dich zu uns! Wir bestellen dir noch ein paar echte Tapas, nicht nur Jamon."

Sie wählten die exotischeren Tapas von der Speisekarte, die er nicht verstanden hatte: Innereien, marinierter Krake, gepökelte Ferkelohren. Max probierte alles, wunderte sich, wie zart Krake schmecken konnte und verzog den Mund, als er die bitteren Innereien probierte.

Max und die Gruppe Mallorquiner redeten mit Händen und Füßen und amüsierten sich, bis die Mallorquiner in eine Diskothek aufbrachen. „Gute Musik und trendige Typen, manchmal ein paar Promis, ne gute Location." Max fand die Idee zwar verlockend, entschied sich aber dagegen.

Er hatte keine Ahnung mehr, wo sein Auto abgestellt war. Beeindruckt von der Schönheit der Stadt, hatte er sich nur flüchtig den Standort seines Wagens gemerkt. Also irrte er durch das spätnächtliche Palma und stellte fest, dass die Stadt genauso belebt war wie tagsüber. Die Bars waren voller Besucher und der Ansturm in den Restaurants hatte selbst weit nach Mitternacht noch nicht nachgelassen. In einer Gasse nahe der Kathedrale roch es nach frischem Gebäck. Max blickte durch eine offene Tür und sah direkt in eine Backstube, in der zwei Bäcker Ensaimadas und „Churros", Schmalzgebäck, für das typische spärliche Frühstück der Mallorquiner in Pappschachteln verpackten. Endlich fand er seinen Wagen und als er im Ferienhaus ankam, ließ er sich draußen auf eine Liege fallen, betrachtete den Sternenhimmel und hörte dem Meeresrauschen und dem Zirpen der Zikaden zu.

Sonntagvormittag kehrte seine Besessenheit zurück. Kims Mörder lief irgendwo frei herum und konnte jederzeit eine neue Tat begehen.

Er öffnete die eingescannten Polizeiunterlagen auf seinem Laptop und verglich nochmals die Protokolle über den Mord an Kim und an dem Mann aus Köln. Es brachte ihm keine neuen Erkenntnisse.

Enttäuscht stand er auf, ging in die Küche und stellte die Kaffeemaschine an. Er musste mehr erreichen, als nur ein paar Ferientage auf der Insel zu verbringen.

Während sein Kaffee kochte klickte er zum wiederholten Mal auf die Datei, die er sich von der Festplatte von Kims Computer auf seinen Laptop gespeichert hatte. Max scrollte durch diverse Briefe. Kim hatte ihre Festplatte pedantisch geordnet. Ihre Briefe waren nach Datum und thematisch gruppiert abgelegt. Es war leicht, sie durchzusehen, aber er konnte nichts Auffälliges bemerken. Max klickte weiter auf die gespeicherten Fotos. Auch hier war Kim sehr genau gewesen. Die Fotos waren in Dateiordner zusammengefasst und nach Anlass bezeichnet. Max öffnete eine Datei aus dem Vorjahr mit dem Titel „Geburtstagsfeier Kim". Es waren Schnappschüsse von Kims Geburtstagsfeier, die offensichtlich in ihrer Wohnung stattgefunden haben musste. Es waren nur fünf Aufnahmen. Zwei zeigten Kim mit einem Glas in der Hand. Sie sah ausgelassen und ein wenig betrunken aus. Auf einem Bild erkannte Max den großen Uwe aus der Kneipe. Er hatte seinen Arm um Kim gelegt und lächelte sie verliebt an. Max übersah es bewusst. Neben ihnen stand ein weiterer Mann, den Max nicht kannte. Ein weiteres Foto, schlechter belichtet, zeigte die Gäste zumeist von hinten. Auf dem Bild sah es so aus, als seien mehr Frauen als Männer eingeladen.

Schließlich hatte jemand das Buffet in der Küche aufgenommen. Es gab viele Salate und insgesamt sah das Essen ein wenig einfallslos aus. Kim hatte dem Foto den Titel „Das Superbuffet meiner Freunde" gegeben und es in roten Buchstaben quer über das Bild geschrieben. Max verdrehte die Augen, da er definitiv anderer Auffassung war und schloss die Datei. Vielleicht hatte Kim es auch ironisch gemeint.

Viele Fotos stammten aus Kims Zeit auf Ibiza. Auch ihre übrigen Reisen hatte Kim mit Fotos dokumentiert. Es war zu bezweifeln, dass der Mörder auf einem der Fotos erschien. Aber selbst wenn, würde Max ihn nicht als Täter identifizieren können.

Beim vorletzten Ordner machte Max halt und öffnete ihn. Die Datei war kein Jahr alt und trug den Namen „Urlaub Malle September", Kims letzter Urlaub auf Mallorca. Nachdem Kims Kollegen ihm von ihren Reisen nach Mallorca berichtet hatten, war Max die Ermittlungsberichte nochmals durchgegangen. Kim war in den letzten zwölf Monaten vier Mal auf Mallorca gewesen. Max wusste nicht, ob sie immer allein geflogen war, oder hatte sie sich mit jemandem auf der Insel getroffen?

Er klickte hastig auf die Bilder. Die ersten Fotos waren Aufnahmen von Kims Hotel, lieblos renovierte Zimmer, kein Luxusferienhaus wie das von Matthias, aber immerhin mit guter Aussicht, Fotos vom Blick über den Balkon nach links über den Strand, nach rechts, Promenade Playa de Palma nach Westen, nach Osten und alle weiteren Fotos genau nach dem gleichen Schema. Es gab ein paar Nachtaufnahmen von diversen Diskotheken und der Playa de Palma mit bunter Beleuchtung. Junge Leute mit Sangria- Eimern, die in die Kamera prosteten. Es sah jedoch eher nach Zufallsbekanntschaften aus, weniger nach gezielten Treffen mit Killern oder anderen Schurken. Es schien, als sei Kim allein unterwegs gewesen. Max veränderte den Ansichtsmodus und wählte „zwölf Bilder auf einer Seite". Die fünfte Serie enthielt vier Bilder von einer felsigen Bucht und einem Tor. Auf einem der Bilder fand Max wieder einen Schriftzug in Rot. Er vergrößerte das Bild. Es zeigte einen kleinen Steinstrand. Das Tor war ein Eingang zu einer Art Bootshaus. Das Haus war ebenfalls aus Stein, offensichtlich aus den Felsen der Bucht gehauen. Das Bild war mit „Cala de Salmunia" beschriftet. Neben die Worte hatte Kim ein Achtung- Zeichen gemalt. Dazu drei Ausrufezeichen. Warum versieht jemand ein Fotos mir drei Ausrufezeichen? Hatte Kim sich hier mit jemandem getroffen. Vielleicht mit demjenigen, der ihr

Geld gab, das sie in einem Safe bei der Bank ihrer Schwester bunkerte. Vielleicht mit ihrem Mörder? Oder war es ein Versteck? Max glaubte nicht an verborgene Schätze, aber ein Bootshaus in einer kleinen abgeschiedenen Bucht würde sich als Versteck anbieten.

Das Tor sah etwas verkommen aus, so als würde das Bootshaus nicht oft genutzt. Allerdings konnte Max nur anhand der Fotos keine brauchbaren Rückschlüsse ziehen. Er musste sich vor Ort vergewissern. Immerhin ein Anfang bei seiner Suche. Max zoomte die genaue Lage der Bucht auf den Bildschirm. Es führte keine erkennbare Straße dorthin, aber er würde den Weg schon finden. Vorsichtshalber bediente er sich noch an Matthias Straßenkarten, etwas gestrig, aber da er kein Navi und sein Handy nicht immer Empfang hatte, vielleicht hilfreich.

Es war heiß und er entschied, vorher noch an den Strand zu fahren. Die Mallorquiner aus der Tapasbar in Palma hatten ihm einen sehenswerten Strand in der Nähe von Santanyi genannt. Dort wollte er hin.

Mallorca, 1. Juli 2013

28.

Die Cala Mondrago war ein weitestgehend naturbelassener Strand. Eine schmale Straße führte zu einem Parkplatz. Die letzten fünfhundert Meter bis zum Meer ging es zu Fuß durch einen Pinienwald. Es roch herb nach Pinienharz, als Max mit dem Handtuch unter dem Arm Richtung Strand lief. Nach einer Biegung öffnete sich der Weg und ließ durch die Bäume den Blick auf das beeindruckend blau schillernde Meer zu. Der Strand war nicht groß, vielleicht zweihundert Meter breit, begrenzt durch Dünengras und Felsen. Blickte man auf das Wasser, fand man an der rechten Felsenseite zwei kleine Bootshäuser. Linker Hand war ein Weg in den Fels angelegt worden. Wie einen Steg hatte man den schmalen Weg in den Felsen gehauen und die unwegsameren Stellen mit Beton begradigt. Der Weg führte zur nächsten Bucht.

Sonntags waren üblicherweise viele Besucher am Strand. Nicht nur Touristen, insbesondere einheimische Familien trafen sich hier an den Wochenenden. Bestückt mit bunten Sonnenschirmen und gigantischen, bis zum Rand gefüllten Kühlboxen lagen sie in großen Clans zusammen. Die unzähligen Kinder lärmten, was jedoch angesichts der lautstarken Unterhaltung der Erwachsenen völlig unterging. Zwischen den Familientruppen gab es auch Grüppchen junger Mallorquiner, Singles oder auch Paare, die hier ihren freien Tag verbrachten.

Max beeilte sich, ins Wasser zu kommen. Er wollte schwimmen. Es drängte ihn nach Bewegung. Mit kräftigen Zügen schob er sich durch das Wasser. Er schwamm mehr als einen halben Kilometer hinaus, bis er in die nächste Bucht blicken konnte. Das Wasser war angenehm. Frisch und sehr klar. Er drehte ab und schwamm zum offenen Meer. Nach fast einer Stunde kehrte er zurück an den Strand. Im seichten Wasser reckte er seinen Oberkörper und spannte seine Brustmuskulatur an. Er blickte um sich. Neben den meist aus der Form geratenen Bäuchen der anwesenden Familienväter konnte er sich sehen lassen.

Langsam kam er aus dem Wasser und trocknete sich im Stehen ab. Bevor er aufbrach, würde er sich noch etwas zu Trinken genehmigen. In der nassen Badehose ging er zu der einzigen Bar am Strand, einer offenen Bambushütte im karibischen Stil, vollgestellt mit Alkoholika zum Mixen von exotischen Cocktails und einer riesigen Eistruhe, in der Eisvorräte für mindestens eine Kleinstadt lagerten, aber gerade für einen Strandtag reichten. Am Tresen standen eine Menge Leute. Eine Gruppe junger Männer aß Bocadillos und riss dabei Witze.

Radebrechend bestellte Max sich „un cafe con leche y un agua mineral con gas". Als er sein Geld über den Bartresen reichte, drängte sich eine junge Frau neben ihn und bestellte in atemberaubender Geschwindigkeit auf Katalanisch ebenfalls einen Milchkaffee. Max erhielt sein Wechselgeld und zeitgleich mit der jungen Frau den Kaffee. Sie langte sofort nach der Tasse, setzte sie an die Lippen und nahm einen großen Schluck des heißen Getränkes. Auch Max ergriff seine Tasse und trank. Dabei sah er sie an. Ihre Augen blickten schelmisch über ihren Tassenrand und lächelten ihm zu. Sie waren groß und sehr dunkel, umrahmt von dichten schwarzen Wimpern. Sie stellte die Tasse schwungvoll auf den Tresen und sagte völlig unerwartet auf Deutsch: „Hola, ich bin Christina." Max wollte ihr antworten, verschluckte sich aber am heißen Kaffee. Heiser krächzte er: „Ich bin..." Husten unterbrach ihn. Er wandte den Kopf und durch das Husten bewegte er seine Tasse zu heftig. Heißer Kaffee schwappte ihm auf die Hand. Max verzog das Gesicht. Seine Hand brannte. Er kam sich lächerlich vor.

„Bond", antwortete Christina für ihn und lachte lauthals. „Ich habe Dich beobachtet." Sie streckte die Brust weit nach vorne und wippte mit dem Oberkörper hin und her. Wie sie es aussprach klang es eher wie „Bonde". Sie machte eine lässige Pose indem sie die Hüfte zur Seite schob. Max wurde rot. Er kämpfte immer noch mit dem Husten räusperte sich und hatte wieder den Hals frei.

„Ok, erwischt. Heute und für dich Max, aber sonst sein Stuntman." Er grinste breit und war froh, einigermaßen schlagfertig aus dieser Lage herauszukommen.

Christina hob den rechten Daumen in die Höhe. Beide lachten. Ihr feines Gesicht mit den dunklen Augen war umrahmt von langen dunklen, sehr lockigen Haaren. Max schätzte sie auf Anfang dreißig. Sie war sehr schlank, zierlich. Ihre Haut war von der Sonne gebräunt und sie hatte sich nicht die Mühe gemacht, ein T- Shirt über den knappen, mit Hippie- Prints verzierten Bikini zu ziehen, bevor sie an die Bar gekommen war. Max konnte nicht umhin und betrachtete erst ihre proportionierte Figur und dann ihr Outfit. Passend zum Look des Bikinis trug sie an der rechten Hand mehrere Armbänder, die bei jeder Bewegung leise klapperten. An der linken Hand trug sie eine sehr hochwertige goldene Uhr, die Max sofort ins

Auge stach. Unentwegt hob sie einen Fuß an und klapperte mit ihrem Flip- Flop, ein braunes Modell aus Leder, an den Riemen mit bunten Perlen verziert. Wieder nahm sie ihre Kaffeetasse und leerte sie diesmal.

„Ein toller Strand", versuchte Max eine zaghafte Unterhaltung.

„Si", Christina nickte. "Ich komme gerne am Sonntag hierhin. Es ist für mich eines der schönsten Strände der Insel. Auch wenn es weiter zu Fahren ist, als in den Westen. Den Osten habe ich viel lieber als die Steilküste im Westen. Die Felsen sind nicht einladend. Die Brandung ist zu heftig. Ich mag es nicht. Obwohl ich weiß, dass Tausende Touristen die unzweifelhafte Schönheit der Felsküste jedes Jahr bewundern und genießen. Trotzdem fahre ich lieber nach Osten zum Baden." Wenn sie sprach bewegte sie unaufhörlich ihre Hände und Arme und machte ausladende Gesten. Ihr ganzer Körper war in Bewegung. Die Sätze kamen schnell und sie sprach ein fast perfektes Deutsch.

„Kommst Du denn nicht aus der Nähe? Ich hätte gedacht, die Mallorquiner gehen immer an den Strand, der gerade vor der Haustür ist. Und im Übrigen, woher kannst Du so gut Deutsch sprechen?"

„Das mit dem Deutsch ist eine lange Geschichte. Natürlich gehen die Mallorquiner in der Regel an den Strand, der am nächsten liegt. Die Leute aus dem Westen verirren sich selten hier in den Osten. Es gibt sogar Reiseveranstalter, die Reisen für Westmallorquiner in die Orte an der Ostküste anbieten. Wir sind regional sehr unterschiedlich. Jeder ist auf seine Heimatregion fixiert. Besonders die Alten, wie überall. Ich komme aus Benissalem, das ist im Landesinneren." Sie sprach schnell, wie sprudelnder Brunnen, dachte Max.

Ein Urlauber drängte zum Bartresen und Christina machte ihm Platz. Sie sah Max an und lächelte. Ein paar Sekunden standen sie etwas unbeholfen einander gegenüber. Christina blickte auf den Tresen. „Trinkst Du Deinen Kaffee noch?"

„Nein", Max schüttelte den Kopf. Schnell versuchte er, wieder das Gespräch aufzunehmen. „Vom Landesinneren, klingt seltsam, bei einer doch überschaubaren Insel wie Mallorca."

„Ist aber so. Wir Mallorquiner sind ein bisschen loco!" Sie tippte sich mehrmals abwechselnd mit dem Zeigefinger und dem Mittelfinger an die Stirn. „Möchtest du mehr erfahren?" Sie hampelte wieder mit dem Fuß und der Flip-

Flop klapperte auf dem schmalen Betonstreifen vor der Bar. Sie ist eher ein nervöser Typ, dachte Max. An der Bar nahm das Gedränge zu. Max blickte sich um.

„Wohin führt eigentlich der Weg an den Felsen?"

„Zum nächsten Strand", antwortete Christina. „Und zu einer Hotelanlage. Nicht wirklich schön. Aber man kann an den Klippen weitergehen und kommt an kleine Buchten, die sehr romantisch sind." Sie reckte ihr Kinn in Richtung der Felsen und schlug spontan vor: „Wir könnten spazieren gehen. Dann erzähle ich von Mallorca."

„Gern", nickte Max. „und die lange Geschichte zu Deinen Deutschkenntnissen", ergänzte er. „Ich hole mir nur ein T-Shirt."

Er ging mit schnellen Schritten zu seinem Handtuch und beeilte sich, T- Shirt und Schuhe anzuziehen. Christina wartete am Wassersaum auf ihn. In einer Hand hielt sie baumelnd ihre Flip- Flops. Sie hatte ein dunkelblaues kurzes Strandkleid übergestreift und eine schwarze, riesengroße Sonnenbrille aufgesetzt. Max erkannte das markante Designermodell. Es stand ihr perfekt. Der Wind zerrte ganz sanft an ihren Haaren und wehte ein paar Locken in ihr Gesicht, die sich in der Sonnenbrille verfingen. Sie strich mit der Hand die Haare nach hinten und lachte, als Max auf sie zukam. Er fand sie umwerfend.

Sie gingen die ersten Minuten schweigend am Strand entlang, Christina mit den Füßen im Wasser. Erst als sie den befestigten Weg erreichten, begann Christina zu reden.

„Ich habe als Jugendliche in Frankfurt gewohnt. Meine Mutter hat dort eine Galerie betrieben. Sie war Kunsthändlerin. Ich bin in Frankfurt zur Schule gegangen, daher spreche ich deutsch, mas o menos." Sie schaukelte den Kopf. „Ich war zwei Jahre dort. Dann bin ich allein zurückgekehrt."

Max sah sie an „Allein?"

„Ja." Christina machte eine Pause und lief, den Blick zu Boden gesenkt weiter. Unvermittelt blieb sie stehen, schob die Sonnenbrille hoch und sah Max an.

„Mama ist abgehauen." Sie betonte das zweite „a". Es klang traurig.

Max war überrascht von so viel Offenheit. „Das tut mir leid", sagte er leise.

Christina zuckte mit den Schultern. „Sie hat einen Mann kennengelernt, hat alles stehen und liegegelassen und ist mit ihm nach Argentinien ausgewandert. Sie hat mich verlassen, einfach so, und seitdem habe ich keinen Kontakt zu ihr. Mein Vater hat die Galerie geschlossen und den Künstlern einige Bilder abgekauft. Er hat sie mir geschenkt, als Erinnerung."

Christina verstummte und ging weiter. Ihr Schritt war schnell. Längst hatten sie die kleine Bucht von Mondrago, die Restaurants und auch das von Christina erwähnte Hotel passiert und waren auf einem steinigen Weg auf die Felsen geklettert. Jetzt wanderten sie annähernd zwanzig Meter über dem Meer. Max betrachtete Christina von der Seite und bemerkte ihre athletischen und dennoch grazilen Bewegungen.

„Bist du jemals nach Deutschland zurückgekehrt?"

Christina schüttelte den Kopf, machte eine weit ausladende Bewegung mit dem Arm und zeigte über das Meer: „Hier ist meine Heimat! Nur hier gibt es diese Weite und unglaubliche Natur." Sie hatte Recht.

Die Aussicht war grandios. Bis zum Horizont sah man über das tiefblaue Meer. Einige Segelschiffe schipperten langsam vorbei. Das Weiß ihrer Segel stach hell vom Wasser ab und sie waren gut zu erkennen, obwohl die Luft vor Hitze flimmerte. Auch der Himmel war von einem intensiven Blau, wolkenlos und so eindringlich klar, wie Max es noch nie zuvor wahrgenommen hatte. Die Wellen schlugen an die schroffen, kargen Granitfelsen, die graubraun steil in die Fluten herabfielen. Oben, auf dem flachen Grat, wuchsen ein paar Flechten, vom Regenwasser genährt, das sich in kleinen Felskratern an der Oberfläche sammelte. Tiefer Unten, wo das Meerwasser über die Felsen schwappte, hinterließ es nach dem Verdunsten eine dicke Salzkruste in den Kratern. Noch weiter Unten, an der Wasseroberfläche, dort, wo die Wellen unaufhörlich gegen den Fels prallten, hatten sie im Laufe der Jahre bizarre Steinfiguren geformt und Grotten ausgehöhlt.

Max machte ein paar Schritte an die Felskante und beugte sich vor. In einer der Grotten hing eine rote Flagge, ein kleiner Wimpel, der im Wind flatterte.

Christina war neben ihn getreten und verfolgte seinen Blick.

„Der rote Wimpel?" fragte sie.

„Ja, was bedeutet das?" wunderte sich Max.

„Das sind die Fischer", winkte Christina ab. „Sie markieren ihre Fangstellen. Die Grotten sind ein Refugium für unzählige Fische, Krebse, Muscheln und andere Meeresbewohner. Ich glaube, die roten Wimpel bedeuten, dass in dieser Grotte zu viele Jungtiere sind und daher dort nicht gefischt werden soll. Wenn der rote Wimpel an einer Boje hängt, fährt kein Fischer in die Grotte. Die Fischer schützen so ihre Fischbestände. Es ist eine kluge Maßnahme, sonst wären die Gewässer vor der Insel bald leergefischt. Ob es wirklich stimmt, kann ich aber auch nicht sagen." Christina war beim Reden von der Felskante gewichen und auf den kleinen Trampelpfad in sicherer Entfernung zurückgelehnt. Max bemerkte ihr Unbehagen.

„Hast Du Höhenangst?" erkundigte er sich vorsichtig.

„Vielleicht ein wenig. Mir ist es so nah am Abgrund nicht so ganz geheuer", gestand sie.

Max stand immer noch an der Kante. Er stütze sich mir der linken Hand an einem Granitbrocken ab und blickte nach Süden über das Meer. Es war eine wunderbare Aussicht. Kein Mensch und keine Zivilisation waren zu sehen. Nur roher Granit und tosendes Wasser. Sie waren allein oben auf den Felsen.

Max sah zu Christina und realisierte, dass sie sich zwei Stunden nach ihrer Begegnung an einem der spektakulärsten und romantischsten Orte der Insel wiederfanden. Er ging wieder zur ihr herüber.

Christina hatte nicht bemerkt, dass er nur einen halben Meter hinter ihr stand. Als sie sich umwandte, waren sie sich plötzlich näher als erwartet und ihre Blicke trafen sich. Max konnte sich nicht abwenden und spürte, wie sein Puls hochschnellte. Es war nur kurzer Augenblick, dann war es vorüber.

Abrupt drehte er sich um und machte einen festen Schritt in die Richtung, aus der sie gekommen waren. Durch den Tritt hatte er ein paar lockere Steine bewegt, die jetzt ins Meer fielen. Einige hörte man weiter unten gegen die Felsen schlagen. Christina zuckte zusammen. Dann blickte sie auf die Uhr.

„Ich muss zurück. Ich habe in zwei Stunden Kunden auf dem Weingut."

„Weingut?" Max wunderte sich. „Auf welchem Weingut?"

„Auf meinem", erklärte Christina. Sie neigte den Kopf zur Seite und sah ihn an. „Ich bin Önologin."

„Du bist Weinexpertin?" Max war überzeugt gewesen, dass auch Christina Kunsthändlerin war.

„Tatsächlich", bestätigte Christina freundlich, während sie schnell weiterging.

„Ich habe das Winzern studiert, an der Universität in Palma. Erst Chemie, dann Önologie."

„Chemie?"

„Ja, es ist Pflicht erst ein naturwissenschaftliches Studium zu absolvieren bevor man für Önologie zugelassen wird."

„Du kannst also professionell Wein erzeugen?" Max war beeindruckt.

„Vom Pflanzen der Rebe bis zum Ausbau der Weine, alles!" Christina strahlte. „Meine Familie sind Winzer. Schon als Kind habe ich Reben verschnitten. Ich trinke den Wein natürlich auch."

„Nur Deinen Wein oder auch andere?" witzelte Max.

„Am liebsten meinen, aber natürlich auch andere. Es gibt viele großartige Weine. Genauso gibt es solche, bei denen ich nicht weiß, warum sie als Wein bezeichnet werden. Die kann man nur ausspucken und danach die Zähne putzen." Sie verzog übertrieben das Gesicht und streckte die Zunge heraus. Max lachte.

„Es ist so", bekräftigte sie ihr Urteil. Sie stampfte beim Gehen hart auf.

Inzwischen waren sie wieder am Strand angelangt. Max begleitet sie zu ihren liegen gelassenen Sachen. Sie nahm ihre Tasche. „Ich muss mich beeilen, leider. Es war schön mit Dir."

„Fand ich auch", antwortete Max schlicht. „Ich begleite dich zum Parkplatz, ich habe auch noch etwas vor."

„Was denn?"

„Nichts Bestimmtes, ein bisschen Sightseeing." Max log nicht gerne, er wollte ihr jedoch nicht den wahren Grund seines Aufenthaltes auf der Insel nennen.

Den Weg zum Parkplatz gingen sie schweigend. Es war, als suche jeder ein passendes Thema. Keiner wollte sich vorwagen und nach einem Wiedersehen fragen. Christina fuhr einen Kombi. Am Heck prangte ein Wappen, auf dem sich Weinreben um einen Löwen rankten. Christina öffnete die Heckklappe und stellte ihre Strandtasche neben zwei Weinkisten in den Kofferraum. Dann nahm sie eine Flasche Rotwein aus einer der Kisten und gab sie Max.

„Tien, ein Geschenk, ein Gran Reserva. Lass ihn ein paar Tage liegen, er ist im Auto ein bisschen durchgeschüttelt worden."

Max war überrascht und blickte auf die Flasche. „Danke", sagte er und hob den Kopf, die Flasche hielt er mit beiden Händen. Christina war schon in das Auto gestiegen und ließ den Motor an.

„Adios Max", rief sie ihm zu und schloss die Autotür. Im Davonfahren warf sie ihm noch eine Kusshand zu.

Max stand noch einige Sekunden regungslos auf dem Parkplatz und starrte dem Wagen nach. Ihr schneller Abschied hatte ihn völlig überrumpelt. Er ärgerte sich, dass er nicht nach ihrer Handynummer gefragte hatte.

Genervt über seine Dummheit, fuhr Max in Richtung der Bucht, die er auf Kims Foto gefunden hatte. Um sich abzulenken, stellte er das Radio an und stieß auf den deutschen Inselsender. Unterwegs beschallte ihn das Inselradio mit Partymusik und Werbung deutscher Reiseveranstalter. Für den Moment war es ihm ein willkommener Wegbegleiter.

Erst viel später würde er feststellen, dass auf dem Etikett der Flasche ihr Name und die Anschrift des Weingutes standen.

Mallorca, Palma, 1. Juli 2013

29.

Als Alejandra in das Präsidium zurückkehrte, saß de San Gil missmutig am Schreibtisch. Obwohl es Sonntag war, hatte er das Team zur Arbeit befohlen. Die Sache war zu dringlich. Vorsichtig erkundigte sie sich nach Neuigkeiten und zu ihrer Überraschung antwortete de San Gil ruhig, fast sachlich.

„Das Ministerium. Ich hatte sie gerade wieder auf dem Bildschirm."

„Sind sie sauer wegen des Presserummels um den Fischer?"

De San Gil winkte ab. „Der tote Fischer interessiert nicht. Es geht um die Drogen. Madrid hat sich jetzt eingeschaltet. Sie haben die Drogen angefordert und in ihrem Zentrallabor untersucht."

Alejandra runzelte die Stirn. „Wieso hat Madrid die Drogen untersucht? Von wem haben sie von den Drogen erfahren?"

„Von mir. Wir haben hier auf der Insel nicht alle Möglichkeiten dazu. Außerdem sind wir verpflichtet, Bericht zu erstatten. Das habe ich getan. Ich dachte, die Initiative zu ergreifen und der Zentrale die Hintergründe zu schildern würde sie glauben lassen, dass wir hier alles im Griff haben. So würde sich keiner einmischen und wir könnten in Ruhe weiterarbeiten. Die Rechnung ging leider nicht auf." Er grunzte und zog unappetitlich die Nase hoch.

„Sofort hatte ich eine Rückmeldung aus dem Ministerium. Daraufhin mussten wir eine Probe von dem Stoff nach Madrid schicken. Ich habe das vorgestern veranlasst. Perdon, wenn ich es nicht erzählt habe." Er tat beschämt. „Eigentlich wäre es Ihr Bereich gewesen. Doch die Zeit drängte. Der Minister für Nationale Sicherheit rief mich direkt an, und da musste ich es sofort senden lassen"

Alejandra zwang sich, professionell zu bleiben. „Wissen wir, was es ist?"

„Es ist reiner Vorstoff, so eine Art Heroin- Vorprodukt. Stammt zweifelsfrei aus Afghanistan, sagt Madrid. Es wird nach Europa geschleust und in irgendwelchen Kellerlabors raffiniert. Erst dann wird es verkauft." De San Gil machte eine Pause und sah auf seine Fingernägel.

„Jetzt, Alejandra, haben wir ein echtes Problem. Gerade gab es wieder eine Telekonferenz." Er tippte an den Bildschirm. „Alle haben Angst, dass demnächst noch mehr Drogen ankommen und die Sicherheit der Touristen gefährdet ist." Er betätigte in der Luft einen Pistolenabzug. „Wir haben eine Woche Zeit um aufzuklären, wer die Drogen an Land geschleust hat und wie sie die Insel verlassen. Wir brauchen die Schleuser und die Hintermänner. Eine Woche! Hören Sie? Eine Woche, mehr nicht. Ansonsten wird ein Sonderkommando aus Madrid abgeordnet, das den Fall hier übernimmt. Dann bin ich meine Posten los und ihr habt hier una facha de la peninsula sitzen!" Die letzten Worte kamen wieder im gewohnten lauten Ton. Doch dann wurde de San Gil fast kleinlaut. „Mehr konnte ich nicht herausschlagen. Sie hätten uns am liebsten schon morgen einen Trupp auf den Hals geschickt."

Verdammt, dachte Alejandra, so eine Fratze von der Halbinsel, wie der Chef es nannte. Den wollte sie nicht hier als Vorgesetzten haben. Sie stellte sich vor, wie eine Beamtengruppe von Hauptstädtern nach Mallorca kommen würde, voreingenommen, die Ferieninsulaner belächelnd. Hinterwäldlerisch wäre noch eine ihrer harmloseren Bezeichnungen für die Mallorquiner, als Sklaven der Deutschen lebende Inzestbrut eine der weniger netten. Die Madrilener würden sich aufspielen und am Ende auch nicht erfolgreicher sein. Fast hätte sie es darauf ankommen lassen wollen. Sollen sie doch kommen. Doch sofort verwarf sie den Gedanken. Es wäre vorbei mit den Privilegien der Polizei und der Inselruhe. Das Leben hier war für die Mallorquiner immer ein bisschen mehr Urlaub als für ihre Kollegen auf dem Festland. Der Urlaubsrhythmus galt für alle auf der Insel, nicht nur für die Touristen.

De San Gil sah sie an und sein Blick hatte nichts von der üblichen Lüsternheit. „Die von der Nationalen Sicherheit spaßen nicht. Mallorca muss das Image eines Hochsicherheitstraktes behalten. Wenn die Presse davon Wind bekommt, dass wir hier einen Drogenumschlagplatz haben, dann herrscht Krieg an allen Fronten. Die Tourismusindustrie dreht dann durch und von den Immobilienhändlern will ich gar nicht reden. Es wäre der Kollaps der Insel, sage ich; erhebliche Einbußen für das gesamtspanische Bruttoinlandsprodukt, so formuliert es Madrid."

„Wir haben eine Ladung Drogen gefunden, dass heißt doch nicht, dass wir eine Drogendrehscheibe geworden sind." Alejandra schüttelte den Kopf und verzog den Mund.

De San Gil schien es besser zu wissen.

„Hombre, die flippen völlig aus in Madrid. Im Übrigen, egal ob eine Ladung Drogen oder duzende Container voll davon, ich will nicht, dass auf meiner Insel das organisierte Verbrechen Einzug hält. Die Drogenmafia soll sich verdammt noch mal einen anderen Ort suchen!" Die Nachdenklichkeit war aus de San Gils Augen verflogen. Er sah seine Pfründe schwinden und ballte die rechte Faust. Alejandra hatte genug gehört.

„Also, mache ich mich mal gleich an die Arbeit."

Sie klopfte gegen den Türrahmen und ging.

Ihre Leute waren in ihrem Großraumbüro und sahen beschäftigt aus.

„Alejandra", ihr Kollege Pedro stand auf und kam auf sie zu. „De San Gil hat uns informiert. Der Drogenfund hat absolute Priorität. Deshalb haben wir entschieden, nicht auf Dich zu warten. Wir haben als Du weg warst nochmals die Sattelitenbilder von der Nacht des Unfalls durch den Infrarotfilter laufen lassen, um die Aufnahmen von Wärmeobjekten mit einer Temperatur von über 35 Grad Celsius anzuzeigen. Alle Sequenzen ohne menschliche Objekte werden automatisch unterdrückt. Aus den Bildern haben wir einen Kurzfilm geschnitten, der nicht länger als fünfzehn Minuten dauert. Die Analyse ist so erheblich leichter."

„Waren nur für so kurze Zeit Menschen in Küstennähe?"

„Nein, wir haben in einem zweiten Schritt die wirklich küstennahen Bewegungen zusammengeschnitten. Das ergibt dann sozusagen im Zeitraffer die fünfzehn Minuten. Hier, schau es Dir an."

Pedro klickte auf die Tastatur an seinem Laptop und auf dem Bildschirm lief ein Film mit Infrarotbildern ab. Deutlich waren die Fischer in ihren Booten zu erkennen.

„An dem Abend des Lasterunglücks waren zweiundzwanzig Boote auf See vor dem Cap Ses Salines. Wir haben ihre Routen mit der Software zurückverfolgt. Die Boote kamen ausnahmslos aus Cala Figuera. Einige sind nach dem Fischen sofort dorthin zurückgekehrt, einige sind zur Cala s'Almunia gefahren und haben dort ihren Fang abgeladen.

„Cala Figuera?" Alejandra wurde hellhörig. „Ist der tote Fischer von heute Morgen dabei?"

„Das haben wir auch versucht herauszufinden. Wir können es jedoch nicht mit Sicherheit sagen. Die Satellitenbilder liefern keine Gesichter. Der Mann war relativ klein. Der mit der Obduktion beauftragte Pathologe hat seine Arbeit an dem Fischer noch nicht begonnen. Wegen des Wochenendes." Pedro hob die Augenbrauen und pustete Luft zwischen seinen halb geöffneten Lippen aus.

„Wir wussten daher bis vor einer halben Stunde nicht genau, wie seine körperliche Beschaffenheit war. Sein Assistent hat auf meine Bitte hin den Mann vermessen und uns wenigstens seine Größe mitgeteilt. Der Tote maß nur einssiebenundsechzig. Daraufhin haben wir die Software so programmiert, dass der Filter uns alle Fischer zeigt, auf die dieses Körpermaß zutrifft. Es waren drei Fischer mit der passenden Körpergröße in dieser Nacht draußen. Sie sind alle nach Cala Figuera zurückgekehrt. Keiner von ihnen ist an Land gegangen, keiner hat sich mit einem anderen Boot auf See getroffen. Keiner ist in die unmittelbare Nähe des Caps gefahren. Nach unseren Erkenntnissen war der tote Fischer nicht an der Rauschgiftsache beteiligt."

„Zumindest nicht in dieser Nacht", antwortete Alejandra, noch immer auf den Bildschirm blickend.

„Was ist mit dem Transporter, der umgefallen ist? Habt ihr den auch gescannt?"

Pedro tat beleidigt.

„Natürlich haben wir. Der Laster stand schon länger als eine Nacht in Ses Salines. In der Nähe des Leuchtturms. Der Wagen fuhr am Nachmittag auf einem kleinen Feldweg Richtung Küste. Es gibt da einen kleinen Strand, die Platja des Caragol. Der Strand ist tagsüber gut besucht. Viele Touristen fahren mit ihren Autos bis zum Leuchtturm am Cap ses Salines, parken dort und laufen auf den Klippen, über die Punta Negra zum Strand. Man hat eine tolle Aussicht auf das Meer und auf Cabrera."

„Mensch, Pedro, ich möchte keine Reiseführung über irgendwelche Touristenstrände. Hier brennt die Bude! Habe ihr nun was herausgefunden oder nicht?" Alejandra wurde nervös.

Pedro zögerte keine Sekunde. „Der Laster hat an dem Abend höchstwahrscheinlich die Drogen aufgenommen. Wer nicht zu Fuß zum Strand wandert und sich auskennt, nimmt den Feldweg an einem der Höfe, die unweit von Leuchtturm liegen. Der Weg ist durch einen lockeren Zaun versperrt, den man aber wie ein Gatter beiseite schieben kann. Die Besitzer des Hofes haben nichts dagegen, wenn man über ihr Grundstück fährt. An dem Tag haben sieben Fahrzeuge den Weg benutzt. Sechs kamen bis zur Nacht auch wieder zurück, das siebte war unser Laster, der erst in den frühen Morgenstunden das Gatter wieder passierte."

„Theoretisch kann also auch eines der Fahrzeuge die Drogen gebracht haben und in den Laster verladen haben?" Alejandra dachte laut nach.

„Wäre möglich", Pedro schüttelte den Kopf. „Halte ich aber für unwahrscheinlich. Warum sollte jemand mit Drogen beladen durch die Gegend fahren und die Fracht dann wieder in ein anderes Fahrzeug umladen. Ich vermute eher, dass die Kisten mit den Fischen und den Drogen vom Meer kamen. An den letzten Tagen haben viele Boote an der Küste und am Strand angelegt. Am Überwachungstag zwölf. Kleinere Motorboote, ein paar Zodiacs, zwei Segler.

In der Nacht ist noch ein Motorboot hinter der Punta Negra an den Felsen entlanggefahren. Möglicherweise hat es auch angehalten und die Insassen sind an Land gegangen. Können wir aber nicht belegen. Wir haben keinen Wärmepunkt. In der Dunkelheit kann der Satellit die Umrisse des Bootes nicht erfassen. Außerdem ist dort nur steiler Fels. Da kann kaum einer an Land gehen. Auch von Land aus gab es keine Bewegung. An dem Tag war niemand dort oben an dem Weg, wo der Laster parkte."

„Wieso schaut ihr immer nur auf den einen Tag? Die Drogen können doch schon Wochen unter einem Felsen dort liegen."

„Die Drogen schon, aber der Fahrer nicht.

Wir konnten lange Zeit keine Bewegung in der Nähe des Lasters ausmachen. Dann fuhr das Fahrzeug einfach los. Der Fahrer hatte fast sechs Stunden auf seine Fracht gewartet. Wir haben ihn zurückverfolgt. Er ist auch zweimal aus dem Laster ausgestiegen. Hier", er zeigte den Filmausschnitt auf dem Bildschirm, „es sieht aus, als würde er pinkeln. Wir haben keine anderen Bewegungen messen können. Er ist einfach ein paar hin und her gegangen, als wolle er sich die Beine vertreten. Mehr nicht. Die meiste Zeit saß er im Fahrzeug."

„Sind Menschen am Strand oder auf den Felsen zurückgeblieben, vielleicht in einem Zelt?"

„Haben wir auch überprüft, Alejandra. Negativ. Es gibt keine Wärmeaufzeichnungen mehr, außer dem Fahrer des Lasters. Dann noch ein Fleck, ein Wärmefleck, der am Felsen klebte und sich auf und ab bewegte. Sieht aus wie ein Mövennest. Das war alles."

„Wir haben also keinen Beweis, wie die Drogen in den Laster kamen?"

„Alejandra", Pedro sah erst aus, „Die können nur vom Meer gekommen sein. Ich verwette meinen Job darauf, dass die Fischer in die Sache involviert sind. Glaubst Du allen Ernstes, dass aus purem Zufall ein Fischer in Cala Figuera so abgeschlachtet wird, wenn er nicht am Drogenschmuggel oder an irgendwelchen dunklen Geschäften beteiligt war? Das war kein Raubmord. Bei den Fischern ist nichts zu holen, das sind arme Schlucker. Das hat was mit den Drogen zu tun. Glaub mir." Beide standen immer noch vor Pedros Bildschirm. Pedro war während seiner letzten Worte von einem Bein auf das andere balanciert, als wolle er untermauern, dass die Beweislage seiner Theorie noch wankend war.

„Würde ich gerne", entgegnete Alejandra. „Möglich, dass der Fischer Drogengeschäfte ausführte. Vielleicht wollte er auch aussteigen und wurde daraufhin exekutiert. Macht auf alle Fälle weiter mit den Untersuchungen der Küste und des Lasters. Vielleicht findet ihr ja doch noch ein Zelt oder ähnliches. Und Pedro, veranlasse, dass wir den Bericht von der Spurensicherung aus dem Bootshaus umgehend erhalten. Finde heraus, wer die Untersuchung dort leitet. Wenn es Vincente Calva ist, ruf ihn an und bestelle schöne Grüße von mir. Er soll nachprüfen, ob an der Kleidung des Toten oder an irgendwelchen anderen Stellen, die er berührt haben könnte, Spuren von Drogen sind. Auch in seinem Haus. Vielleicht komme ich auch persönlich noch mal am Bootshaus vorbei. Sag ihm nicht, dass Madrid uns die Wölfe an den Hals hetzt, mach ihm aber klar, dass er sich beeilen soll.

Ich werde mir in der Zwischenzeit mal die Boothäuser an der Cala de S'Almunia vornehmen. He, und, danke, dass ihr euch so dahinter klemmt."

Alejandra verließ das Büro und machte sich auf den Weg zur Cala S'Almunia bevor es noch später am Abend wurde.

Mallorca, Cala S'Almunia, 1. Juli 2013

30.

Die schmalen Wege von der Cala Llombards in Richtung Ses Salines glichen sich und waren nicht befahren, als Max Richtung Meer steuerte. Ab und zu passierte er eine Finca oder kleinere Ferienhäuser. Insgesamt war die Gegend nicht sehr dicht besiedelt. Er drehte das Radio lauter. Die Pussycat Dolls hauchten gerade einen anzüglichen Song, bei dem er unvermittelt an Christina dachte. Er wollte sie wiedersehen. Diesmal war es kein Jagdfieber sondern ein ehrlicher Wunsch.

Er konzentrierte sich nicht mehr auf den Weg und hatte plötzlich den Eindruck, den Kreisverkehr zum zweiten Mal zu passieren. An der nächsten Weggabelung bog er ab. An einer Kurve standen zwei Männer, die Abfälle in große Mülltonnen füllten. Max hielt an und fragte sie nach dem Weg.

„Etwas weiter die Straße geradeaus und dann nach vierhundert, fünfhundert Metern rechts abbiegen. Vor einer Rechtskurve gibt es einen kleinen Parkplatz, direkt neben einem Haus, in dem ein Wohnmobil im Garten steht. Zu Fuß sind es dann noch fünfzig Meter bis zu den Treppen.

Der Strand liegt unten. Man kann es nicht verfehlen. Gehen Sie einfach dem Trampelpfad nach." Der Mann zeigte mit dem Finger die Richtung an. Nach ein paar Minuten fand Max den Parkplatz. Eigentlich war er nur eine Ausbuchtung in der Straße. Stünde das Wohnmobil nicht im Vorgarten des angrenzenden Hauses, wäre er vorbeigefahren. Er hielt und stieg aus. Die Sonne war fast untergegangen, jetzt kurz vor einundzwanzig Uhr. Max blickte nach links und sah das Meer. In der Abenddämmerung hatte es eine dunkelblaue Farbe angenommen. Er überquerte die Straße in Richtung Meer und erkannte, dass er sich hoch über dem Wasser befand. Vierzig, vielleicht fünfzig Meter Steilküste schätzte er. An einem kleinen weißen Häuschen fand er ein Hinweisschild der Tourismusbehörde Mallorcas. Die Cala S'Almunia war auf dem Schild skizziert. Wie der Mann beschrieben hatte, führten Treppen die Felsen hinunter bis zum Meer. Max sah sich die Zeichnung an und erkannte die Bootshäuser. Es waren drei. Dann machte er sich an den Abstieg.

Die Bootshäuser waren teilweise in den Fels gehauene Hütten aus Beton. Der Anstrich war verwittert und lange nicht erneuert worden. Vor dem ersten Haus stand ein weißer Strandstuhl aus Kunststoff. Seine Sitzfläche war blankgescheuert, so, als ob er noch genutzt wurde. Max ging zur Tür des ersten Häuschens. Eine rote Holztür, die verschlossen war. Max schob den Stuhl zur Seite und stellte sich vor das kleine Fenster. Es war voller Staub. Soweit Max erkennen konnte befand sich ein kleines Boot im Haus. An der rechten Seitenwand war eine halbrunde, niedrige Holztür, die ins Wasser führte. An der linken befand sich ein kleines Regal, auf dem unordentlich eine Menge unerkennbares Zeug gestapelt war. An einem Haken hing eine Jacke. Ein gewöhnliches Fischerhaus.

Max trat zurück und sah den Wellen zu, wie sie gegen die Hauswand schlugen. Es war ein sanftes, beruhigendes Geräusch.

Beim mittleren Bootshaus war die Tür nur angelehnt. Sie knarzte laut, als Max sie aufdrückte und eintrat. Das Innere glich dem ersten Fischerhaus. Nur war die halbrunde Tür an der Rückseite angebracht. Im hinteren Teil endete der glatte Steinboden abrupt, das Wasser reichte bis in das Haus. Es befand sich kein Boot darin. Vielleicht waren der oder die Fischer gerade auf See. Es roch streng nach Salz und Fisch und nach irgendetwas Verdorbenem. Max sah sich um. Die Tür ging langsam wieder zu. Sie schien nicht im Lot zu stehen und blieb daher nicht offen. Draußen dämmerte es und im Bootshaus konnte Max fast nichts mehr erkennen. Sobald das Sonnenlicht verschwunden ist, zeigt die Insel ihr finsterstes Gesicht, durchfuhr es ihn. Die Gegenstände im Bootshaus waren nur noch schwarze Umrisse. Ein kurzer Blick zur Decke bestätigte, dass es keine Lampe gab. Höchstwahrscheinlich gab es nicht einmal Elektrizität hier unten. Er hatte das Gefühl, dass er besser nicht hier sein sollte. Max trat nah genug an die Wand heran. Gleich neben dem Eingang stand ein Metallschrank. Die Türen scheuerten am Rahmen und quietschten wie Kreide an einer Tafel, als Max sie aufzog. Völlig durchgerostet, dachte er, und ertastete die raue Oberfläche. Er stieß die Außentür wieder auf und versuchte im hereinfallenden Licht den Inhalt des Schrankes zu erkennen, doch die Tür klappte schnell wieder zu und hüllte den Raum erneut in Dunkelheit.

Draußen schlugen die Wellen an die Hauswand und das dumpfe Geräusch ließ Max plötzlich schaudern. Was, wenn die Fischer ihn hier finden würden. Was, wenn es tatsächlich ein Versteck von Kriminellen war. Warum war gerade dieser kleine unbekannte Strand in der Fotosammlung von Kim, und warum war er markiert. Mit jeder Frage, die er sich in diesem Moment stellte, wuchs sein Unbehagen. Hastig wühlte er in dem Metallschrank, zog eine blecherne Kiste hervor und schüttelte sie.

Der harte Griff, der ihn von Hinten um den Hals packte, riss ihn zu Boden. Ungewollt schrie er auf und wehrte sich. Sie kämpften heftig. Max rollte am Boden und versuchte seinen Angreifer zu packen. Der Mann umklammerte in Windeseile sein rechtes Handgelenk und verdrehte seinen Arm auf dem Rücken. Dann rammte er Max sein Knie in die Wirbelsäule und drückte ihn zu Boden.

Das Gewicht des Mannes auf seiner oberen Wirbelsäule erdrückte ihn fast und schnürte ihm die Luft ab. Max lag auf dem Bauch und stöhnte vor Schmerzen. Er stemmte sich gegen seinen Angreifer. Der Mann hatte ihn so fest eingeklemmt, dass es kein Entkommen gab. Vergeblich versuchte Max, sich zu befreien. Er zuckte hilflos. Plötzlich spürte er den Lauf einer Pistole am Hinterkopf und erstarrte. Er bewegte sich nicht mehr. Jetzt hatte er panische Angst. Nicht!

Sekunden später hörte er wie aus der Ferne eine Stimme, die ihn auf Spanisch anbrüllte. Es erschrak ihn noch mehr. Er verstand keines der Worte. Er war wie taub. Sein Blut pochte so laut in seinen Schläfen, dass sein Schädel brummte.

Die Stimme gehörte einer Frau. Unerbittlich hielt sie ihm die Waffe an den Kopf.

„No Espanol, nur Deutsch. Tourist." Mühsam presste er die Worte heraus.

„Aufstehen", befahl plötzlich die Frau auf Deutsch. Ihre Stimme war tief und der Ton unmissverständlich ernst. „Los!"

Max stand ganz langsam auf. Die Frau stand immer noch hinter ihm. Jetzt hielt sie ihm die Pistole zwischen die Schulterblätter. Gegen die Schusswaffe hatte er keine Chance. Verdammt, wenn sie ihn nur nicht abknallte. Gleichzeitig hatte er jetzt die Gewissheit, dass das Bootshaus im Fall Kim ein Volltreffer war.

„Arme hoch", verlangte die Unbekannte jetzt von Max.

Max hob die Arme: „Ich habe keine Waffe." Es klang lächerlich.

Blitzschnell stieß sie Max nach vorne und drückte ihn an die Wand des Bootshauses, die Waffe immer noch in Max Rücken gestemmt. Ehe Max reagieren konnte, hatte die Frau ihn nach Waffen abgetastet.

„Dreh Dich um!" befahl sie ihm jetzt. „Lentamente!"

Max drehte sich sehr langsam um. Er wollte nichts riskieren. Er spürte, wie ihm das Adrenalin in den Körper schoss und fühlte sich einen Moment lang stark. Dann blickte er direkt in den Lauf der Pistole und erkannte die Umrisse der Frau, die ihm jetzt gegenüber stand. Max Unterlegenheit war offensichtlich.

Er stand ganz still. Die Frau rührte sich ebenfalls nicht. Ein paar Atemzüge lang standen sie sich stumm gegenüber. Dann sprach sie auf Deutsch in einem leisen zischenden Ton:

„Was machst Du hier? Wer hat Dich geschickt? Los, antworte!" Sie streckte den Rücken und baute sich wie ein Kämpfer vor ihm auf. Sie war groß, fast auf Augenhöhe mit Max, und er erkannte einen athletischen Körper. Sie stand breitbeinig auf schweren Schuhen und hielt die Waffe mit beiden Händen auf ihn gerichtet. Mit einer schnellen Kopfbewegung warf sie einen langen Pferdeschwanz über die Schulter nach Hinten. Wie reizend, dachte Max, ich stehe hier in diesem dunklen, gottverlassenen Fischerhaus und Lara Croft hält mir eine Knarre vor die Stirn. Er blinzelte doch das änderte nichts an der Situation. Sie stand unbeweglich vor ihm.

„Niemand hat mich geschickt", Max überlegte fieberhaft, ob er sich weiter als dummer Tourist ausgeben sollte, der sich verlaufen hat, oder die Wahrheit sagen sollte.

„He", sie hob die Waffe mit einer drohenden Geste und demonstrierte blinde Entschlossenheit. „Ich erschieße dich, wenn Du auch nur eine falsche Bewegung machst. Ich kann Dich auch nur festnehmen und einlochen, wenn Du mir nicht die Wahrheit sagst, jetzt! Keine Tricks, ich bin von der Polizei, verstehst du, ich kann dich richtig fertig machen, wie eine miese Ratte. Also, warum bist Du hier?"

Warum war die spanische Polizei in dieser Hütte? Ohne langes Nachdenken beschloss Max, mit offenen Karten zu spielen.

„Polizei, das trifft sich gut", er war erleichtert. „Ich bin Staatsanwalt aus Deutschland. Wir ermitteln in einem Mordfall. Mord, verstehen Sie? Wir haben Hinweise, dass sich möglicherweise Verdächtige hier aufgehalten haben. Vielleicht sogar der oder die Täter."

„Blödsinn", entfuhr es ihr mit starkem Akzent. Sie schüttelte den Kopf, bewegte die Pistole dabei keinen Millimeter von Max weg.

Max verstand nicht gleich und blickte sie fragend an.

„Un fiscal, ein Staatsanwalt", höhnte sie und hob die Waffe. Mit geschmeidigen Bewegungen ging sie um Max herum.

Max Stimme war heiserer als er es wollte. „Ich kann es beweisen. In meiner Hosentasche, im Portemonnaie ist mein Ausweis. Hier", Max hob die Hände höher und schob ein wenig die Hüften nach vorne. „Sehen Sie selbst nach."

Mit einem völlig überraschenden Hieb schlug sie Max rechten Arm nach Unten und verdrehte ihn hinter seinem Rücken. Ein stechender Schmerz schoss Max in die Schulter. Ehe er sich bewegen konnte, hatte sie ihm auch den linken Arm herunter gepresst und Handschellen angelegt.

Sie ignorierte Max Proteste, zog flink das Portemonnaie aus Max hinterer Hosentasche und schmiss es auf den Boden.

„Das beweist nichts. Der Ausweis kann auch eine Spielkarte sein." Sie drückte Max erneut den Lauf an den Körper. „Erst bist du ein Tourist, dann ein Staatsanwalt!

Wer bist du nun?" Sie presste die Pistolenmündung härter in Max Rippen und drohte: „Hör auf, mich anzulügen!"

Max schwitzte. Noch nie hatte ihn jemand mit einer Waffe bedroht. Die Frau schien zu allem bereit.

Er versuchte das Zittern seiner Arme zu unterdrücken. Seine Atmung funktionierte nur noch stoßweise und er versuchte, einen klaren Gedanken zu fassen. Es gelang ihm kaum. Leise erklärte er:

„Ich bin tatsächlich Max Bauer, wie es auf dem Ausweis steht." Die Waffe bohrte sich unerbittlich in sein Zwerchfell. Er hörte, wie sie den Abzug spannte. Nur mühsam brachte seine Worte hervor: „Ich bin hinter dem Mörder meiner Freundin her und suche vier Männer, die bald auch seine Opfer sein könnten." Er stockte und rang nach Luft. „Xavier Olivar, Antonio Molinar, Munos Rodriguez und Jaime Quint." Max spulte die Namen herunter wie eine Lautsprecherdurchsage. Er kannte die Namen auswendig, so oft hatte er sie gelesen und in die Tastatur seines Laptops gehämmert. Jetzt hörten sie sich fremd an, belanglos. Er schloss die Augen und wartete auf den Schuss. Was faselte er da. Es hatte keinen Sinn. Denk nach, wenn du das hier überleben willst!

Völlig unerwartet löste die Spanierin die Waffe von Max Rippen. „Was hast du gesagt? Munos Rodriguez?" Es dauerte zwei endlose Sekunden, bis Max begriff und in der Lage war, zu antworten.

„Ja, kennen Sie ihn? Wir müssen ihn finden, er ist in Gefahr! Herrgott noch mal, glauben Sie mir doch oder knallen Sie mich ab!" Diese Situation trieb ihn an seine Grenzen. Warum zum Teufel musste er sich hier seinen Mut beweisen.

Sie hielt immer noch die Pistole gezückt als sie Max aufforderte: „Vamonos. Gehen wir nach Draußen."

Sie ließ Max den Vortritt. Max taumelte, seine Knie schmerzten. Als sie sich vor der Tür des Bootshauses befanden, preschte sie vor und tastete Max Hosentaschen erneut ab. Unter anderen Umständen hätte er es vielleicht als angenehm empfunden. Sie gab sich zufrieden, nickte und ließ die Pistole sinken, ohne sie weg zu stecken. Die Waffe lag locker aber einsatzbereit in ihrer Hand. Wachsame Augen sahen ihn scharf an als sie, begann in einem freundlicheren dennoch kompromisslosen Ton zu sprechen.

„Ich bin Comisario de Policia Nacional aus Palma. Auch ich ermittle in einem Mord. Wir haben jedoch keine offizielle Mitteilung darüber, dass Kollegen aus Deutschland bei uns und mit uns in dieser oder anderen Mordsachen ermitteln." Sie runzelte die Stirn. „Munos Rodriguez ist tot, er wurde in seinem Bootshaus erschlagen. Woher kennen Sie ihn?"

Max starrte sie erschrocken an. „Also doch, es ist eine Todesliste", stammelte er.

„Können Sie das erklären?" Ihr Blick war eisig. Sie drehte sich einen Schritt zur Seite, dabei gab ihr Shirt den Blick auf das Pistolenhalfter frei. Max erkannte das Wappen der Polizei. Doch Max blieb auf der Hut.

„Was ist mit den Handschellen?"

„Die bleiben", erwiderte sie. „No Tricks!"

Mit wenigen Worten setzte Max die Kommissarin ins Bild.

„Vielleicht arbeiten wir an dem gleichen Fall." Wieder schmiss sie die Haare nach Hinten. Dann zückte sie ihr Handy und tippte etwas ein. „Ich werde das überprüfen.

Wenn es stimmt, was Sie sagen, müssen die Männer von der Liste gefunden werden."

„Wenn Sie mich jetzt gehen lassen, werde ich auch weiter ermitteln, vielleicht sogar mit Ihrer Hilfe."

Die Spanierin schüttelte den Kopf. „Sicher nicht!"

Verdammt, sie konnte den Mann nicht festnehmen, er hatte nichts getan, außer sich in einem Bootshaus aufgehalten. Das reichte nicht. Es passte ihr aber ganz und gar nicht, dass er hier herumschlich. Andererseits hatte sie schon genug zu tun und wollte nicht noch einen erklärenden Bericht über die Notwendigkeit einer letztlich unangebrachten Verhaftung verfassen.

Widerwillig löste sie Max die Fesseln. Mit der Waffe deutete sie nach rechts. „Sie können jetzt gehen. Sollten Sie unsere Untersuchungen stören, lass ich Sie von der Insel verweisen, da können Sie sicher sein. Verschwinden Sie jetzt von hier. Schönen Urlaub. Adios." Sie wandte sich ab, um ein Telefonat zu führen. „Jimenez", meldete sie sich.

Diesen Namen würde er so schnell nicht vergessen. Max holte tief Luft und kehrte zurück zu den Treppen. Hundertneunzehn qualvolle Stufen bis zur Straße. Sein Puls war immer noch hoch und das Atmen fiel ihm schwer. Er dachte mit düsterem Unbehagen an die Schusswaffe. Wie leichtsinnig von ihm, an einen solchen Ort ohne Waffe zu gehen. Er hatte nicht mit einer solchen Bedrohung gerechnet. Seine Blauäugigkeit ärgerte ihn, doch es nützte nichts, er besaß keine Waffe. Glücklicherweise war er auf die Polizistin getroffen und nicht auf einen der Kriminellen. Der hätte ihn wahrscheinlich nicht am Leben gelassen. Aber diese Frau hatte ihn auch so fertig gemacht.

Im Auto fühlte er sich wieder sicher. Er taste nach seinem Handy. Agnes hatte immer noch keine Nachricht hinterlassen. Er wischte sich den Schweiß von der Stirn und rief Handtke an, der sich noch immer in der Rehaklinik an der Ostsee befand.

„Kannst du reden?"

„Ich bin gerade zu einem Strandspaziergang genötigt worden", brummte Handtke in sein Handy. „Wir können ungestört reden, soweit der Wind es zulässt. Mir fliegt hier fast der Kopf weg. Ich habe deine Mail gelesen, bist du auf Mallorca?"

„Ja, ich bin gerade dem Tod entgangen und ich hatte Recht mit der Liste."

Max berichtete knapp von seiner Begegnung mit der Kommissarin. „Ein weiterer Mann, dessen Name auf der Liste stand, ist tot. Das stinkt doch zum Himmel. Irgendjemand wurde auf diese Leute angesetzt und legt sie um. Da will jemand reinen Tisch machen. Vielleicht doch Drogengeschäfte vertuschen, an denen auch Kim beteiligt war. Wer weiß, aber ich sage dir, ich finde es heraus. Noch etwas. Agnes, die Frau auf der Liste, hat sich nicht gemeldet. Vielleicht kannst du Brandl überzeugen, Agnes zu finden, bevor es auch sie erwischt."

„Und ob", erwiderte Handkte. „Mit hochgekrempelten Hosenbeinen neben Scheintoten und übergewichtigen Physiotherapeutinnen am Strand herumzulaufen liegt mir ohnehin nicht. Pass auf Dich auf, Max. Die Burschen auf Mallorca scheinen nicht alle vom Typ Ballermann-Tourist zu sein, die machen notfalls ernst." Handtke legte ohne ein weiteres Wort auf.

Wieder im Haus angekommen, stellte sich Max auf die Terrasse und betrachtete das Meer. Der Himmel war rot gefärbt vom Sonnenuntergang. Agnes hatte sich immer noch nicht gemeldet, bei Matthias lief wie üblich die Mailbox.

Max ging in die Küche. Er hatte Lust auf ein Glas Wein, er brauchte Entspannung. Auf der Ablage stand die Rotweinflasche, die Christina ihm geschenkt hatte. Der Wein würde ihm helfen, die Ereignisse des Tages herunter zu spülen. Er nahm die Flasche in die Hand und las unwillkürlich das Etikett. Als er Christinas Nummer in sein Handy tippte wurde ihm plötzlich warm.

Sie freute sich über seinen Anruf. Eine Weile plauderten sie und schäkerten herum. Max fragte nach einem Wiedersehen.

„Ich kenne eine Tapasbar, ganz in Deiner Nähe. Wir könnten morgen Mittag dort Essen." Christinas Vorschlag gefiel Max. Sie verabredeten sich und redeten noch eine Zeit lang weiter.

Christinas fröhliche Stimme verdrängte die Geschehnisse im Bootshaus. Max überlegte, sie schon heute Nacht zu besuchen. Er beließ es jedoch bei der Verabredung. Er war zu erschöpft. Am liebsten hätte er alles geschmissen, die Suche nach Kims Mörder aufgegeben und nur die Tage auf der Insel genossen. Doch das war, als ginge der letzte Rest seines Mutes vor die Hunde und so verlor er sich in dieser Nacht in einem Nebel aus Wein und Vorwürfen zu seiner immer wiederkehrende Feigheit und Bequemlichkeit, die er endlich besiegen wollte.

Mallorca, Can Pastilla, 1. Juli 2013

31.

Nur zwei Bilder hatte er von seinen Auftraggebern auf das dafür vorgesehene Handy erhalten. Ein Passfoto des Opfers und die Rückansicht eines PKWs, bei der das Nummernschild deutlich zu erkennen war. Ebenfalls die genaue Parkposition. Auch den genauen Tatzeitpunkt hatte man ihm per SMS mitgeteilt. Sie würden sicherstellen, dass sein Opfer zur vereinbarten Zeit am Auto war.

Er hatte sich gründlich vorbereitet. Wie immer hatte er in Gedanken jedes Detail durchdacht, hatte mögliche Szenarien abgewogen und sich dann für eine Variante entschieden. Insbesondere für das Mordinstrument. Er blieb immer bei seinen grundsätzlichen Entscheidungen und überlegte sich dann die Feinheiten. Er betrachtete das Opfer wie ein Zuchttier, das er erwerben würde und aus dem er Nutzen ziehen könnte. Jede winzige mögliche Reaktion des Opfers kurz vor und während der Tat versuchte er zu prognostizieren, jede erdenkliche Kleinigkeit. Er versuchte, dafür gewappnet zu sein. Es war eine Jagd mit allen Etappen: Pirsch, Zuschlag, Rückzug. Für jede Sequenz hatte er eine Strategie. Präzision war seine sicherste Waffe. Hundertfach hatte er es sich bei den

Tieren abgeschaut. Sie konnten sich keine Fehler erlauben, denn die Natur der Tiere war anders als die der Menschen: Sie kannte keine Gnade. Ein falscher Zug und der Jäger wurde zum Opfer.

Er war bereit.

Gleich nach Erhalt der zweiten Nachricht hatte er sich auf den Weg gemacht. Nach einigem Suchen hatte er den Wagen gefunden und sich durch diskretes Aufbrechen der Beifahrertür Einlass verschafft. Mit großer Wahrscheinlichkeit würde der Mann nur die Fahrertür und allenfalls den Kofferraum öffnen, bevor er losfuhr. Eine Minimale Beschädigung des Schlosses der Beifahrertür würde er nicht bemerken und auch keinen Verdacht schöpfen. Er war sich sicher, dass der Mann allein sein würde.

Unglücklicherweise stand das Auto an einer belebten Straße. Das erschwerte sein Vorhaben. Es war riskant, in der Öffentlichkeit zuzuschlagen. Doch auch darüber hatte er nachgedacht. Er hatte sich daher billige Stoffhosen, ein buntes, kragenloses, ausgeleiertes T-Shirt und wasserfeste, tarngrüne Trekkingsandalen angezogen, um wie ein typischer Tourist dieser Gegend zu wirken. Eine verspiegelte Sonnenbrille bedeckte seine Augen. Er trug einen schwarzen Nylonrucksack um die Schulter und eine ebenfalls schwarze Baseballkappe auf dem Kopf. Vorsichtshalber hatte er seine Kleidung mit Tequilla beträufelt. Sollte ihn jemand bemerken, so würde es den Anschein erwecken, er sei eine der üblichen Schnapsleichen der Platja de Palma und schlafe vernünftigerweise seinen Rausch aus, bevor er sich hinter das Steuer seines Mietwagens setzte.

Seit fast zwei Stunden kauerte er unbeweglich auf der Rückbank. Langsam konnte er den Gestank des Alkohols nicht mehr ertragen. Er fragte sich, ob der Mann überhaupt am heutigen Tage zurückkehrte. Es dauerte noch weitere zwanzig lange Minuten, bis der Mann endlich das Auto bestieg.

Er hatte ihn erst erkannt, als er unmittelbar vor dem Auto stand. Der Mann öffnete die Autotür mit einem Ruck. Die Tasche, die er dabei hatte, knallte er auf den Beifahrersitz. Dann ließ er sich schwerfällig hinter dem Steuer nieder.

Noch ehe der Mann den Motor starten und den Alkoholgeruch bemerken konnte, hatte er ihm blitzschnell von Hinten ein dünnes Drahtseil um den Hals gelegte und so heftig zugezerrt, dass dem Mann sofort die Luft wegblieb. Im Todeskampf wehrte sich der korpulente Mann aufs Äußerste und zog ihn brutal am linken Arm zur Seite. Er knallte hart mit der linken Schulter an die Seitenverkleidung des Wagens. Doch er ließ den Druck auf das Seil nicht nach. Der Mann hatte keine Chance sich umzudrehen. Nach wenigen Sekunden war er erdrosselt.

Als er sicher war, dass der Mann nicht mehr lebte, holte er einen kleinen Hochleistungsstaubsauger aus seinem Rucksack. Sorgfältig saugte er den gesamten Innenraum des Fahrzeuges. Die Rückenlehnen, die Seitenteile der Türen, die Fenster, Kopfstützen und die Mittelkonsole wischte er zusätzlich mit einem feuchten Reinigungstuch.

Niemandem fiel auf, dass der alkoholisierte und leicht torkelnde Mann, der aus dem Auto stieg, Handschuhe trug. Sofort nachdem er die Wagentür zugeknallt hatte, vergrub er die Hände in den Taschen seiner Shorts und tauchte im Strom der sich auf der Straße befindenden Menschen unter.

Erst sieben Stunden später bemerkte ein Imbissbesitzer, dass der Mann hinter dem Steuer des silbernen Kleinwagens nicht schlief.

Mallorca, Palma, 2. Juli 2013

32.

In der Präfektur der Policia National roch es nach abgestandenem Kaffee und morgendlichem Mief. Max registrierte aus den Augenwinkeln die hochgekrempelten Ärmel und das gelangweilte Gähnen der Polizisten, die heute Frühschicht schoben.

„Alejandra Jimenez ist gerade nicht im Dienst. Mein Name ist Pedro Sanz, wie kann ich Ihnen helfen?" Der junge Mann, der anstelle von Alejandra erschienen war, reichte ihm ungeduldig die Hand und vermittelte Max den Eindruck, dass er störte.

„Vermutlich gar nicht, Ich hatte Frau Jimenez gestern getroffen und sie gebeten, jemanden zu suchen. Ich wollte mich erkundigen, ob sie ihn gefunden hat."

„Haben Sie eine Vermisstenanzeigen aufgegeben?"

„Nein", Max schüttelte den Kopf. Er blickte auf ein Gruppenfoto an der Wand und erkannte Alejandra und auch sein Gegenüber, wie sie vor einem Tor aufgereiht standen.

„Eine Vermisstenanzeige kann ich auch erstellen."

Max wandte sich ihm wieder zu. „Es ist keine Vermisstenanzeige im üblichen Sinne. Ich möchte mit Frau Jimenez darüber sprechen. Sie soll mich anrufen. Dringend. Geben Sie mir ihre Handynummer?" Er formulierte es als Frage, meinte es aber mehr als Befehl.

„Tut mir leid. Comissario Jimenez ist noch nicht im Dienst. Sie müssen sich schon mit mir abfinden."

Es hatte keinen Sinn, dieser Sanz würde die Nummer nicht herausrücken. „Danke. Richten Sie Frau Jimenez meine Bitte aus." Max wandte sich zum Gehen.

Pedro Sanz zuckte die Achseln. „Dann müssen Sie eben warten."

Max zögerte, dann bat er Pedro die Namen der Männer, die sie suchen sollten, zu notieren.

Max war auf dem Weg nach Ses Salines. Alejandra Jimenez hatte ihn nicht belogen. Sie arbeitete tatsächlich bei der Policia National.

Sein Handy klingelte, es war Handke. „Wir können sie nicht finden."

„Verdammt. Wie kann das sein?"

„Brandl lässt Agnes suchen. Sie beantwortet keine Telefonate und keine SMS. Brandl hat anhand der Handynummer ihre Adresse herausgefunden, aber sie ist seit zwei Wochen nicht mehr dort gewesen. Ihre Mitbewohnerin hat sie seither nicht mehr gesehen, genau wie die anderen Verwandten. Auch ihre Freunde waren keine Hilfe. Ihr Bruder hat sie vor zwei Tagen bei der Polizei als vermisst gemeldet, deswegen hat Brandl gehandelt. Es gibt eine kleine SOKO aber sie haben noch keinen entscheidenden Hinweis, wo sie suchen sollen. Schreibe du ihr eine SMS, sie soll sich bei dir melden, dann können wir ihr Schutz gewähren."

„Wenn Brandl und die SOKO sie nicht aufspüren können, versteckt sie sich hoffentlich so gut, dass auch kein anderer sie findet. Sobald du auflegst, kontaktiere ich sie. Hoffentlich ist es nicht zu spät." Er fügte noch hinzu: „Danke, auf dich ist Verlass."

Max drückte Handtke weg und forderte umgehend Agnes per SMS auf, ihm ein Lebenszeichen und ihren Aufenthaltsort zu geben. Einige Sekunden starrte er auf sein Handydisplay, doch es tat sich nichts. Dann rief er Agnes an. Sie hatte die Mailbox aktiviert. Max schmiss das Handy auf den Beifahrersitz. Er hasste diese Ungewissheit, wenigstens war die Kripo jetzt involviert.

Viel zu früh war er zu dem Tapas Restaurant in Ses Salines gefahren. Diesmal hatte er für den Weg nicht einmal fünfzehn Minuten gebraucht. Der Ort war ausgeschildert. Da Ses Salines nicht sehr groß war und er auch nicht eine Stunde lang auf Christina im Lokal warten wollte, war er nach einem kurzen Rundgang nochmals losgefahren Er wollte einen Abstecher zum Leuchtturm am Cap des Salines machen. Auf seiner Straßenkarte war an der Stelle des Leuchtturm ein Stern eingezeichnet und der Randkommentar der Karte beschrieb den Ort als sehenswert. Tatsächlich war Max begeistert von der Aussicht, die man von der südlichsten Spitze der Insel genoss. Das Meer schien unendlich und das Blau intensiver denn je. Einen kurzen Augenblick lang blickte er einer Superyacht hinterher. Er konnte schwer einschätzen, wie viele Meter sie maß, aber zwanzig waren es mindestens. Max fragte sich, ob sich an Bord einige Schönheiten in knappen Bikinis räkelten oder ob sich nur ein gelangweilter Milliardär zum Mittagessen schippern ließ. Wahrscheinlich wäre er überrascht gewesen zu erfahren, dass seine letzte Vermutung die richtige war. Die Yacht steuerte die Gewässer vor dem Strand Es Trenc an. Dort ankerten in den Sommermonaten täglich etliche Luxusyachten während die Eigner in den angesagten Strandrestaurants ihr Mittagsmahl einnahmen.

Hinter Max erhob sich der Leuchtturm. Mit Erstaunen stellte Max fest, dass das Gelände um den Turm hermetisch abgeriegelt war. Ein mindestens zwei Meter hoher Zaun, oben mit Stacheldraht verstärkt, verlief um das Grundstück. Selbst der Abschnitt zum Meer war durch den Zaun verschlossen. Den Eingang zum Gelände bildete ein riesiges, elektrisch betriebenes Tor. Am linken Torpfosten war eine Überwachungskamera installiert. Max war verwundert. Er hätte nicht gedacht, dass ein Leuchtturm einer solchen Überwachung bedurfte. Er hatte keine Erklärung für diese hohen Sicherheitsmaßnahmen. Langsam ging er am Zaun entlang bis zur Meereskante. Er blickte am Leuchtturm hoch, konnte aber nicht erkennen, ob sich jemand im Inneren befand. Die Spitze des Turms erinnerte an den Tower eines Flughafens, die großen Sichtscheiben waren verspiegelt. Max schoss ein paar Fotos mit seinem Handy. Die Yacht auf dem Meer verschwand langsam hinter einem Felsen.

Er beeilte sich dann zum Auto zu kommen. Er wollte Christina nicht warten lassen.

Mallorca, Ses Salines, 2. Juli 2013

33.

„Pulpo en su tinta." Christina lehnte sich entspannt zurück. „Es ist eine Spezialität des Hauses. Keiner macht es so gut wie der Küchenchef hier. Sogar der König kommt in dieses Restaurant und isst Oktopus." Ihr entfuhr ein hmm.

„Der Pulpo wird ganz zart angebraten, dann köchelt er etwas in dem Olivenölsud. Am Tisch wird er tranchiert und in seiner Tinte gewendet. Mit Flor de Sal, dem Salz aus den Salinen von Ses Salines und etwas jungen, noch scharfem Olivenöl ist es eine unglaubliche Delikatesse." Sie spitzte die Lippen und führte Daumen und Zeigefinger an den Mund um mit einem kussartigen Laut den Hochgenuss zu unterstreichen.

„In der Tinte? Ist der Fisch dann nicht schwarz?" Max stellte sich das etwas unappetitlich vor.

„Ja", Christina nickte. Sofort hatte sie den angewiderten Unterton erkannt. „Aber keine Sorge. Es gibt ja auch schwarze Nudeln, die mit Tintenfischtinte gefärbt sind. Auch die sind sehr schmackhaft und nicht unappetitlich." Ihre Locken wippten zu jedem Wort.

„Du hast Recht", kapitulierte Max. Ein junger Mann brachte die Getränke, Brot und diverse Tapas, die Christina vor einigen Minuten bestellt hatte. Sie hatte Max bei der Auswahl der Speisen kein Mitspracherecht eingeräumt. Für Max war das in Ordnung, er vertraute ihrer Wahl und beim Wein machte ihr wohl ohnehin keiner etwas vor.

Während Christina wieder in atemberaubender Geschwindigkeit mit dem Jungen sprach, testete er schon einmal den Wein. Sehr gut. Langsam spürte er den Alkohol in seinem Körper, die Hitze beschleunigte den Prozess zusätzlich. Ein wohliges Gefühl setzte ein. Er betrachtete Christina. Er hatte sich den ganzen Vormittag auf ihr Treffen gefreut.

„Salud!" Christina hatte ihr Glas gehoben.

„Prost", erwachte Max aus seinen Tagträumen und sah ihr in die Augen. Sie lachte mit ihrem breiten Lächeln. Eher zufällig berührte sein Unterschenkel ihr Bein unter dem Tisch. Sie zog es nicht zurück sondern erwiderte ein klein wenig den Druck gegen sein Knie. Max spürte, wie sein Blut schneller durch die Adern schoss, und hätte sie am liebsten geküsst.

Stattdessen wurde in diesem Moment der Oktopus serviert. Flink schnitt der Kellner die Fangarme des Tieres auf einer großen Platte durch. Anschließend goss er eine dunkle Soße darüber, besprenkelte den Fisch mit Olivenöl und streute mit den Fingern etwas verkrustete Salzkörner darüber. Der Duft der Speise war intensiv und aromatisch. Max ließ sich den Geschmack auf der Zunge zergehen.

„Und?" Christinas Augen waren fragend.

„Ich habe nie etwas besseres gegessen", antwortete Max und schloss dabei die Augen.

„Unsinn", entgegnete Christina.

„Nein, ehrlich", Max war empört, denn er hatte es ernst gemeint. „Glaub mir, Essen ist meine große Leidenschaft."

Sie verbrachten fast vier Stunden in der Tapasbar, lachten und flirteten heftig. Dann wurde Christina unruhig.

„Ich muss aufbrechen. Heute Abend bin ich in Palma bei einem Arbeitstreffen der Vereinigung der Europäischen Sommeliers. Vorher fahre ich noch zum Weingut." Sie sah Max die Enttäuschung an. „Ich habe keine Ferien", fuhr sie mit der Betonung von Ferien fort, dabei winkte sie den Kellner heran.

„Noch einen Kaffee?" fragte er im Ankommen.

„No, la cuenta sin retraso por favor." Der Kellner nickte und verschwand.

„Ich regle das", sagte Max. Christina nickte.

„Ok, aber nur, wenn ich eine Chance auf Revanche habe."

„Ganz sicher", Max hob die Hand wie zum Schwur. Er zahlte schnell, denn Christina war schon aufgestanden und auf den Bürgersteig getreten. Sie hatte ihr Auto auf einem kleinen Platz neben der Kirche geparkt. Max beeilte sich, ihr diesmal rechtzeitig zum Auto zu folgen, um sich zu verabschieden.

Bevor sie die Autotür geöffnet hatte fragte er geradeheraus: „Wann sehe ich Dich das nächste Mal? Heute Abend?" Max sah sie erwartungsvoll an.

Christina verzog einen Mundwinkel.

„Disculpe, aber ich muss wirklich zu dieser Veranstaltung. Sie ist sehr wichtig für den Weinhandel. Wir trinken auch eine ganze Menge, Wein natürlich, das gehört zur Berufsehre", sie lachte verlegen. „Ich übernachte ich bei einer Freundin in Palma und habe wahrscheinlich morgen schlimme Kopfschmerzen. Tja..", sie zuckte mit den Achseln und hob unschlüssig den Blick zu Max.

Er trat näher an sie heran, berührte sie jetzt mit seinem Körper. Christina bewegte sich nicht. Sanft ergriff Max eine ihrer Haarlocken, zog etwas daran, ließ los. Die Haarlocke sprang unmittelbar zurück zur restlichen Mähne. Als Christina ihren Mund zu einem Lächeln darüber öffnete, nahm Max ihr Gesicht in beide Hände und küsste sie. Ihre Lippen waren weich und erwiderten lange und heftig seinen Kuss. Max wusste nicht, ob es sein oder Christinas Herzschlag war, den er so laut pochen hörte. Er war benommen vom Alkohol, Kaffee und von den Gefühlen, die wie Adrenalin durch seinen Körper schossen. Christina blickte nach oben zur Spitze des Kirchturmes auf die Turmuhr und löste sich aus seiner festen Umarmung.

„Hombre", meinte sie lachend. „Direkt neben der Kirche! Que pecado!"

„Sünde?"

Christina bejahte.

„Also, morgen, wenn Du Deinen Kater auskuriert hast?"

Christina stieg in ihr Auto. Max beugte sich nochmals zu ihr herunter, küsste sie schnell auf den Hals und schlug die Autotür zu.

Christina ließ das Seitenfenster herunter und rief ihm beim Ausparken zu: „Ja, morgen, ich sage Dir Bescheid." Max hob den Daumen.

Als er in seinem Auto saß, lehnte er den Nacken an die Kopfstütze und schloss die Augen. Er dachte an Christina und spürte eine angenehme Aufregung und gleichzeitig einen inneren Frieden. Das Gefühl behagte ihm zutiefst. Nach einigen Sekunden lehnte er sich vor und stellte sein Handy wieder an.

Er hatte drei Nachrichten seit heute Mittag erhalten: eine von Handkte, eine von Matthias und eine von Christina. Handkte und Matthias baten um Rückruf. Die dritte SMS war vielversprechender:

„Morgen um 11 Katerfrühstück auf dem Weingut. Besos C", lautete die Nachricht, die sie eben abgeschickt hatte.

Er freute sich und erschrak im selben Moment.

Über das Flirten mit Christina hatte er vergessen, Handke zu informieren, dass es immer noch kein Lebenszeichen von Agnes gab.

Erst im dritten Anlauf erreichte er Handtke.

„Die nehmen Dich ja ganz schön in die Mangel", begrüßte ihn Max mit einer Anspielung auf seine Erreichbarkeit.

„Sei bloß ruhig", protestierte Handtke. „Ich bin kurz vor dem Reha- Koller. Glücklicherweise konnte ich mich mit ein paar Ermittlungen für Dich ablenken. Hat sich das Mädel gemeldet?"

„Nein, deswegen rufe ich an. Gibt es Neuigkeiten von Brandl?"

„Bisher nichts bezüglich Agnes. Aber über dich hat er einiges herausgefunden. Die Sache ist heikler als du denkst. Brandl hat Kontakt mit der Policia National aufgenommen, mit dieser Kommissarin Jimenez. Sie hat Brandl von eurer Begegnung berichtet. So wie es aussieht, sind sie hinter Drogenschmugglern her. Jimenez leitet die

Ermittlungen in diesem Fall. Jimenez ist nicht durch Zufall in der Hütte am Meer gewesen, als sie dich getroffen hat. Es gab wohl einen Hinweis auf Drogenschmuggel dort. Das war ein gefundenes Fressen für Brandl. Jetzt ist er natürlich noch mehr davon überzeugt, dass du im Drogenhandel involviert bist.

Im Übrigen hat Brandl auch herausgefunden, dass Du Ingo Ochs mit erneuten Recherchen beauftragt hast. Er ist überzeugt, dass du das nur getan hast, weil du herausfinden wolltest, ob dir schon jemand auf der Spur ist. Ich habe ebenfalls mit dem Labor gesprochen. Ingo hat, auf Anfrage von Brandl, weitere Analysen der Spuren veranlasst und bei der Gelegenheit nochmals die Mallorca- Diagnose bestätigt. Der in einer der Taschen gefundene Papierschnipsel stammt tatsächlich von einer Mallorquinischen Zeitung.

Es riecht nach Profis, die Drogen auf Mallorca umschlagen. Also lass die Solo-Ermittlungen. Das kann verdammt gefährlich werden. Wenn der Mörder von Kim tatsächlich etwas mit der Drogenmafia zu tun hat, bist du auch erledigt. Flieg zurück nach Düsseldorf und unterstütze Brandl."

„Nein, er würde mir ohnehin nicht glauben. Sucht ihr nach Agnes, ich bleibe hier."

Handtke seufzte. „Ermittle nicht auf eigene Faust. Häng dich wenigstens an diese Jimenez dran. Das scheint mir sicherer."

„Möglich. Vielleicht möchte ich ja auch ab jetzt einfach ein paar Tage Urlaub genießen. Danke für Deine Hilfe Martin. Und gute Besserung."

Wieso hielt Brandl daran fest, ihm Drogengeschäfte anzuhängen. Dieser Mann wurde lästig. Seine Anschuldigungen mussten aus der Welt geschaffen werden.

Mallorca, Can Pastilla, 2. Juli 2013

34.

Die SMS hätte nicht schlimmer sein können. „Leiche. Balneario 12. Rapido!!!"

Alejandra war sofort losgefahren. Von ihrem Büro aus bis zur Platja de Palma konnte sie es in zehn Minuten schaffen. Sie nahm den Weg über die Autobahn und raste auf der rechten Seitenspur an den übrigen Fahrzeugen vorbei. Gleichzeitig versuchte sie, Pedro zu erreichen, der aber nicht antwortete. Der Kreisel an der Ausfahrt Nummer zehn wurde durch einen sehr langsam fahrenden Doppeldeckerbus blockiert. Alejandra hupte wild und schlängelte sich vorbei. Der Busfahrer und die englischen Touristen aus seinem Bus schüttelten fassungslos den Kopf über den ungeduldigen Autofahrer. Idioten, dachte Alejandra aufgebracht, ihr wollt ins Aquarium ich muss an einen Tatort. Die dreihundert Meter des Cami de Can Allegria bis zum Rotonda Pere Cabrer schaffte sie in ein paar Sekunden. Kurz überlegte sie, ob sie hinter den Strandhotels die Calle Marbella entlang fahren sollte. Sie erinnerte sich jedoch nicht genau, in welcher Höhe sich der

Balneario zwölf befand. Sie fuhr im Kreisel weiter geradeaus. Jetzt war sie unmittelbar am Strand. Auf dem kleinen Parkplatz dahinter sah sie den Wagen von Pedro. Normalerweise endete hier der Straßenverkehr. Der Schlagbaum an der Strandpromenade war geöffnet und Alejandra fuhr die Promenade Richtung El Arenal entlang. Sie verschwendete keinen Blick auf die Hotelburgen. Der Balneario Nummer zwölf war der zweite nach dem Kreisverkehr, an dem Pedros Auto parkte. Gegenüber befand sich ein riesiger Hotelkomplex. Dort sah Alejandra die rot-weißen Absperrbänder. Es hatte mal wieder einen Hotelgast erwischt. Sie seufzte und wunderte sich, warum Pedro so in Panik über einen toten Touristen geraten war. *Die saufen doch hier bis zur Besinnungslosigkeit, sterben dann an Herzinfarkt oder ertrinken beim nächtlichen Baden im Meer.*

Pedro hatte sie ausgemacht und winkte Alejandra heran. Er stand neben einem silbernen Kleinwagen. Das Team von der Spurensicherung war gerade angekommen und startete seine Untersuchungen. Einer von ihnen schoss eine Unmenge von Fotos.

„Alejandra, sieh Dir den Verdammt an. Mitten an der Platja de Palma. Die werden immer verrückter hier." Pedro kratzte sich am Kinn.

„Senor", einer der Spurensicherer kam auf sie zu. Er sah Pedro an, der auf Alejandra deutete: „Sie ist die zuständige Ermittlerin."

„Senora, wir haben ausreichend Fotos, wir würden gerne den Wagen mitnehmen. Wir haben bessere Möglichkeiten, wenn wir den Wagen bei uns auseinander nehmen. Hier sind mir jetzt auch zu viele Schaulustige." Er deutete auf die steigende Anzahl Neugieriger, die sich hinter den Absperrbänder sammelten.

„In Ordnung", nickte Alejandra. „Macht dass ihr mit dem Wagen hier wegfahrt. Diese Gaffer sind unerträglich." Alejandra winkte einen der begleitenden Polizisten heran und befahl ihm, die Schaulustigen zu vertreiben.

Zu dem Mann aus dem Team der Spurensicherer gewandt erkundigte sie sich: „Wissen wir, wer der Tote ist?"

„Ich sage mal vorsichtig, ein Spanier. Wir haben einen Reisepass gefunden. Einen Spanischen. Das heißt natürlich nichts. Der kann auch gefälscht sein. Jedenfalls sieht er nicht aus wie ein Normanne, kein Tourist aus Deutschland oder England. Der Tote hat dunklere Haut und schwarze Haare. Aber blaue Augen. Und er ist dick. Der Mann kam gerade aus Deutschland. Er ist gestern Nachmittag nach Hamburg geflogen und kam heute Morgen zurück. Der Abschnitt der Bordkarte steckte noch gefaltet in seiner Hemdtasche. Wir werden die Daten mit den Aufzeichnungen der Flughäfen vergleichen. Mehr kann ich noch nicht sagen. Wenn es Recht ist, nehme ich den Pass mit und leite ihn weiter ins Labor. Die Ambulanz hat den Toten gleich in die Pathologie gebracht. Ich glaube, er war schon ein paar Stunden tot."

Alejandra sah Pedro an und runzelte die Stirn. Pedro zuckte die Achseln. „Ein Imbissbudenbesitzer hat ihn gefunden. Der Mann wird gerade vernommen", entschuldigte sich Pedro, doch Alejandra hörte ihm nicht zu.

„Um Himmels Willen kein Sterbenswörtchen an die Presse. De San Gil lyncht uns alle persönlich, wenn auch dieser Tote als ermordet an die Öffentlichkeit gelangt. Ich werde eine Pressemitteilung verfassen, die heute Nachmittag verschickt wird. Der Tote ist ein Tourist, ein Südländer, falls ihn jemand gesehen haben sollte. Es war ein Unfall, Herzversagen nach zu viel Alkohol. Punkt. Den Rest behalten wir für uns. Ich fahre jetzt zurück ins Präsidium." Sie drehte sich herum und rief den Mann von der Spurensicherung zurück.

„Den Pass nehmen wir mit."

Der Mann händigte ihr den Pass aus. Alejandra blätterte in dem Reisedokument und gab dem Spurensicherer noch ein paar Anweisungen, bevor dieser verschwand.

„Descanse en paz, Miquel Olivar."

„Bitte?" hakte Pedro nach.

„Miquel Olivar. So heißt der Tote, zumindest steht es hier drin." Sie tippte auf den Pass.

„Das war einer der Namen, die mir der Deutsche genannt hat."

„Welcher Deutsche?"

„Er war heute Morgen im Präsidium und wollte von mir wissen, ob du die Männer gefunden hast. Er meinte, ihr habt euch in Salmunia getroffen. Er hat dich angeblich gebeten, Miquel Olivar zu suchen."

„Du machst Witze?"

„Nein. Er war da und ich bin mir sicher, dass er diesen Namen genannt hat. Der Mann meiner Cousine heißt auch so, deshalb habe ich sofort kontrolliert, ob bei ihm alles in Ordnung ist." Einen Moment lang verschlug es Alejandra die Sprache.

„Dieser Typ war im Präsidium?" Sie hielt einen Moment inne. Dann sprach sie ganz langsam. „Er hat es gewusst. Er hatte Recht. Woher auch immer er die Information hat, diese Liste, die er hat, die Namen, die sind real und- in Gefahr."

„Oder er ist selber der Täter", gab Pedro zu bedenken.

Alejandra starrte ihn ungläubig an. „Das, Pedro, werde ich in Kürze wissen."

Mallorca, Carretera Inca- Sineu 3. Juli 2013

35.

Das große eiserne Gittertor stand offen und Max fuhr auf ein herrschaftliches Steinhaus zu. Die Sonne brannte schon jetzt am Vormittag heiß auf die gepflasterte Einfahrt. Der Inselmitte fehlte die kühle Meeresbrise, dafür reiften hier die fruchtigen Trauben der Weinbauern. Max parkte auf einem kleinen Stellplatz unweit des Hauses. Der Orleander duftete. Durch ein offenes Fenster sah er Christina. Sie telefonierte und gestikulierte dabei wie üblich nicht nur mit den Händen sondern mit dem gesamten Körper. Auch sie hatte ihn erblickt und noch mit dem Handy in der Hand öffnete sie ihm.

„Komm herein", flüsterte sie und deutete mit dem Zeigefinger auf das Handy. „Ich bin gleich fertig."

Max betrat den großzügigen Eingangsbereich. Es war ein langer Flur, mit unverputzten Wänden. Die dunklen Natursteine waren hell von modernen Strahlern ausgeleuchtet. An den Wänden hingen außergewöhnlich ansprechende Bilder der jüngeren Kunstszene. Max erkannte auf Anhieb mehrere namhafte Künstler. Er lief an den Bildern entlang wie in einer Galerie. Und betrachtete die Kunstwerke.

Als er sah, dass Christina noch sprach, trat er durch die geöffnete große Glastür am Ende des Flurs in den Innenhof des Hauses. Es war ein klassischer Patio, mit einem Bogengang, kiesbestreuten Wegen und einem steinernen Brunnen im Zentrum. Hinter dem Hof begannen die Weingärten. Sorgfältig zum Spalier gebundene Reben standen in kilometerlangen Reihen auf den Hügeln. Wein soweit das Auge reicht, dachte Max.

„Hola!" Christina stand hinter ihm. Max drehte sich um und fasste sie an den Schultern. Er küsste sie auf beide Wangen.

„Hola meine Schöne"

Dann zog er sie eng an ihn heran. Ihre Lippen schmeckten süßlich. *Wie Orangensaft.* Er hörte sein Herz und war überwältigt von dem, was er fühlte. Er strich über ihren

Nacken und kitzelte sie unvermittelt. Christina lachte und wand sich aus seiner Umarmung.

„Sind die Bilder von deiner Mutter?" Max schob das Kinn in Richtung Flur.

„Ja", bestätigte Christina. „Es sind die Bilder, von denen ich mich nicht trennen konnte. Manche, wie der Pollock, sind ein Vermögen wert. Nur zwei Bilder habe ich damals verkauft, um das Weingut zu renovieren. Es ist unglaublich, oder? Zwei Bilder, und ich hatte genug Geld für die Umbauarbeiten und für die Neuanlage der Weinberge. Ehrlich gesagt, der Wein hat den größten Teil des Geldes verbraucht. Ich habe hier nur Manto Negro und Callet Trauben angebaut. Es hat Jahre gedauert, bis sie den heutigen guten Zustand erreicht haben. Weißt Du, wir ziehen die Reben in Spalierform. So nutzen wir die Sonne optimal aus."

Christina zeigte auf die gepflegten Weinfelder. Max betrachtete ihr Gesicht von der Seite.

„Die meisten Touristen", fuhr sie fort, „verbinden mit Mallorca nicht unbedingt gute Weine. Sie denken eher an Sangria in Eimern. Dabei wurden hier schon in der Antike Weine angebaut."

Christina trat an einen Rebstock, der in der Nähe des Hauses wuchs, und pflückte eine Traube, die sie hochhielt.

„Die meisten Winzer bauen mehr Callet an. Sie kommt mit wenig Wasser aus, braucht aber intensive Pflege. Die Trauben an ein und demselben Stock sind nie gleichzeitig reif. Wir müssen daher mehrfach im Jahr ernten. Noch schlimmer ist Manto Negro. Die Trauben werden handverlesen und auf langen Tischen sortiert. Das ist ein hartes Geschäft und verglichen mit dem großen Produzenten auf dem Festland sind wir von der Rentabilität weit abgeschlagen für den internationalen Markt. Auf Mallorca ist das Winzertum eher Liebhaberei."

Sie war in ihrem Element und während sie über den Wein referierte ging sie mit schnellen Schritten auf die Weinberge zu.

„Das besondere an unseren Weinen hier um Binissalem liegt an den Rebsorten und am besonderen Mischungsverhältnis."

Sie hielt inne und sah Max forschend an. „Langweile ich Dich?" „Nein", Max schüttelte schnell den Kopf. Er konnte sich nur überhaupt nicht auf Christinas Worte konzentrieren.

Vor ihnen lag eine Treppe. „Komm, ich zeige Dir den Weinkeller."

Sie griff nach seiner Hand und zog ihn mit in das Untergeschoss des Gebäudes.

Der Weinkeller war um einiges größer als Max es erwartet hatte. Es war ein Gebilde aus mehreren unterirdischen Gängen und Lagerräumen mit rohen Felswänden an denen gewaltige Holzfässer aufgereiht waren.

„Französische Eichenfässer", erklärte ihm Christina. „Ich habe sie neu gekauft. Manche Winzer verwenden gebrauchte Fässer, die sind günstiger aber hinterlassen Geschmacksspuren im Wein und verfälschen sein Aroma."

Christina blieb vor einem der Fässer stehen. Neben dem Fass stand ein kleiner Tisch, auf dem sich Gläser befanden. Sie drehte einen Hahn am Fass auf und füllte etwas Wein in zwei Gläser.

„Ein Tinto Crianza. Er ist noch nicht ganz ausgereift, aber schon unglaublich gut. Koste mal." Sie hielt Max ein Glas hin und nahm ohne zu warten einen Schluck aus ihrem Glas.

„Vor dem Frühstück?" Max lachte. „Ich dachte, Du hast noch einen Kater von gestern."

Christina winkte ab. „Halb so schlimm. Diesen hier kann man zu jeder Tageszeit genießen." Sie trank erneut, schnalzte etwas mit den Lippen und rieb die weinbenetzte Zunge an ihren Gaumen, um das Aroma besser zu schmecken, bevor sie den Wein herunterschluckte. „Perfecto." Max dreht sein Glas immer noch in der Hand ohne zu kosten.

„Salud!" Sie stieß mit ihm an. „Jetzt betrinken wir uns sinnlos und haben leidenschaftlichen Sex hier im Keller!" Sie kicherte und war plötzlich ein wenig verlegen.

Max stellte das Glas zurück auf den Tisch, fasste ihr Gesicht in beide Hände und sah direkt in ihre Augen. Ihre Nasen berührten sich und er spürte ihren schnellen Atem. „Nein", entgegnete er, „wir überspringen das Trinken."

Mallorca, Palma Aquarium, 5. Juli 2013

36.

Pulpo

Molluske aus der Ordnung Octopoda, vulgo, Krake

Eigenschaften:

Höchst entwickelter Wirbellose. Hochintelligenter Jäger, Kletterspezialist, Verwandlungskünstler.

Beeindruckende Artenvielfalt von winzigen Exemplaren bis hin zu Riesen mit einer Armlänge von über vier Metern.

Selbst bei Tieren mit enormem Umfang ist der feste Teil gerade so groß wie ein kleines Geldstück. Überall, wo dieser Teil durch passt, schlängelt sich auch ein ganzer Oktopus durch.

Hinter dem Kopf besitzt der Oktopus eine Art Sack, den "Mantel". In diesem arbeiten zwei Kiemen und drei Herzen für die Sauerstoffversorgung aller Glieder.

Kontrollinstanz ist eines der fortschrittlichsten Hirne in der wirbellosen Welt. Es dirigiert gleichzeitig die Bewegungen von acht Armen und tausenden von Saugnäpfen, mit denen sich die Tiere an allen Oberflächen festsaugen können.

Farbzellen und reflektierende Zellen ermöglichen es, innerhalb von Sekunden andere Tiere oder die Umgebung perfekt zu imitieren, als Tarnung oder oder um die Beute in die Irre zu führen.

Jagdverhalten:

Der Oktopus jagt im flachen Gewässer oder im Riff. Sein flexibler Körper hilft ihm dabei, sich durch die kleinsten Öffnungen zu zwängen. Er kann endlos lange auf der Lauer liegen und den exakt passenden Moment abwarten, um seine Beute zu erlegen.

Er saugt sich mit zwei seiner Arme an den gegenüberliegenden Wänden einer Felsritze fest, lässt die übrigen Arme und den Körper frei beweglich, verharrt starr in dieser Position und lauert seiner Beute auf. Schwimmt die Beute durch die Felsritze, schlägt der Oktopus unerkannt von oben oder von hinten zu. Ist die Beute erledigt oder verspeist, löst der Pulpo durch einen Schwung seine Saugnäpfe von den Felswänden und treibt aus der Felsenenge heraus, ohne den Sand des Grundes oder die Felswände zu berühren.

Der Oktopus lebt im Verborgenen. Seine Opfer oder Feinde können hunderte Male an ihm vorbeiziehen, ohne ihn zu identifizieren. Die zahlreichen Tarnungsmöglichkeiten dienen ihm zusätzlich als Schutz.

Seine Lebensdauer beträgt durchschnittlich achtzehn Monate.

Max schob mit dem Zeigefinger die Zeilen auf dem Informationsbildschirm langsam nach oben. Er hatte den gesamten Text gelesen.

Christina diskutierte seit mehr als zehn Minuten mit dem Chef de Service des Restaurants. Sie waren im Aquarium von Palma.

Christina hatte ihn auf dem Weingut vorgeschlagen, sie zu ihrem Abendtermin in Palma zu begleiten, und weil er ihre Nähe nicht mehr missen wollte, hatte er zugestimmt. Auch gegen den Abstecher ins Aquarium hatte er nichts einzuwenden. Sie könnte kontrollieren, wie die Gastronomie dort ihre Weine präsentierte, Max die Fische betrachten.

Jetzt stand er vor einem kleinen Aquarium des „Mare Nostrum" und suchte mit den Augen das Wasser nach Lebewesen ab.

Hinter der Glasscheibe starrte ihn plötzlich ein Oktopus an. Das Tier hatte etwas erschreckend Menschliches an sich, und Max fühlte, wie die Augen des Wirbellosen seine Bewegungen verfolgten. Der Oktopus schwebte unbeweglich zwischen zwei Steinen und hielt sich mit seinen Fangarmen fest. Lediglich die Augen waren permanent in Bewegung.

Max sah dem Oktopus in das, was er für das Gesicht hielt, und fühlte sich sofort unbehaglich. Unwillkürlich dachte er an das zarte Tintenfischfleisch, das er in der Tapasbar in Ses Salines genossen hatte. Er blickte immer noch den Tintenfisch an und als hätte dieser seine Gedanken erraten, retournierte er einen zornigen Blick. Plötzlich verschwand er blitzschnell. So sehr sich Max bemühte, er schaffte es nicht mehr, den Oktopus zwischen den Algen und Steinen zu erspähen. Das Tier war verschwunden. Max blickte auf die Uhr und kehrte dann zu Christina zurück.

Die Party fand im Restaurant eines Hotels in Palma statt. Christina hatte sich nach dem Besuch im Aquarium an das Steuer seines Cabrios gesetzt und steuerte jetzt den Mietwagen in das Parkhaus am Passeig Maritim. Sie fuhr durch die gesamte Parkgarage um nah am Ausgang zur

Placa de la Reina den Wagen abzustellen. Sie liefen nur wenige Meter unter den Platanen des Passeig d'es Born, bevor sie in die Straße einbogen, in der sich das Hotel befand.

Es war ein kürzlich renoviertes, sehr modernes Hotel in alten Gemäuern. Im Innenhof befand sich der größte Teil des Restaurants. Überall standen Gäste, elegant gekleidet, als wären sie bereit für eine Modenschau. Max erfreute sich am Anblick der schicken Frauen. Er bemerkte, dass bei einigen nicht alles echt zu sein schien und ihm fielen die zahlreichen Annoncen der Schönheitskliniken ein, die er in der Mallorca- Zeitung gesehen hatte. Beim Blick in die Partygesellschaft verstand er, warum dieser Industriezweig insbesondere hier auf der Insel prosperierte, auch wenn das Aussehen der vielen künstlichen Lippen und Dekoltees nicht seinem Geschmack entsprach.

Max hatte Christina aus den Augen verloren und ging in die gerade menschenleerere Hotelbar. Er bestellte sich ein Bier. Zwei Männer in schwarzen Anzügen mit schwarzen Hemden und halblangen schwarzen Haaren kamen an die Bar und grüßten mit einem kurzen „Hola". Dann sah er Christina. Sie stand im Innenhof gegenüber vom Eingang zur Bar. Irgendwo hatte sie sich umgezogen. Sie trug jetzt ein schwarzes, knöchellanges, ärmelloses Kleid, das in der Taille gerafft war. Hinten war das Kleid weit ausgeschnitten und betonte ihre schmale Silhouette. Die wilden Locken hatte Christina zu einem losen Dutt hochgesteckt, aus dem einige Strähnen fielen, die sich ringelten. Max sah auf ihren Rücken, den er noch vor wenigen Stunden sanft massiert hatte.

Christina unterhielt sich mit einer älteren Dame mit strengem, hellgrauen Dutt und einem Fächer. Sie wedelte ununterbrochen die warme Luft aus ihrem Gesicht und nickte Christina zu. Nach einer Weile umarmte Christina die Dame und sie trennten sich. Entschlossen ging Christina zu einer Gruppe junger Frauen, die gerade an einem der gedeckten Tische Platz nahmen. Sie hielt an dem Tisch der Frauen und begrüßte sie. Max trat von hinten an sie heran. Am liebsten hätte er sie geküsst, doch er wusste nicht, ob es Christina in diesem Moment recht war. Er legte nur die Hand auf ihren nackten Rücken und flüsterte in ihr Ohr: „Du bist umwerfend!"

Christina zuckte zusammen, drehte sich abrupt um. Sie sah ihm tief in die Augen und streckte keck das Kinn nach oben. Zu den Damen am Tische gewandt sagte sie:

„Senoras, presentarles Max, mi amigo de Alemana." Max spürte, wie die Augen der Damen jeden Zentimeter seines Körpers durchleuchteten wie ein Röntgengerät.

Selbstbewusst grüßte er sie mit einem „Hola!", während Christina gleichzeitig erklärte, dass er nur wenig Spanisch und kein Katalanisch sprach. Sie verdeutlichte den Umfang seiner Sprachkenntnisse mit einem minimalen Spalt aus Daumen und Zeigefinger.

„Macht nichts", winkte eine große Blondine in einem glänzenden lila Kleid, aus dessen Ausschnitt die künstlichen Brüste fast herausfielen, ab. Dabei klimperten bei jeder Bewegung ihre Armbänder und ihre Wimpern gleichermaßen.

„Hier sprechen doch sowieso alle Deutsch. Ich bin Moni aus Dortmund." Sie reichte Max die Hand, als erwarte sie einen Handkuss. Max begnügte sich mit einem kurzen, festen Händedruck und tat erleichtert. „Da bin ich beruhigt."

„Nicht alle", mischte sich spitz die dürre, sehr dunkelhaarige Dame zu Monis Linken ein. Sie machte noch ein paar hitzige Bemerkungen auf Katalanisch, die

Max nicht verstand, außer, dass es wohl um Deutsche auf Mallorca ging. Moni lachte schallend, ein wenig zu laut.

„Das ist Pilar da La Toncheta", flüsterte ihm Christina zu und schob ihn ein wenig zurück. „Sie ist Mitglied der Balearischen Regierung, Parti Ecologico. Sie gehört zu den Extremen. Vor zwei Jahren hat sie mit einigen anderen Parteimitgliedern die Touristensteuer auf der Insel eingeführt, vielleicht hast Du davon gehört." Max schüttelte den Kopf. „Egal", flüsterte Christina weiter, „wurde ohnehin wieder abgeschafft."

Mit einem „Wir sehen uns später!", zog sie Max von den Damen weg. Max folgte ihr gerne. Er hatte keine Lust auf ein politisches Streitgespräch.

Im Gewölbegang neben der Bar küssten sie sich heftig, ungeachtet der Gäste. „Lass uns ein Zimmer nehmen", schlug Max vor. Christina schüttelte den Kopf. „Vielleicht später, nach dem Essen, ich muss jetzt noch hier bleiben. Ich habe noch nicht alle Großkunden des Weingutes begrüßt."

Max rollte mit den Augen, aber nahm er gelassen hin. Christina war schon wieder im Freien und begrüßte noch einige Gäste. Danach setzten sie sich an ihre Tischplätze. Obwohl Christina immer wieder Augenkontakt suchte und auch mit ihm bei Tisch flirtete, sprach sie fast ununterbrochen mit ihren übrigen sechs Tischnachbarn. Max konnte der Unterhaltung auf Katalanisch nicht folgen und begnügte sich mit Beobachten. Nach dem Essen, stellten sie sich an die Bar und bestellten Cocktails. Max küsste Christina den Nacken.

„Sieh an, so schnell sieht man sich wieder." Die Sätze kamen scharf und störten den intimen Moment.

Max drehte sich beim Erklingen der Stimme blitzschnell um. Diesmal hatte sie keine Waffe. Er starrte in ein Gesicht, das jünger war, als er in der Dämmerung vor dem Bootshaus erkannt hatte. So alt wie Christina schätzte er.

„Alejandra!" Christina sah sie überrascht an und begrüßte sie mit zwei Küssen rechts und links auf die Wangen. „Lange nicht gesehen! Was machst Du hier? Bist Du auf Brautschau?" Sie stieß sie mit dem Ellenbogen freundschaftlich in die Rippen.

Ach so läuft der Hase. Hast wohl ein bisschen zu viel Testosteron im Blut. Max betrachtete ihre schwarze Jeans und das schwarze, Tanktop, das ihre durchaus üppige Oberweite und ihre muskulösen Arme betonte. Sie hatte die schweren Schuhe durch Chucks ersetzt und wie bei ihrer ersten Begegnung schmiss sie den langen Pferdeschwanz über die Schulter.

„Niemals und schon gar nicht hier", entgegnete Alejandra entrüstet. „Die immergleichen Botoxgesichter langweilen mich. Außerdem bin ich dienstlich hier." Sie sah Christina geradeheraus an. „Mit dem Wiedersehen meinte ich nicht Dich, sondern Deinen Begleiter. Guten Abend Max Bauer. Wir müssen reden." Sie veränderte die Tonlage und sah Max an.

„Woher wussten Sie, dass ich hier bin?"

Alejandra grinste. „Ich bin von der Polizei, schon vergessen?"

„Ihr kennt Euch?" Christina war irritiert.

„Hat er Dir nicht von unserer Begegnung erzählt?"

„Sie ist die Unbekannte aus dem Bootshaus in Salmunia", erklärte Max. Christina nickte, Max hatte ihr auf dem Weingut davon erzählt.

„Haben Sie die Männer gefunden?"

„Ja." Der Zopf flog auf die andere Seite. „Miquel Olivar haben wir gefunden. Er lag tot in einem Auto an der Playa de Palma."

„Scheiße!"

„So ist es. Deswegen eilt es. Kommen Sie, ich muss alle Details wissen, die Sie kennen. Meine Leute suchen nach Quint und Molinar, sofern sie sich auf der Insel befinden." Sie drängte Max von der Bar weg, bevor er sich äußern konnte.

„Was ist mit unserem Abend?" mischte sich Christina ein.

Alejandra funkelte sie wütend an. „Das juckt mich nicht. Los jetzt, lassen Sie uns gehen", bedeutete sie Max. „Die Männer sind in Gefahr." Max machte keine Anstalten, mitzukommen.

Alejandra wurde deutlich. „Beweg dich jetzt, sonst buchte ich dich ein wegen Behinderung von Ermittlungen."

Max gab sich geschlagen und nickte einsichtig. Er wandte sich Christina zu.

„Sie hat Recht, ich rufe dich an, wenn wir soweit sind."

„Du lässt mich einfach hier stehen?" Christina war sauer. Ihre Augenbrauen zogen sich zusammen wie Gewitterblitze.

„Wir müssen die Männer finden, bevor es zu spät ist. Irgendjemand ist da draußen und will sie umlegen." Max ergriff ihren Arm und zog sie an sich. „Komm schon", flüsterte er, „wir holen es nach."

Sie wimmelte ihn ab. „Verschwinde!" Sie atmete schwer, aber verlor nicht die Fassung. „Ich habe ohnehin noch mit ein paar Kunden zu sprechen."

Sie drehte sich um und ging zurück in den Innenhof. Sekunden später begrüßte sie zwei ältere Herren, die sich höflich aus ihren Sitzen erhoben.

„Disculpe, ich wollte nicht, dass es so endet." Alejandra hatte sich neben ihn gestellt. Sie deutete mit dem Kinn in

Richtung Christina. „Sie ist schon klasse, aber irgendwie auch anstrengend."

„Ach, halt's Maul!", fuhr Max sie an.

„He, es tut mir ehrlich leid. Ich rede mit ihr, wir kennen uns schließlich schon seit der Schule" Max blickte auf den Durchgang zum Innenhof und ignorierte Alejandra.

„Vielleicht", Alejandra senkte den Kopf, „bin ich nur neidisch auf ihren Erfolg." Sie streckte Max die Hand hin. „Im Übrigen bin ich Alejandra."

Sie hatte große, dunkelbraune Augen und sehr lange Wimpern. Diese dunklen Augen blickten Max an und sahen in diesem Moment sehr freundlich aus. Max blieb misstrauisch. Im Bootshaus hatten ihn diese Augen anders angeblickt.

„Ok", lenkte er ein. „Beeilen wir uns."

„Wir fahren zum Titos, das ist eine Diskothek", erklärte Alejandra auf der viel zu schnellen Fahrt durch Palma. „Wir haben die Namen, die du Pedro genannt hast, überprüft und es gibt tatsächlich Männer mit diesen Namen auf der Insel. Der Familienclan von Jaime Quint ist dick im Diskothekengeschäft. Jaimes Revier ist das Titos. Er ist bisher nicht auffällig gewesen, es sollen aber vermehrt Drogengeschäfte im Titos laufen. Da haben wir zumindest einen Grund, ihn zu befragen. Ich wette, er weiß auch, warum jemand ihm an den Kragen will. Bist du den Männern schon einmal begegnet?"

Max schüttelte den Kopf. „Nein, ich kenne nur die Namen." Er berichtete davon, wie er auf die Liste gestoßen war und fügte erklärend hinzu: "Ich bin tatsächlich Staatsanwalt."

„Ich weiß", entgegnete Alejandra, „wir haben dich überprüft." *Klar.*

Sie parkten in der Nähe der Avinguda de Joan Miro und beobachteten kurz die ankommenden Gäste am Eingang der großen Diskothek. Alejandra drängte in das Gebäude, in dem sich schon Pedro und zwei andere Leute der Policia National befanden. Es waren Hunderte von Menschen auf der riesigen Tanzfläche. Im Hintergrund gab es eine überdimensionale Leinwand, über die im Sekundenstakkato bunte Muster flimmerten. Davor tanzten sechs Gogo- Girls in knappem Latex und hochtoupierten Haaren auf einer kleinen Bühne. Irgendwo im dunklen Hintergrund servierten DJs ohrenbetäubende Technobeats, zu deren Lärm wilde Laserblitze zuckten und die Meute mechanisch tanzte.

Alejandra stieß Max weiter durch die Tänzer, auf der Suche nach Pedro. Sie schrie gegen die Lautstärke der Musik in ihr Handy. Ein junges Partygirl in einem weißen Monokini drängelte sich an Max vorbei und streifte ihn. Sie drehte sich um, lachte schief und fasste sich laszif in den Schritt. Sekunden später hatte die wippende Menge sie aufgesaugt. Max bahnte sich den Weg hinter Alejandra.

Alejandra blieb stehen und schrie Max ins Ohr. „Pedro hat Jaime ausfindig gemacht. Er ist in der Menschenmasse abgetaucht."

Von einer Rampe blickten sie auf das Partyvolk. Es war aussichtslos, in diesem Gewühl jemanden zu finden.

Plötzlich geriet die Menge in Bewegung. Ein paar Männer drängten sich schnell durch die Tanzenden und rempelten einige um. Die Tänzer unterbrachen ihre Bewegungen und pöbelten zurück, sie hatten den Takt verloren. Ein Gerangel begann auf der Tanzfläche. Dann waren Schreie auszumachen. Vom Eingang her versuchten Sicherheitsmänner zu dem Unruheherd vorzudringen.

„Da ist Pedro! Er verfolgt Quint!" Alejandra zeigte nach Unten auf die rempelnde Gruppe. „Los!" Sie rannten über die Rampe nach Vorn und versuchten Pedro zu erreichen.

„Wir schneiden ihnen am Eingang den Weg ab." Alejandra kämpfte sich durch die Menschen.

Max versuchte dicht hinter ihr zu bleiben, um nicht abgedrängt zu werden. Kurz vor der Eingangstür sah er den großen schlanken Mann, der die Tänzer gewaltsam beiseite boxte. Max riss Alejandra herum, die den Mann nicht bemerkt hatte. „Das ist er!" Alejandra begriff sofort und versuchte, den Mann zu packen, verfehlte ihn aber. Hinter ihnen hatte auch Pedro den Eingangsbereich erreicht und schrie laut. „Jaime Quint, stehen bleiben!" Der große Mann drehte sich nicht um sondern wälzte sich unerbittlich weiter zur Tür. Zwei Partygäste gingen zu Boden, ein paar junge Frauen kreischten und dann brach Panik aus. Jaime Quint hatte die Tür erreicht und stürzte ins Freie. Max und die Männer der Policia National folgten ihm nur den Bruchteil einer Sekunde später. Die Türsteher und der Sicherheitsdienst versperrten jetzt den Eingang und ließen Keinen mehr aus dem Inneren des Tanztempels nach Draußen.

Jaime rannte auf die Straße. Der Verkehr donnerte um die nächtliche Zeit immer noch vorbei doch der Mann schlängelte sich durch die Autos. Ein wildes Hupkonzert begann. Ein Geländewagen bremste scharf ab, Jaime wich dem Fahrzeug aus wie ein Haken schlagender Hase. Alejandra raste hinter Jaime her, Pedro folgte, das Handy am Ohr, und forderte umgehend einen Einsatzwagen zur Unterstützung an. Die Kollegen waren in der Nähe in Bereitschaft. Es dauerte nur wenigen Sekunden und sie hörten die Sirenen des sich schnell nähernden Polizeiwagens.

„Er hat die Straße überquert!" Alejandra jagte Jaime über die Mitte der Fahrbahn. „Er will zum Yachthafen. Pedro, ruf die Guardia, wir brauchen ein Boot." Sie war außer Atem und ihre Stimme klang heiser, Pedro verstand sie nicht. Jaime hatte die andere Seite der vierspurigen Straße erreicht und rannte jetzt entlang der Bootsstege. Max hechtete über die Straße und versuchte den Mann auf einen der Anleger zu treiben, doch der große Mann war schnell und steuerte zielsicher auf einen der hinteren Stege zu. Zwei Männer, die von einem Boot kamen, sprangen zur Seite, als Jaime an ihnen vorbeilief. Sie versperrten Max die Sicht.

Der Einsatzwagen der Policia National hielt mitten auf dem Passeo Maritimo und blockierte die Straße. Die beiden Polizisten sprangen aus dem Fahrzeug, um sich unmittelbar an der Verfolgung zu beteiligen. Sie waren schneller als Alejandra bei den Booten und Jaime dicht auf den Fersen.

„Jaime, anhalten, verdammt noch mal! Das ist eine Warnung!" Alejandra erreichte jetzt keuchend die Bootsstege und versuchte erneut, den Mann zu stoppen.

Der Polizist aus dem Einsatzwagen drehte sich zu Alejandra um. „Ich kann ihn nicht sehen? Wo ist er?" rief er Alejandra zu. Max sah über die Boote, die im Yachthafen lagen. Jaime Quint war verschwunden.

„Er muss auf einem der Boote sein."

„Weißt du wie viele Boote hier sind?" Alejandra schnaubte. „Wir können unmöglich alle durchsuchen."

„Er ist auf diesen Steg hier gelaufen", versuchte Max einen neuen Anlauf.

„Ja, aber die Boote liegen hier eng zusammen. Ein geübter Skipper kann von einem Segler zum anderen springen, und leicht den Anleger wechseln."

Während sie sprach passierten zwei Dinge gleichzeitig: Auf der Straße rasten drei Autos ineinander und mit einem lauten Knall schoben sie sich in das querstehende Polizeifahrzeug. In Sekunden herrschte Tumult auf der mehrspurigen Uferstraße und laute Stimmen waren zu hören. Im selben Augenblick wurde ein Außenbordmotor gestartet und ein kleines, schnelles Sportboot verließ den Yachthafen.

In der Dunkelheit konnten die Männer die Person am Ruder nicht erkennen, aber sie hatten keinen Zweifel, dass es Jaime Quint war.

Mallorca, Palma 6. Juli 2013

37.

„Wieso ist Madrid so hinter uns her? Warum mischen die sich ein und lassen uns nicht in Ruhe ermitteln?" Alejandra lehnte sich angespannt nach vorne, stützte die Ellenbogen auf den Konferenztisch und betrachtete den hochroten Kopf des Polizeipräsidenten. *Er hat ein echtes Bluthochdruckproblem.* De San Gil hatte das gesamte Team versammelt. Es störte ihn nicht im Geringsten, dass es Samstagvormittag war und viele lieber mit ihren Familien am Strand wären. Sie saßen seit einer knappen Viertelstunde in dem von der Klimaanlage unterkühlten Raum und de San Gil machte seiner Empörung über die Vorfälle der gestrigen Nacht Luft.

„Weil", de San Gil stand auf, schob mit einem Ruck seinen Stuhl an den Tisch und fing an, während er sprach im Raum umherzulaufen.

„Wir offenbar nicht in der Lage sind, ein paar Drogenschmuggler festzusetzen. Stattdessen jagen meine hochgelobten Leute dilettantisch hinter einem potentiellen

Informanten her, verlieren seine Spur und hinterlassen ein Chaos auf dem Paseo und eine Massenpanik im Titos. Wir können froh sein, dass es keine ernsthaft Verletzten gab." Er sah Alejandra finster an.

„Außerdem", fuhr er fort, „machen sie unterdessen in Madrid eine Staatsaffäre daraus, für die ich meinen Kopf hinhalten muss. Das Außenministerium hat sich eingeschaltet und einen Bericht von mir verlangt. Seitdem sicher ist, dass die Drogen, die wir in dem verunglückten Laster sichergestellt haben, aus Afghanistan kommen herrscht in Madrid Alarmstufe Rot. Dabei stammt neunzig Prozent des weltweit produzierten Opiums aus Afghanistan. Aber jetzt drehen sie in der Hauptstadt völlig durch. Es geht nicht mehr nur um die Sicherheit der Touristen an den Stränden unserer Insel, sondern um die außenpolitische Position Spaniens in den internationalen Bündnissen. Da bleibt Afghanistan ein heikles Thema. Vielleicht auch, weil wir Spanier nur mit einem zu kleinen Kontingent an Menschen und Gütern die Zivilisierung des Landes unterstützen." Das war zu zynisch. De San Gil war jetzt in Fahrt.

„Soll ich mal vorlesen, wie es die Überschlauen aus Madrid formulieren?" Er klopfte gegen ein Blatt Papier.

„Die glauben, dass wenn wir nicht gewährleisten, dass keine Drogen aus Afghanistan über unsere Insel in den Westen gelangen, dann sei das *eine klare Unterstützung der Taliban oder anderer Warlords, die mit den Drogengeldern ihren heiligen Krieg finanzieren.*" Er äffte den kastillanischen Akzent nach.

Bei dem Gedanken an die Einmischung Madrids in seine Angelegenheiten sank de San Gils Stimmung regelmäßig, jetzt war sie unter null gerutscht. „Übersetzung? Solange wir nicht sicherstellen, dass unsere Grenzen dicht sind und keine Drogen nach Mallorca gelangen, sind wir in den Augen Madrids und der Öffentlichkeit, überspitzt gesagt, auf der Seite der Bösen. Deswegen mischen sie sich bei uns ein."

De San Gil war die letzten Takte seiner Ansprache im Raum umhergelaufen. Jetzt hielt er abrupt an. „Hombres, die Anweisungen sind unmissverständlich: Sie verlangen das Ende des Drogenschmuggels auf unserer Insel und die Festnahme der Beteiligten. Also kümmert euch darum!"

„Senor", ergriff jetzt Pedro das Wort. „Wir arbeiten bereits daran. Jaime Quint gehört zum engsten Kreis der Verdächtigen im Drogenhandel. Erinnern Sie sich an den Drogenfund bei den englischen Touristen vor ein paar

Wochen, die behaupteten, die Drogen im Titos erworben zu haben? Diese Drogen haben die gleiche Zusammensetzung wie das Rauschgift aus dem verunglückten Laster."

„Außerdem", mischte sich Alejandra ein, „steht sein Name auf einer Mitteilung, von der wir ausgehen, dass es sich um einen Eliminierungsauftrag handelt. Munos Rodriguez, der Fischer, stand ebenfalls auf der Liste." Sie überlegte, ob es klug war, Max zu erwähnen, rückte dann nur mit der halben Wahrheit heraus. „Ein deutscher Staatsanwalt ist bei Ermittlungen auf die Mitteilung gestoßen und hat uns den Hinweis gegeben."

„Ich habe von dem Deutschen gehört", brummte de San Gil. Alejandra blickte zu Pedro. *Danke für die Aufklärung, Schleimer.* Wenn de San Gil erfuhr, dass sie einen Zivilisten zu einem Einsatz mitgenommen hatte, hätte sie schlechte Karten.

„Nehmen Sie ihn von mir aus ernst, Jimenez, aber sehen Sie zu, dass schnell ein Ergebnis herauskommt. Findet Jaime Quint und den anderen bevor sie tot sind. Ich sage es nochmal: Wir können uns weder die Drogen noch einen weiteren Mord auf der Insel leisten. Schließlich sind wir auch für die Sicherheit der Menschen die hier leben verantwortlich."

„Wir gehen davon aus, dass Quint die Insel nicht verlassen hat. Ich habe gestern eine lautlose Sperre für alle Häfen und Flughäfen angeordnet. Niemand kann unerkannt die Insel verlassen, selbst auf dem kleinsten Boot nicht.

Jaime Quint ist bisher nicht in die Überwachung gelaufen. Wenn er noch auf der Insel ist stehen die Chancen gut, dass der Mann, der ihn umbringen will, auch noch hier ist. Jaime könnte uns zu ihm führen." Sie wollte jetzt punkten.

„Jaime Quint als lebender Lockvogel? Das halte ich für keine gute Idee", lehnte de San Gil den Vorschlag ab. „Haben wir keine andere Strategie? Hat die Spurensicherung noch Beweise geliefert?"

Pedro ergriff wieder das Wort. „Wir haben eine Spur im Auto des ermordeten Miquel Olivar an der Platja de Palme. Die Seitenverkleidung im Inneren des Fahrzeugs war an einer Stelle sehr verbeult. Möglicherweise ist der Täter im Kampf mit dem Opfer dagegen gestoßen. Der Abdruck kann der eines Ellenbogens oder -noch wahrscheinlicher- der eines Schultergelenkes sein. Das Labor rekonstruiert gerade das zum Abdruck gehörende Gelenk. Dann lassen wir es durch die digitalen Aufnahmen der Überwachungskameras laufen. Vielleicht liefert uns das einen Hinweis auf den Täter."

„Dazu müssten wir erst einmal einen Verdächtigen haben, damit wir einen solchen Abdruck als Beweis verwerten können." De San Gil war unzufrieden und blickte erwartungsvoll in die Runde.

Pedro trank einen Schluck von seiner Cola. Er unterdrückte die aufsteigende Kohlensäure und fuhr fort: "Außerdem haben wir ein winziges Stück Stoff im Fahrzeug gefunden, das von einem Wimpel stammt, einem Fischerwimpel, so, wie ihn die Fischer an der Südküste und im Osten benutzen."

De San Gil verdrehte die Augen. „Diese Wimpel findet man doch überall!"

„Nein", erklärte Pedro bestimmt. „Der Stoff stammt aus alten Segeln, die hier auf der Insel nur ein Fischer zu Wimpeln wiederverarbeitet. Die Wimpel werden zwar auch an andere verkauft, aber der Kundenkreis ist begrenzt. Allenfalls die Fischer an der Südküste nutzen sie."

„Also schön, fahnden wir nach Wimpeln." De San Gil verdrehte die Augen. „Mir ist alles Recht, solange wir erfolgreich sind, und zwar schnell."

De San Gil fuhr in die Höhe. „Was steht ihr hier? Los, es gibt keine Zeit zu verlieren!"

Die Männer des Suchtrupps warteten in den Jeeps, als Pedro und Alejandra aus dem Gebäude traten.

„Wir suchen die Südküste nach einem Versteck ab. Jede Bucht und jeden Felsen. In einer Stunde haben wir Unterstützung durch den Hubschrauber", informierte Pedro sie.

Alejandra stieg nicht in den Wagen ein.

„Kommst du nicht mit?" Pedro sah sie fragend an. Sie starrte ihn stumm an. *Denunziant.*

„Ich komme nach. Ich treffe mich noch mit meinem Bruder und mit Max Bauer."

Pedro zuckte mit den Schultern. Diese Frau ging ihm wirklich auf die Nerven. Es wurde höchste Zeit, dass er ihr

Vorgesetzter wurde. Ein paar Minuten später jagten vier Fahrzeuge über die Westautobahn, um zusammen mit den Booten der Guardia die Küste abzusuchen.

Mallorca, Südostküste, 6. Juli 2013

38.

Er beobachtete den Oktopus schon seit über einer Stunde. Leise schwebte der Wirbellose durch das Wasser, legte sich immer wieder auf den Meeresgrund und wartete ab. Das Tier wusste genau, dass er immer wieder eine große Garnele vor den Fangarmen auf den Grund legen würde. In dem Behälter, den er an seinem Gürtel befestigt hatte, befanden sich noch vier Garnelen. Noch zehn Minuten, dann würde sein Sauerstoff zuneige gehen. Wieder setzte er eine Garnele aus. Die Fangarme des Oktopus tänzelten um die Garnele herum und sein Körper schillerte in allen Regenbogenfarben. Zentimeter nah war der Oktopus der Garnele. Die Tarnung, die ihm seine glitzernde Haut verlieh, ermöglichte ihm diese unmittelbare Nähe zu seinem Opfer. Das Glitzern zog die Garnele in seinen Bann. Er gab sich einer Illusion hin und spürte nicht im Geringsten, dass ein eiskalter Killer vor ihr schwamm. In ein paar Sekunden würde er spurlos verschwunden sein und auch der Oktopus würde sich lautlos und spurlos hinter die Felsritzen zurückziehen.

Seit acht Jahren lebten die Oktopusse schon in der Bucht. Im Schutze der Felsen unterhalb der großen Grotte. Früher waren die Grotten Schlupfwinkel für alle, die unerkannt vom Meer auf die Insel gelangen wollten. Seeräuber oder Belagerer versteckten sich oder ihre Schätze vor Jahrhunderten in den „Coves", wie sie auf Mallorquin hießen, heute waren es Illegale.

Er hatte in einer der Grotten eine winzig kleine Forschungsstation errichtet, in der er die Lebensgewohnheiten der Wirbellosen beobachtete. Er bewunderte diese Tiere zutiefst. Die Tintenfische waren echte Intelligenzbestien, die sogar in der Lage waren, selbst menschliches Verhalten zu imitieren. Anfangs hatte er sich einen Spaß daraus gemacht, den Tintenfischen von Zeit zu Zeit Nahrung in verschlossenen Plastikdosen in das Wasser zu werfen. Schnell hatten die Tiere gemerkt, dass in den Dosen lebende Krabben schwammen. Noch schneller hatten sie jedoch erlernt, mit ihren Fangarmen die Dosen zu öffnen, um die Krabben zu vertilgen. Das hatte ihn so sehr beeindruckt, dass er sich für sein Verhalten schämte und aufhörte, die Fische zu verspotten. Seitdem beobachtete er jedes kleinste Detail ihres Jagdverhaltens.

Stundenlang schwamm er neben ihnen, kannte ihre Bewegungen und ihre Tricks bei der Jagd. Von ihnen hatte er gelernt, das endlos langes auf der Lauer Liegen und Tarnung die sicherste Methode für einen erfolgreichen Beutezug waren. Die Tintenfische waren reinste Psychokiller. Ihre Opfer erlegten sie aus eigener Kraft, ohne Hilfsmittel. Er hatte auch festgestellt, dass, entgegen seiner bisherigen Annahmen, die Tintenfische ihre Tinte nur als letzten Joker einsetzten. Sie verteilten ihren Tintennebel nur im Kampf ums eigene Überleben, nicht, um ihre Beute zu erlegen. Angriff und Verteidigung folgten zwei unterschiedlichen Strategien.

Er tauchte jetzt näher an die Felsen heran. Dicht vor ihm lauerte ein weiterer Tintenfisch. Der Jäger hatte sich mit seinen Saugnäpfen an den Felsen festgeheftet. Er wartete geduldig auf sein nächstes Opfer, das er mit den tödlichen Fangarmen vernichten würde.

Keine Schusswaffe dachte er. Keine Schusswaffe. Jeder Waffengebrauch würde Dich verraten. Jede Waffe hinterlässt Spuren. Schmauchspuren, Einschlagspuren, ballistische Kurven, Hülsenspuren. Alle Verräter deiner Hinterhältigkeit. Keine Schusswaffe wiederholte er leise.

Sein letztes Opfer in der Reihe war der Kopf der Truppe, ein intelligenter Mann der sicherlich eine Waffe bei sich trug. Er war sich sicher, dass der Mann seine Eliminierung erwartete. Einen solchen Mann ohne Schusswaffe zu töten war ein ungeheuer riskantes Spiel.

Seine Auftraggeber hatten ihm Waffen angeboten. Er hatte sich geweigert. Sie könnten ihm alles besorgen, Waffen, Munition, Sprengstoff, er müsse nur sagen, was er wünsche.

Er hielt es für zu riskant.

Außerdem war es nicht der gleiche Kick.

Vielleicht würde er Sprengstoff nutzen. Die Beschaffung der notwendigen Materialien für eine Bombe war weniger heikel. Er würde alles online bestellen.

Er würde es aus eigener Kraft schaffen müssen. Wie bisher auch.

Es sah zum Oktopus hinüber. Der Wirbellose und sein Opfer standen sich gegenüber. Die Garnele bewegte sich kaum noch. Wie hypnotisiert wippte sie langsam vor dem Oktopus auf und ab. Ein Schwarm kleiner Fische schwamm quasi durch die beiden hindurch. Es war, als sei die Garnele für einen winzigen Augenblick durch die Fische abgelenkt. Ein Kardinalsfehler. Der Oktopus nutzte diesem Moment, um die Garnele blitzschnell mit einem Fangarm zu packen und in seinem Schlund verschwinden zu lassen. In einem halben Atemzug war es geschehen. Ein Meisterstück.

Nur die Garnele, dachte er. Nur ein einziges Tier, auch in einem Schwarm. Der Oktopus konzentrierte sich ausschließlich auf ein Opfer. Mit höchster Konzentration und ohne Unterlass beobachtete er sein Zielobjekt, studierte jede seiner Regungen. Es war Geduld, die dem Oktopus zum Erfolg verhalf. Stetes Warten auf den richtigen Moment ohne das Opfer je aus den Augen zu verlieren. Er musste sich auf die Lauer legen, sein Opfer ins Visier nehmen und endlos lange beobachten, so lange, bis es und er in der richtigen Position waren.

Ein Opfer nach dem anderen, dachte er. Er würde beobachten, warten, observieren, geduldig den optimalen Zeitpunkt abpassen und dann zuschlagen. Den Überraschungseffekt nutzen und darauf vertrauen, dass es für die Opfer in diesem Augenblick zu spät war, ihre Schusswaffen zu zücken.

Jaime Quint hatte er in der letzten Nacht verpasst. Quint war buchstäblich im Hafen an ihm vorbeigerannt, als die Polizei ihn jagte. Die Policia hatte ihm die Gelegenheit vermasselt und er fragte sich, ob es nur ein Zufall war, dass sie ausgerechnet Jaime verfolgt hatten. Er würde vorsichtig sein müssen, sicherstellen, dass diesmal die Policia nicht präsent sein würde. Ihm würde Jaime nicht mehr entkommen. Noch heute würde er ihn eliminieren.

Er tauchte auf und fühlte sich bereit. Doch vorher hatte er noch eine Verabredung.

Mallorca, Cala d'Or, 6. Juli 2013

39.

Christina hatte keine seiner SMS beantwortet. Weder in der Nacht noch am Morgen. Auch seine Anrufe ignorierte sie völlig. Irgendwann hatte Max genug. Doch der Stachel saß tief. Sollte sie doch schmollen. Er würde ihr nicht hinterherlaufen, das hatte er noch nie getan. Es gab auch andere Frauen in seiner Welt. Dann fiel ihm Kim ein. Er zwang sich, nicht daran zu denken, dass sie vielleicht noch am Leben wäre, hätte er sich etwas mehr um sie gekümmert. Nein, es war nicht seine Schuld. Oder doch? Seine Selbstvorwürfe ließen ihn nicht los und er konnte sie nur schwer mit dem stillen Versprechen zerstreuen, Kims Tod aufzuklären. Wenigstens hatte er jetzt die Chance, es bei Agnes nicht zu vergeigen. So zumindest hatte er sich die Geschichte für sein Gewissen zurechtgelegt und für den Moment funktionierte es. Er kippte den kalt gewordenen Kaffee in die Spüle, nahm die Autoschlüssel und verließ das Haus.

Alejandra wollte Max nicht für eine offizielle Befragung in die Prefectura vorladen. Sie hatte das Gefühl, dass Max in einem informellen Umfeld mehr preisgeben würde. Also hatte sie ihm ein Treffen in einem Restaurant in Cala D'Or vorgeschlagen.

Ein Mittagessen mit Alejandra und ihrem Bruder empfand Max als eine willkommene Einladung. Als er in den Stadtkern von Cala d'Or hineinfuhr, bemerkte er ein Fahrzeug dicht hinter ihm, dessen Scheinwerfer kurz aufleuchteten. Max lenkte an den Straßenrand und hielt an. Der Wagen hinter ihm stoppte und jemand stieg aus. Jetzt erkannte er Alejandra in Shorts und weißer Bluse. Sie parkten und gingen die zehn Minuten zu Fuß zum Hafen.

Auf den ersten Metern schwiegen sie. Die Mittagssonne tauchte den Ort in gleißendes Licht und ließ den Asphalt der Straßen flimmern. Max sah sich um. *Nettes Örtchen.* Von alleine wäre er nicht auf die Idee gekommen, hierher zu fahren. Zum Sightseeing hatte er momentan jedoch keine Muße. Alejandra lief schnell, mit geradem Kreuz und athletischen Schritten. Bei jeder Bewegung spannten sich die Muskeln ihrer braungebrannten Beine. *In hohen Schuhen würden sie richtig scharf aussehen.*

Als erahnte Alejandra seinen Blick, begann sie jäh die Unterhaltung. Keine Befragung, zu Max Überraschung plauderte sie stattdessen unbefangen. „Wir treffen uns mit meinem Bruder. Jeden Samstag gehen wir essen. Wir haben vor Jahren damit begonnen. So sehen wir uns regelmäßig und ich habe wenigstens eine feste Mahlzeit in der Woche." Sie lachte und ihr Zopf wechselte die Seite.

„Ist Dein Bruder auch Polizist, pardon comisario?"

„Nein, er besitzt eine Tauchschule." Er hörte das kurz Angebundene in ihrer Stimme. Es ging ihn ja nichts an, aber er wollte sie ein wenig Provozieren.

„Tauchlehrer sind doch gewöhnlich immer die schwarzen Schafe der Familie, die in ferne Länder auswandern und dann Surf- oder Tauchschulen eröffnen."

Zu seiner Überraschung nickte sie. „Gewissermaßen stimmt das. Auch wenn Sergio nicht ausgewandert ist. Aber er hat sein altes Leben geschmissen. Er war Rejoneador. Ein großes Talent und ein erstklassiger Kämpfer." Voller Stolz hob sie den Kopf.

„Was ist das denn, ein Reje..?" Er konnte das Wort nicht wiederholen. „Ist das ein Job?"

„Klar." Max hatte den Eindruck, dass sie zum ersten Mal lächelte. „Rejoneador." Sie betonte jede Silbe. „Der Rejoneador ist der berittene Torero. Beim Stierkampf. Er kämpft als Matador auf dem Pferd gegen den Stier. Nicht zu verwechseln mit dem Picador. Der sitzt auch auf dem Pferd aber macht den Stier nur müde. Es ist sehr schwer, den Stier vom Pferd aus zu töten. Du musst nicht nur versuchen, den Stier mit dem Degen niederzustrecken, sondern auch auf dein Pferd achten, damit es nicht verletzt wird. Die Wenigsten können das. Du musst deinem Pferd blindem Gehorsam abverlangen und es trotz seiner Angst vor dem Stier dazu bringen, den Bullen in die Enge zu treiben, damit du ihm in den Nacken stechen kannst."

„Du kennst dich gut aus." Er konnte ihre Augen hinter der Sonnenbrille nicht erkennen, aber vermutete, dass sie einen sentimentalen Ausdruck bekamen.

„Ich bin damit aufgewachsen. Und ich habe selber gekämpft. Aber nicht in einer Corrida. Frauen sind da nicht erwünscht." Ihr Gesicht wurde hart. *Daher stammt ihr Geschick beim Kampf. Und ihre Kaltblütigkeit.* Max fragte sich, ob er jemals den Mut hätte, einem wütenden Stier gegenüber zu treten.

„Hast du schon mal...?" Setzte Max an.

„Einen getötet?" „Hm."

„Nicht beim ersten Stoß. Es ist sehr schwer, man braucht eine Menge Erfahrung."

„Und dein Bruder?"

„Er kämpft nicht mehr. Er hatte angefangen, im spanischen Klassement respektable Plätze einzunehmen. Doch dann kam es zum Eklat mit seinem Trainer und er hat nie wieder eine Muleta in die Hand genommen."

„Konnte er den nicht feuern?"

„Ja. Aber es ging auch um den Züchter. Es gab eine hässliche Auseinandersetzung bei der mein Bruder den Kürzeren zog. Er hat sich von der Familie abgewendet. Wir hatten alle unsere Hoffnungen auf ihn gesetzt, uns endlich zu mehr Geld zu verhelfen. Er hatte das Zeug dazu. Mein Vater hat ihn wie ein Geisteskranker angetrieben. Schon als Kind hat er gekämpft."

„Als Kind?" Max wich zwei Jugendlichen aus, die mit Rollern über den Bürgersteig fuhren.

Alejandra schob die Sonnenbrille in die Haare und sah ihn durchdringend an, so, als verstünde er sie nicht.

„Du musst mit den Stieren groß werden, nur dann kennst du sie genau und kannst sie besiegen. Alle berühmten Matadores haben schon als Kinder gekämpft. Klar hast du dann die Behörden am Hals aber, was soll's", sie wischte den Gedanken mit einer Handbewegung weg. „Das ist wie mit den Tierschützern, die schüttelst du auch nicht ab."

Max hatte plötzlich ein blutiges Gemetzel in seinem Kopf. Alejandra setzte die Sonnenbrille wieder auf und sah in den Himmel.

„Unser Traum war es, bedeutende Stierkämpfer auf die Insel zu holen, mit meinem Bruder als Lokalmatador und Aushängeschild. Die Familie hatte sich die gesellschaftliche Anerkennung so hart erkämpft. Als Sergio zwanzig war wollte er die Corridas organisieren. Doch sein selbstverliebter Trainer und mein dominanter Vater ließen sich beim Management nicht reinreden. Da kam es zum Streit. Sergio und mein Vater reden seitdem nicht mehr miteinander."

Max kommentierte es nicht. Er kannte Alejandra kaum, und sie vertraute ihm eine Menge Persönliches an.

„Egal, jetzt ist der Stierkampf in Cataluna ohnehin verboten. Da vorne ist die Tauchschule."

Alejandra zeigte auf einen zeitgenössischen Glasbungalow, der direkt am Hafen von Cala d'Or stand.

„Keine Aussteigertauchschule in einer Bretterbude?" wunderte sich Max. Eine Gruppe junger Urlauber mit modischen Badeshorts erhielt gerade eine theoretische Einweisung zur Handhabung der Sauerstoffflaschen, als Alejandra und Max in das Gebäude gingen.

Sergio saß an einem der Schreibtische und sah auf einen Flachbildschirm. Als er sie erblickte sprang er auf und kam ihnen entgegen. Er umarmte Alejandra herzlich und schüttelte Max die Hand.

Bisher hatte sich Max immer für sehr sportlich gehalten und war stolz auf seinen athletischen Körper. Der Mann, der jetzt vor ihm stand, übertraf ihn um Längen. Er war groß, fast zwei Meter schätzte Max, besaß einen ungeheuer muskulösen Oberkörper mit sehr langen Armen und ungewöhnlich großen Händen. Dabei wirkte er weder wie ein aufgepumptes Muskelpaket, noch hatte er das übliche Aussehen eines Bodybuilders. Er war schlichtweg unglaublich gut durchtrainiert. Ein Sportler wie aus dem Lehrbuch, dachte Max. Zudem musste er mit seinen schulterlangen dunklen Haaren für Frauen sehr attraktiv sein. Neben ihm wirkte Alejandra zierlich, doch die Ähnlichkeit in den Gesichtern war unverkennbar.

Das Stammlokal der Geschwister lag direkt am Hafen. Von der Terrasse hatten sie eine ungetrübte Sicht auf die Promenade und das Hafenbecken. Alle drei bestellten Paella, die frisch zubereitet ein Genuss war. Max Blick wanderte von Alejandra zu ihrem Bruder. Er dachte an ihre Bemerkung über ihre Armut. Jetzt lebten sie beide offensichtlich in einem gewissen Wohlstand. *Der Stierkampf hatte sie wohl trainiert, auf den Beinen zu bleiben.*

Die Unterhaltung lief schleppend.

„Alejandra hat mir von deinen Erfolgen als Matador erzählt."

„Na und?"

„Scheint ein hartes Geschäft zu sein."

„Interessiert mich nicht mehr. Ich bin draußen." Wenn er sprach, ruderte er mit seinen langen Armen. Die Sehnen der Unterarme wölbten sich dabei. Max stellte sich vor, wie der Mann unter Wasser schwamm, unwillkürlich verglich er ihn mit einem riesigen Mantarochen.

Während des Hauptgangs war Sergio schweigsam, erst nachdem er die letzte Muschel verspeist hatte, berichtete er von seinem neuen Boot und dessen technischen Feinheiten. Anfänglich versuchte er es auf Deutsch, doch schnell schwenkte er zum Katalanischen, mit kurzen Pausen, in denen Alejandra übersetzte.

Nach dem Essen bot Sergio an, einen Kaffee in der Tauchschule zu trinken. Doch Alejandra lehnte ab.

„Ich muss zurück, die Kollegen unterstützen. Wir hängen auf so einer Rauschgiftschmuggelsache, die schon zur nationalen Angelegenheit hochgepuscht wurde. Wenn wir den Fall nicht bald abgeschlossen haben, kommt eine Abordnung der Guardia Civil aus Madrid und übernimmt die Ermittlungen. Das ist das Letzte, was wir haben wollen. Eine fremde Truppe in unseren Büros.

Außerdem könnten auch Köpfe rollen, der des Präsidenten und vielleicht auch meiner. Also", sie spielte mit dem

Autoschlüssel, „wir müssen die Typen finden, die unsere Flughäfen in eine Drehscheibe des Drogenhandels verwandeln." Der letzte Satz verriet ihre Verachtung für die Schmuggler.

Sergio riss die Augen auf. „Sie schmuggeln Drogen in Son Sant Joan? Ich dachte, die Kontrollen seien absolut sicher."

„Sind sie", bestätigte Alejandra. „In Son Sant Joan ja, aber nicht in Son Bonet."

Die Antwort hatte Max nicht verstanden. Er sah Alejandra fragend an, die ihm bereitwillig Auskunft gab.

„Es gibt noch einen weiteren Flughafen auf Mallorca. Son Bonet. Liegt etwa vier Kilometer außerhalb von Palma. Bei Inca. Es ist eigentlich ein Flugplatz, der von der Hubschrauberschule und den Löschhubschraubern genutzt wird. Da sind die Sicherheitsbestimmungen nicht so rigoros wie auf einem rein touristischen Luftfahrtgelände. Also wenn ich Drogen schmuggeln möchte, dann würde ich mir so ein kleines beschauliches Plätzchen wie dort suchen und die Päckchen in den Maschinen verstecken. Ich werde den Typen auf dem Flughafen jetzt mal einen

Besuch abstatten, während Pedro die Küste absucht." Ihr Bruder umarmte sie kurz zum Abschied. Er schien plötzlich in Eile und verschwand mit seinem Wagen. Auf dem Weg zum Auto schlug sie Max vor, sie nach Son Bonet zu begleiten. Es war schließlich kein Einsatz, sie würde nur Informationen einholen.

Im Auto kontrollierte Max sein Handy und rief seine Nachrichten ab. Es gab keinen Eingang. *Was Handtke nur treibt?*

40.

Sie waren gerade auf dem Gelände des kleinen Flugplatzes angelangt, als Alejandras Handy klingelte.

„Wir haben Jaime Quint!" Pedros Stimme kratzte aufgeregt.

„Wo ist er?"

„Auf einer Finca bei Sanctuari. Der Heli hat ihn aufgespürt. Es befinden sich noch weitere Menschen dort. Möglicherweise sind sie in Gefahr. Die Piloten haben von Waffen geredet. Wir müssen Jaime und die Übrigen so schnell wie möglich da rausholen!"

„Wir sind schon auf dem Weg!" Alejandra riss den Wagen herum und Sekunden später rasten sie wieder Richtung Osten. Als sie von der Hauptstraße in den Cami de Castel einbogen, stießen sie auf die Jeeps der Einsatzkräfte und auf Pedro. "Cami del Castel" hatte Pedro vor zwei Minuten den Kollegen per Handy zugerufen.

In hohem Tempo lenkte Alejandra den Wagen über die schmale Fahrspur. Fast hätte sie dabei in einer Kurve die angrenzende Steinmauer gerammt. Max hoffte, niemand würde ihnen entgegen kommen. Die Jeeps waren jetzt dicht hinter ihnen. Das letzte Wegstück war nur eine Schotterstraße, doch obwohl es Schlaglöcher gab, drosselte Alejandra das Tempo nicht, und der Wagen schlug bei der Fahrt hart über den Boden.

Das Tor zum Grundstück war verschlossen. Mit wenigen Handgriffen hatten die Einsatzkräfte das Schloss aufgebrochen und betraten die Auffahrt. Die Jeeps ließen sie vor dem Tor stehen. Sie wollten so unauffällig wie möglich auf das Terrain vordringen.

Alejandra ließ den Schlüssel stecken und sprang aus dem Wagen. Sie bedauerte es, Max dabei zu haben. „Bleib im Auto!" Aber Max folgte ihr stur. Für Diskussionen war es jetzt zu spät.

Auf dem Kies war es schwierig, lautlos zu laufen. Daher verharrten sie zunächst neben dem Tor auf einem Rasenstück. Die Männer verschafften sich schnell einen Überblick und sahen zu Alejandra herüber. Sie erwarteten jetzt ihre Anweisungen. Drei der Männer schickte Alejandra in das Haus. Den anderen fünf gab sie ein Zeichen, sich auf dem Gelände zu verteilen.

Zunächst war es still im Garten der Finca. Doch kaum waren die Männer in das Gebäude eingedrungen, brach Lärm aus. Schreie waren zu hören und das laute Poltern von Kampfhandlungen. Plötzlich barst eine Scheibe und ein schwerer Gegenstand schoss aus dem zersplitterten Fenster.

„In Deckung!" Alejandra stürzte auf Max zu, der in der Nähe des Fensters stand, und bot ihm Schutz. Sie prallten auf den Boden und Alejandra zog Max an die schützende Hauswand. Sie verharrten einen Augenblick. „Was war das?" Max spähte nach oben.

„Keine Ahnung, aber bleib hier unten, die nächste Ladung kommt bestimmt" Alejandra stand auf und rannte über den verbrannten Rasen entlang des Hauses. Vorsichtig näherte sie sich der Terrasse. Pedro folgte ihm in einigem Abstand.

Max kauerte unter dem zerborstenen Fensters an der Hauswand und beobachtet, wie Alejandra wachsam die Augen in alle Richtungen drehte. Alejandra bewegte sich mit Bedacht, sie wollte nicht angegriffen werden. Sie hatte nicht viel zu ihrer Verteidigung dabei. Als einzige Waffe trug sie im Halfter ihre Dienstpistole und leichtsinniger Weise hatte sie keine Schutzweste angezogen.

„Wie viele sind noch im Haus?" erkundigte sich Pedro bei einem seiner Männer.

„Schwer zu sagen, Señor. Nach unseren Recherchen noch drei, aber sie könnten schon geflohen sein. Wir suchen das gesamte Areal ab."

In dem Moment hörten sie ein Fluchen von der anderen Seite des Hauses. Einer der Polizisten hatte die Leiche entdeckt.

„Scheiße, es hat schon einen erwischt, bevor wir eingreifen konnten."

Pedro und Alejandra rannten zu ihm. Vier der Männer taten es ihnen gleich. „Das ist nicht Jaime Quint!" entfuhr es Alejandra.

Pedro nickte. „Sie haben einen anderen Mann eliminiert. Los, sucht weiter, es müssen noch Personen auf dem Grundstück sein."

„Ich gebe hier die Kommandos!" Alejandra hasste seine Respektlosigkeit. „Weitersuchen!" Die Männer schwärmten erneut aus und ließen die Leiche einfach liegen.

Neben der Terrasse befand sich ein kleiner Schuppen. Alejandra beobachtete einen kurzen Moment die Tür des Häuschens, dann schlich sie sich an. Das schmale Fenster an der Vorderseite des Schuppens war so staubig, dass sie nicht hineinsehen konnte. Vorsichtig lehnte sie sich an die Tür. Es war gespenstisch ruhig auf dem Gelände der Finca. Nur das Zirpen der Grillen war zu hören. Alejandra fasste vorsichtig an die Klinke der Holztür und drückte sie herunter. Sie schwitzte. Die Tür gab nach und den Bruchteil einer Sekunde später stieß sie sie mit dem Fuß auf und stürzte in den Schuppen. Sie hielt ihre Waffe schussbereit.

Der Schuppen war nur wenige Quadratmeter groß und beherbergte im Wesentlichen Gartengeräte und Schwimmbadzubehör. Alejandra drehte sich blitzschnell um die eigene Achse, die Waffe am Anschlag. Ihre Augen suchten in rasender Geschwindigkeit jeden Winkel ab und erkannten schnell, dass sich niemand im Schuppen versteckt hielt. Alejandra durchschritt mit drei Bewegungen den kleinen Raum und spähte durch das Fenster an der Rückwand. Sie blickte direkt in die Augen eines Mannes, der hinter dem Schuppen Schutz gesucht hatte.

„Cabrón!", stieß sie hervor und stürmte zurück zur Tür.

Der Mann hatte die Silhouette hinter der Glasscheibe erkannt und sich sofort in Bewegung gesetzt. Jetzt rannte er wie ein Besessener in Richtung Tor. Der Mann hatte einen leichten Vorsprung vor Alejandra, die erst um den Schuppen herum laufen musste, um zu ihm zu gelangen.

Alejandra ließ sich aber nicht so schnell abschütteln. Sie war eine gute Läuferin und hatte nach wenigen Sekunden wertvolle Meter wettgemacht. Pedro hatte die beiden beobachtet und nahm ebenfalls die Verfolgung auf. Sie rannten nebeneinander auf dem Kiesweg. Auch zwei Männer des Einsatzkommandos verfolgten den Flüchtigen. Im Laufen richteten sie die Waffen auf ihn und warteten auf den Schießbefehl. Alejandra erteilte ihn nicht. Stattdessen schrie sie hinter dem Mann her.

„Gib auf! Es ist sinnlos. Du entkommst nicht! Wir sind in der Überzahl!"

Der Mann ignorierte sie. Die Jeeps waren sein Ziel. Er wusste, dass die Fahrzeuge der Einsatzkommandos während eines Einsatzes jederzeit fahrbereit sein mussten. Er beschleunigte sein Tempo und erreichte ungebremst den ersten Jeep. Mit einem Satz war er am Fahrzeug und riss die Tür auf. Als er einsteigen wollte hinderte ihn ein heftiger Schlag gegen sein linkes Bein daran. Er drehte sich um. Damit hatte er nicht gerechnet.

Max schlug erneut auf den Mann ein. Er hatte an der Hauswand einen Spaten ergriffen und drosch jetzt mit aller Kraft auf den Flüchtigen ein. Aber sein Gegner war schnell. Behände drehte er sich um und wich dem nächsten Spatenhieb aus. Mit einem harten Faustschlag traf er Max im Gesicht. Max taumelte und der Mann nutzte die Sekunde, um Max den Spaten aus der Hand zu schlagen.

Unbewaffnet stand Max Sergio gegenüber.

Er hatte Alejandras Bruder sofort erkannt, als dieser hinter dem Schuppen weggerannt war. Warum war er hier? Er arbeitete nicht für die Polizei, fuhr es Max durch den Kopf, und warum rennt er in diesem Tempo vor den Männern davon? Doch er fand keine sinnvolle Erklärung für die Anwesenheit des Mannes auf der Finca- außer, *er gehört zur Drogenmafia!*

Alejandra und Pedro waren jetzt unmittelbar hinter ihnen. Max duckte sich, um nicht noch einen weiteren Hieb zu kassieren und schrie Sergio an: „Auf wessen Seite bist du, verdammt nochmal!"

Als Antwort rammte Sergio ihm den Fuß in den Magen, so dass Max zu Boden ging. Nur einen Atemzug später hatte er eine dünne geflochtene Angelschnur in der Hand, die er Max mit einem gezielten Griff um den Hals schlang. Die Schnur war so hart, dass er Max augenblicklich in die Haut schnitt und die Luft abschnürte. Er röchelte und sein Herz setzte für einen Schlag aus. Er riss mit den Händen an der Schur, um sich Luft zu verschaffen. Die Schnur war unnachgiebig.

Mit eisiger Miene blickte Sergio seine Schwester und Pedro an, die abrupt stehen geblieben waren. „Wenn ihr euch bewegt, stirbt er!"

„Lass ihn gehen!" Pedro versuchte ruhig zu sprechen.

„Niemals!" Er zerrte Max brutal an der Schnur und stieß ihn in den Jeep, bevor Pedro und Alejandra reagieren konnten. Noch bevor er die Tür richtig geschlossen hatte startete er den Motor und preschte davon. Der Kies spritzte hoch, als er beschleunigte. Max sackte bewusstlos auf dem Beifahrersitz zusammen.

„Merda! Merda!" Pedros eisiger Blick traf Alejandra. „Was für eine Scheißidee, ihn mitzunehmen!" Alejandra ignorierte ihn. Nur einen Augenblick später sprangen beide in den Audi. Zwei Männer des Einsatzkommandos hechteten auf die Rückbank. Pedro wartete nicht auf den Dritten, der auf den Wagen zu rannte. Er drückte das Gaspedal durch und nahm die Verfolgung auf. Der Wagen bretterte über die Schotterpiste und setzte an den Schlaglöchern hart auf. Sergio war in dem Jeep klar im Vorteil.

„Ruf' den Heli, er sollen ihn im Auge behalten uns lass die Straße sperren. Er darf auf keinen Fall das Meer erreichen!" Pedro konzentrierte sich auf das Fahren und sah Alejandra nicht an, als er ihr die Anweisungen in knappem Ton gab. Zähneknirschend griff sie zu ihrem Handy.

Als sie die befestigte Straße erreichte, bog Sergio in Richtung „Castell de Sanctuari" ab. In wilder Jagd rasten sie den steilen Weg hinauf. Jetzt hetzten *sie* den Jeep. Auf der Straße hatte das Geländefahrzeug keine Chance gegen die Verfolger. Es gelang ihnen jedoch erst auf dem kleinen Parkplatz des Castells, den Jeep einzuholen. Der Parkplatz war eine Sackgasse. Jetzt saß er in der Falle! Doch Sergio drehte im vollen Tempo ab und wendete.

„Der ist vollkommen durchgeknallt! Er rast direkt in uns hinein!" Pedro war kampfbereit. „Na schön, du Mistkerl!"

Der Jeep kam auf sie zu und Alejandra realisierte im stummen Entsetzten, dass Pedro nicht auswich. Es war ein gefährliches Spiel. Unmittelbar vor der Kollision riss Sergio das Lenkrad herum. Der Jeep geriet auf dem unbefestigten Untergrund in Schleudern und kippte fast. Mit voller Geschwindigkeit raste er auf zwei Rädern gegen die niedrige Begrenzungsmauer des Parkplatzes, durchbrach die Befestigung und raste weiter neben der Straße das steile Gelände hinunter. Nach wenigen Metern schlug er mit voller Wucht wieder mit allen vier Rädern auf den Boden. Sergio gelang es, den Wagen zurück auf die Schotterstraße zu lenken, ohne an Geschwindigkeit zu verlieren. Bei dem Aufprall knallte Max gegen die Wagentür und rutschte benommen in den Fußraum des Fahrzeuges. Sergio beachtete ihn nicht und preschte weiter.

Alejandra und Pedro rasten hinter dem Wagen her.

Pedro brüllte in sein Handy und forderte den Heli auf, er bei der Verfolgung zu unterstützen. „Er fährt nach Santanyi!" Der Hubschrauber kreiste über ihnen und begleitete die Rasenden aus der Luft.

Sie waren jetzt auf der Hauptstraße und der Audi schaffte es, den Abstand zum Jeep zu verringern.

Doch nach drei Kilometern verließ Sergio die Hauptstraße nach Santanyi und bog ab.

„Verdammt, er nimmt wieder die kleinen Straßen!" Pedro riss das Steuer herum und nahm mit quietschenden Reifen die Kurve. Noch hatten sie den Jeep nicht eingeholt. Der trockene Staub wirbelte durch die Luft, als die Fahrzeuge über die schmale Straße bretterten.

„Da kommt ein Fahrzeug entgegen"; warnte Alejandra Pedro. Der Jeep vor ihnen raste ungebremst weiter und der Fahrer des entgegenkommenden Kleinwagens versuchte auszuweichen. Der Wagen schlingerte leicht, als der Jeep an ihm vorbeipreschte. Pedro lenkte scharf nach rechts und der Audi touchierte die angrenzende Bruchsteinmauer. Das schabende Geräusch des ramponierten Blechs hielt Pedro nicht auf und er verfolgte den Jeep weiter mit Vollgas.

„Er fährt in Richtung S'Horta!" Die Funkverbindung zu den Männern im Hubschrauber war mäßig und es rauschte in Pedros Ohr. Das Rotorgeräusch des Hubschraubers wurde lauter.

„Seid ihr bei ihm?"

„Ja, wir haben das Fahrzeug unter uns. Wir können es aber nicht stoppen. Sollen wir auf die Reifen schießen?"

„Nein!" entfuhr es Alejandra. „Es gibt keinen Schießbefehl! Er hat eine Geisel!"

„Dann sag mir mal, wie wir den Verrückten anhalten können." Pedro schwitzte vor Anstrengung.

Der Jeep passierte den Kreisverkehr von S'Horta fast gerade und beschleunigte in die Dorfmitte. Die beiden Autos rasten hintereinander durch das kleine Dorf. Der Audi verfolgte den Jeep bis zur Kirche. Dann war der Jeep verschwunden.

„Wo ist er?" Pedro stoppte den Wagen mit einer Vollbremsung. Alejandra wurde nach vorne geschleudert und starrte durch die Windschutzscheibe.

„Keine Ahnung, ich sehe ihn auch nicht mehr!"

„Verdammt", Pedro schlug auf das Lenkrad. „Habt ihr ihn da oben?"

„Negativ, wir können den Jeep nicht mehr sehen. Er muss in eine Garage gefahren sein."

„Hier gibt es keine Garagen!"

„Lass uns die Straße in Richtung Meer abfahren", schlug Alejandra vor. Pedro nahm wieder Kontakt zu dem Hubschrauber auf.

„Seht ihr den Jeep? Ist er auf der Straße Richtung Cala Serena?"

„Nein, Senor."

„Er darf uns nicht entkommen! Sucht weiter aus der Luft. Wir fahren Richtung Cala Serena, vielleicht erwischen wir ihn. Könnt ihr schon die Straßensperren sehen?" „Ja, Senor, die Straße Richtung Wasser ist dicht."

„Behaltet die Küstenstraße im Visier."

Pedro forderte die beiden Männer der Policia, die im Fahrzeug hinter ihnen saßen, auf, auszusteigen. „Sucht zu Fuß weiter, jede kleine Gasse muss kontrolliert werden." Dann gab er wieder Gas und sie fuhren weiter. Nach hundert Metern drosselte Pedro das Tempo und langsam rollten sie an den Häusern vorbei.

Alejandra starrte schweigend aus dem Fenster. Pedro drehte sich zu ihr um. Er kannte Sergio nicht und

Alejandra klärte die Identität ihres Bruders nicht auf. „Hast du etwas entdeckt?" Alejandra schüttelte den Kopf.

Sie fuhren aus dem Ort heraus und Pedro beschleunigte erneut. Sie passierten die Straße bis zur Küste entlang, doch der Jeep blieb verschwunden.

„Wir haben ihn verloren!" Die Feststellung aus der Luft war knapp und ernüchternd.

Pedro schlug erneut gegen das Lenkrad und stieß die Luft zwischen den Zähnen aus dass es zischte. Wenn der Heli ihn verloren hatte, dann war der Jeep definitiv in einen Innenhof gefahren. Doch wo? Er konnte es sich nicht erklären. Wo hatte der Jeep in diesem kleinen Ort einen Unterschlupf gefunden? Pedro hielt und sah Alejandra an, die telefonierte. Er wartete, bis Alejandra das Handy in die Mittelkonsole legte und ihm erklärte:

„Das war de San Gil. Der Tote auf der Finca ist Antonio Molinar. Jaime Quint lebt, aber ist nicht ansprechbar. Die Einsatzleute haben ihn ins Hospital von Palma gebracht. Wir können ihn frühestens morgen vernehmen. Mal sehen, was er uns dann verrät. Angeblich steht er unter Schock. Vielleicht stimmt das, vielleicht hat er aber auch nur eine Höllenangst!"

Pedro nickte. Wenigstens hatten sie kein weiteres Opfer zu beklagen. Aber im Gegenzug hatten sie einen Entführer und dringend Tatverdächtigen. Sie würden keine Sekunde aufhören zu suchen, denn der Mann hatte den Deutschen als Geisel.

Mallorca, Südostküste, 7. Juli 2013

41.

Max hatte Durst. Unvorstellbaren Durst. Er hätte niemals geglaubt, dass Durst so unerträglich sein könnte.

Er litt Durst, obwohl er sich unmittelbar am Meer befand und unendliche Mengen an Wasser sekündlich an ihm vorbei schwappten und gegen die Felsen donnerten.

Seit über vierundzwanzig Stunden war er in Sergios Gewalt. Jetzt hockte er in dieser verlassenen Grotte, angebunden an einen in den Fels geschlagenen Eisenring, der den Fischern zur Befestigung ihrer Boote diente.

Gefesselt mit einem Tau, von dem er anfänglich geglaubt hatte, er könne es binnen Minuten zertrennen, an den Felsen zerreiben oder mit den Zähnen zerbeißen. Das Tau hielt trotz unermüdlichem Reiben an den Felsen. Der Durst hielt ebenfalls. Das Durstgefühl wurde von Stunde zu Stunde unerträglicher. Seine Zunge klebte an seinem Gaumen, war dick und schwer geworden. Sein Hals war rau und schmerzte. Der Durst haftete an seinen Lippen, trocknete ihm den Mund, den Hals und sein Innerstes aus. Max bildete sich ein, das letzte Wasser das sich noch in ihm befand, liefe aus seinem Körper heraus, ließ seine Haut, sein Hirn und sein Selbstbewusstsein schrumpfen, verdörren und verkümmern. Er fürchtete, sein Blut würde dickflüssig, seine Muskeln steif und sein Körper unbeweglich werden, unfähig, seiner Gefangenschaft in dieser Felsennische zu entkommen.

Er hatte keine Erinnerung an seine Ankunft in der Grotte. Er war mit Sergio auf dem Boot gewesen, nachdem sie Alejandra und ihren Männern in dem Jeep entkommen waren und bis tief in die Nacht im Fahrzeug ausgeharrt hatten, in der Scheune eines Gemüsebauern, geschützt von der Plane einer Tomatenanpflanzung. Noch an Land hatte Sergio ihm den Tauchanzug angezogen. Er war die ganze Zeit über halb bewusstlos gewesen, unfähig, sich zu wehren. Sergio hatte ihn an Bord geschleppt und das Boot zielsicher auf das Meer hinaus gesteuert.

An einen Tauhaken am Boot gefesselt hatte Max auf das Meer gestarrt und sich über die Geschwindigkeit gewundert, mit der das Boot über das Wasser raste. Langsam kam er wieder zu sich. Er zerrte an seinen Fesseln und schrie Sergio gegen Wind und Motorgeräusch an.

Nach ein paar Minuten drosselte Sergio das Tempo, drehte sich um, ließ das Steuer los und kam auf ihn zu. In der Hand hatte er einen kurzen Stab. Max meinte, eine Angel zu erkennen. Als er fragen wollte, hob Sergio den Arm und schlug ihn mit dem Knüppel direkt auf den Kopf. Max hatte keine Chance, sich zu wehren. Er war sofort zusammengesackt. Als er wieder zu Bewusstsein kam, fand er sich mit einer verkrusteten Platzwunde am Kopf und in der Grotte wieder.

Sergio hatte seither nicht mit ihm gesprochen. Tagsüber war er regelmäßig für einige Augenblicke in der Grotte erschienen. Zweimal trug er einen Eimer bei sich und hatte den Inhalt in das Meer gekippt. Erst später hatte Max begriffen, dass es Garnelen waren, mit denen Sergio Fische fütterte. Max hatte am Vortag ein Meerestier im Wasser erblickt. Das Wasser war so aufgewühlt, dass er nicht genau erkennen konnte, ob es ein Aal oder ein Fisch war. Vielleicht hatte Sergio am Meeresgrund Reusen aufgestellt oder eine Muschelzucht, überlegte Max. Doch im Grunde war es ihm egal. Das Einzige, das er wollte war, dieser Grotte zu entfliehen. Seine Chancen dafür standen denkbar schlecht.

Als der Durst stärker wurde, trank Max etwas Salzwasser. Seine ausgetrockneten Mundschleimhäute brannten höllisch bei der Berührung mit dem Salzwasser. Das Brennen rann durch den ganzen Körper. Max hatte das Gefühl, der Durst und das Salzwasser würden ihn von Innen auffressen. Seine Lippen waren aufgeplatzt und an den wunden Stellen brannte ebenfalls das Salzwasser. Der Durst war so stark, dass er das Hungergefühl völlig übertrumpfte und Max Sinne benebelte.

Er hielt sich eng an die Grottenwand gepresst, so dass sein Körper und insbesondere sein Gesicht im Schatten lagen. Die Sonne brannte ihm nur noch mehr auf die verletzten Lippen und erhöhte nur seinen Durst.

Die Felsen der kleinen Grotte waren permanent nass und klamm. In der Nacht fing Max an, trotz des Neoprenanzuges zu frieren. Seine Glieder waren von der unbequemen Haltung steif und sein Hunger und Durst leidender Körper schaffte es langsam nicht mehr, Wärme zu erzeugen. Die Feuchtigkeit unter dem Neoprenanzug wurde stündlich kälter. Max versuchte, sich so gut es ging zu bewegen. Das Seil hinderte ihn, große und schnelle Bewegungen auszuführen.

Max zog und zerrte an dem Tau, das ihm die Freiheit nahm. Wieder begann er, das Tau an den Felsen zu reiben. Er beugte sich soweit vor, dass er eine Stelle erreichen konnte, an der der Felsen spitz zusammenlief. Max hoffte, dass die scharfen Kanten das Tau schneller durchtrennen würden. Seit einem Tag hielt das Seil, ohne auch nur erkennbare Verschleißspuren zu zeigen. Max gab nicht auf und rieb weiter. Der Durst spornte ihn an, auch wenn er sich stündlich schlaffer fühlte. Er schabte wie besessen bis in die frühen Morgenstunden. Doch durch die vorgebeugte Haltung schmerzten seine Beine. Er blickte auf das Seil. Die Oberfläche des Taus war aufgeraut und wirkte brüchig, doch es hielt immer noch stand. Es war zermürbend.

Er setzte sich zurück, um ein wenig auszuruhen. Er sah auf das Wasser und sein Blick fiel auf die rote Fahne, die an einer Boje befestigt war. Die roten Fahnen. Sie hatte er bisher nicht beachtet. Christina hatte ihm erklärt, dass die Fischer die Fahnen als Signal setzten, um das Fischen in ihrem Umkreis zu untersagen. Sie schützten die Jungfische an diesen Stellen der Küste. Frustriert schlug Max mit der Hand auf den Felsen. Ihm wurde klar, dass Sergio die rote Fahne an der Boje befestigt hatte, damit kein Fischerboot in die Nähe der Grotte fahren würde. Max konnte nicht auf

Rettung durch einen Fischer hoffen. Er war auf sich allein gestellt.

Niedergeschlagen legte er den Kopf in den Nacken. Er verstand nicht, warum ihn Sergio in der Grotte gefangen hielt anstatt ihn sofort zu eliminieren. Welchen Vorteil hatte Sergio, wenn er ihn hier verdursten ließ?

42.

Max hörte die ankommenden Schritte nicht. Das Schlagen des Wassers an die Felswände der Grotte war zu laut. Er hatte nicht damit gerechnet, dass Sergio in den frühen Morgenstunden auftauchen würde.

Sergio zeigte keine Regung und ging zum gegenüberliegenden Ende der Grotte. Max sah ihn einen Eimer in das Wasser der Grotte ausschütten. Wahrscheinlich wieder Krabben für die Fische. Seitdem Max in der Grotte gefangen war, hatte Sergio die Fische häufiger gefüttert als ihn.

Max schloss die Augen und lehnte sich zurück. Fast liegend verharrte er eine Weile. Er fragte sich, wie lange er hier noch gefangen gehalten werden sollte. Worauf wartete der Mann, um sich zu äußern. Würde er ihn freilassen oder exekutieren? Hatte er Lösegeld- oder andere Forderungen an jemanden gestellt? Max zögerte, ihn zu fragen. Sein Instinkt riet ihm, ihn nicht zu reizen.

Als er die Augen öffnete, sah Sergio zu ihm herüber, sprach aber immer noch nicht mit ihm. Die Stille war zermürbend für Max. Sergio hielt ihn in völliger

Ungewissheit über seine Pläne. Max verstand den Grund seiner Entführung nicht.

Die Mine des Mannes blieb regungslos. Max beobachtete, wie er den Eimer an einem Karabinerhaken, den er an einem Seil um den Körper trug, befestigte. Dann hechtete er zu einem Felsvorsprung, balancierte an einer Kante um einen Felsen herum und hielt inne. Im nächsten Moment legte er die Finger in einen schmalen Spalt im Felsen und zog sich daran hoch. Meter für Meter hangelte sich Sergio die schroffen Felsen aufwärts. Weiter oben bildete die Felswand eine Art Schlucht. Sergio wählte den Weg durch die Felsspalte. Max schätzte den Abstand zwischen den beiden Seiten der Spalte auf eineinhalb Meter. Sein Entführer Bewegte sich nach Oben, in dem er sich jeweils mit dem rechten und linken Fuß an einer Seite der Felsen abdrückte. Jetzt machte er Halt und stand mit gespreizten Beinen rechts und links auf kleinen Felsvorsprüngen. Plötzlich dachte Max an den Oktopus, den er im Aquarium beobachtet hatte. Es war die gleiche Position, die er zwischen den Steinen eingenommen hatte. Max rief sich die Ausführungen auf dem Informationsbildschirm über die Jagdtechniken des Tieres in Erinnerung.

Er sah zu Sergio herüber und ihre Blicke trafen sich. Wie ein Blitz durchzuckte Max der Gedanke und in diesem Moment wusste er, wer Kim ermordet hatte. Er erinnerte sich an den Tatortbericht, die unerklärte Position des Mörders und die in den Akten beschriebenen Abläufe in Kims Hausflur. Der Pathologe hatte formuliert, es schien, als habe der Täter „über dem Opfer geschwebt". Plötzlich verstand Max: So wie Sergio in der Felsspalte stand, so musste er auch in Kims schmalem Flur gelauert haben. Er hatte sich über Kim befunden und von Oben zugestochen. Von Hass und Wut erfüllt schrie Max gegen das Getöse der Wellen an:

„Mörder! Du hast sie umgebracht! Ich weiß es!" Max wollte auf die Füße springen, doch die Fesseln hinderten ihn, so dass er auf den Knie landete. Er hob das Kinn wie zum Kampf und brüllte: „Na los! Warum bringst Du mich nicht auch um?"

Sergio sah immer noch zu Max herab, doch er hörte ihn nicht. Die Brandung schluckte seine Worte. Max schrie noch Minuten nachdem der Mann entlang der Felsspalte nach Oben verschwunden war.

Plötzlich hatte Max jegliches Gefühl für Durst und Schmerz verloren. Etwas anderes brannte in seinem Körper: Der Wunsch nach Rache.

Er wollte sich an Sergio für Kims Tod rächen.

Außerdem hatte er keine Zeit zu verlieren. Er wusste, dass Sergio zurückkehren würde und ihn, jetzt, da er sein dunkles Geheimnis kannte, ohne Zögern umbringen würde.

Max zerrte und rieb seine Fesseln mit aller Kraft die er aufbringen konnte an den Felsen. Er stöhnte vor Anstrengung. Doch er gab nicht auf und rieb weiter. Er fühlte sich stark, der Wille nach Rache und der Zorn über Kims Tod aber auch die nackte Existenzangst trieben ihn an. Es war ein hoffnungsloses Unterfangen und es stürzte ihn fast in den Wahnsinn, aber diesmal gab er nicht auf.

Nach zwei Stunden ließ er sich jedoch niedergeschlagen und entkräftet auf die Seite fallen. Diese Methode war kein Ausweg. Er würde Tage reiben müssen, bis die Seile brachen. *Denk nach!*

Er überlegte und sah sich um. Kein Werkzeug oder Hilfsmittel war in seiner Nähe. Er blickte auf das Wasser und die tobende Gischt. An der Wasserkante klebten

Miesmuscheln an den Felsen. Er könnte eine Muschel aufbrechen, vielleicht waren die Schalen dann scharfkantig genug, um seine Fesseln aufzuschlitzen.

Er robbte nach Vorne und versuchte, die Muscheln mit den Händen zu erreichen. Es kostete ihn eine ungeheure Anstrengung, mit Fesseln die Hände in das Wasser abzutauchen. Beim vergeblichen Versuch, eine Miesmuschel vom Felsen zu lösen, verletzte er sich an der Hand. Die Schramme blutete sofort. Max hielt die Hand einfach in das Salzwasser. Unterdessen verspürte er nicht einmal mehr Schmerzen.

Er tastet sich zurück und robbte auf den Felsen herum. Etwas weiter lagen ein paar kleinere Brocken. Wenn er einen davon als Hammer benutzen würde, wäre es vielleicht möglich, eine Muschel zu lösen. Max erreichte einen Stein mit der Hand und schlug ihn gegen die Muscheln. Ein paar Muscheln brachen ab und fielen ins Wasser. Der Stein entglitt Max und versank. Wieder robbte Max zu der Stelle, an der sich die losen Steine befanden. Er würde diesmal die Muschel mit der anderen Hand abfangen müssen. Die Fußfessel hinderte ihn am Fortkommen und es war sehr mühsam, sich zu bewegen. Er lehnte sich bäuchlings in das Wasser, versuchte den

Kopf nach oben zu strecken, damit ihm die Gischt nicht zu sehr ins Gesicht schoss. In der rechten Hand hielt er den Stein. Die linke streckte er so tief er konnte in das Wasser, indem er sich über die linke Seite hinunter beugte. Er konnte nicht ausholen, denn beide Hände waren zu eng aneinander gefesselt. Es musste jetzt klappen Als er den Stein nach vorne schlug, rutschte er ab. Er schrammte am Felsen entlang und die Muscheln rissen ihm den Neoprenanzug auf. Sein linker Arm und seine linke Flanke schmerzten höllisch. Instinktiv klammerte er sich an den Felsen, um nicht in das Wasser zu fallen. Er hätte nicht fallen können. Die Fußfesseln hielten ihn zurück wie einen Bungeespringer kurz vor dem Aufprall. Erst jetzt bemerkte er, dass er sich mit beiden Händen festhielt und die Hände nicht mehr gefesselt waren. Durch den Schwung des Abrutschens war das Seil mit der Kraft von Max ganzem Körpergewicht hart über die abgebrochenen Muscheln gezogen worden und dabei zerborsten. Seine Hände brannten an den Schürfwunden, aber sie waren frei. Die Freude darüber gab ihm die Kraft, sich bäuchlings wieder auf eine vom Wasser sichere Felsenstelle hochzuziehen. Er streifte die Handfesseln ab und begann sofort, seine Fußfesseln zu lösen. Sergio hatte ihm das Seil mehrmals um die Füße geschlungen und dann verknotet, bevor er es durch die Öse der Ankerkette gezogen hatte. Max brauchte eine geraume Zeit, bis er die nassen und durch sein ständiges kräftiges Ziehen festgezurrten Knoten geöffnet hatte. Seine Hände zitterten. Als es schließlich gelang, hatte Max nur einen Gedanken: Fort von hier. Fort bevor Sergio auftauchte. Max wusste nicht, wie lange er für seine Befreiung benötigt hatte, denn Sergio hatte ihm seine Uhr abgenommen. Er befürchtete jedoch, dass es bald an der Zeit war, die Fische zu füttern und dass Sergio bald zurückkehrte.

So schnell er konnte hangelte er an der Grottenwand entlang zu der Stelle, an der Sergio immer die Grotte betrat. Max war der Überzeugung, dass es dort einen Fußweg nach oben geben würde. Der Weg über die Felsspalte war für Max keine Option. Sein Arm blutete noch und er zog den zerfetzten Neoprenanzug etwas hoch, damit er nicht an den Wunden rieb.

Als er an die Stelle kam, an der er den Weg nach oben vermutete, sah er nichts als glatten Felsen, meterhoch über das Meer ragen. Auch als er ein paar Meter weiter kletterte, veränderte sich die Situation nicht. Max verstand plötzlich, warum ihn Sergio mit dem Boot hierher gebracht hatte. Er gab außer dem Klettern keine andere Möglichkeit, hier herunter zu kommen.

Max besah sich die dunklen Felsen. Es war eine Wand von schätzungsweise acht Metern, die sich vor ihm auftürmte, oben sogar mit einem Überhang. Nur ein ausgezeichneter Freeclimber wäre in der Lage, die Felsen zu erklimmen und die Passage über Kopf zu meistern. Max stieg vorsichtig noch einige Meter weiter, in der Hoffnung, eine überwindbare Stelle zu finden.

Vergeblich, er musste sich etwas anderes einfallen lassen. Hier an dieser Steilküste an Land zu entkommen war aussichtslos.

43.

In der Dunkelheit die zerklüftete Küste mit Booten abzufahren war keine Option. Die Gefahr, auf einen Felsen zu stoßen war größer als die Chance, Max zu finden.

Die kleinen Strände und Buchten sowie die unzähligen Grotten der Cales de Mallorca boten jedoch einen idealen Unterschlupf für einen Gewalttäter auf der Flucht.

Also setzte die Policia an der Küste einen Suchhubschrauber mit Wärmekamera ein.

Alejandra und Pedro hatten S'Horta nicht verlassen. Sie fuhren im Schritttempo durch die Straßen und hielten weiter Ausschau nach dem Jeep. Alejandra telefonierte nochmals mit de San Gil und forderte einen größeren Einsatztrupp an, der an Land suchen würde.

Eine halbe Stunde später waren zwanzig Einsatzkräfte bereit, in S`Horta und Umgebung nach dem Jeep und den beiden Flüchtigen zu fahnden.

Als der Suchtrupp eintraf trennten sich Alejandra und Pedro. Pedro beteiligte sich an der Aktion in S'Horta.

„Ich fahre zurück ins Präsidium."

Pedro nickte Alejandra verständnisvoll zu. Er wusste Bescheid. Es musste schwer sein, den eigenen Bruder zu verfolgen.

Bis weit nach Mitternacht gab es immer noch keine Spur. Dann erhielt Alejandra einen Anruf:

„Comisaria, wir haben das Handy des Deutschen gepeilt." Es war ein junger Polizist, der dem Suchtrupp angehörte.

„Wo befindet er sich?" Der junge Mann zögerte:

„Das können wir nicht genau bestimmen. Wir haben das Handy am Ortseingang von S'Horta gefunden."

„Hm", knurrte Alejandra. „Wahrscheinlich wurde es nur entsorgt, um keine Spuren zu hinterlassen", vermutete sie. „Sucht unverändert weiter in den Häusern nach den Männern und dem Jeep. Ein Fahrzeug kann nicht einfach verschwinden!"

Der Polizist versicherte: „Wir haben fast die gesamte Ortschaft bereits abgesucht und die Bewohner aus den Betten geklingelt. Mittlerweile beteiligen sich auch eine ganze Menge Dorfbewohner, aber bis jetzt hat keiner die Männer gesichtet." Das passte Alejandra überhaupt nicht.

„Sucht weiter in jedem Haus und jedem kleinsten Winkel, aber schickt die Leute nach Hause. Sie haben bei einem Polizeieinsatz nichts zu suchen. Ich will nicht noch zivile Opfer haben. Verstanden?" Einen Augenblick später hatte sie Pedro am Ohr. „Was ist da los bei euch?"

„Das halbe Dorf ist auf den Beinen. Die Leute sind auf der Jagd." Pedros Stimme war undeutlich, da er im Gehen sprach.

„Schickt sie zurück in die Häuser! Sie lenken nur ab. Außerdem haben wir keine Ahnung, wie bewaffnet Sergio ist."

Pedro versprach es. „Ach, noch etwas, der Hubschrauber musste abdrehen. Er fliegt seit mehr als drei Stunden und der Tank war leer."

„Auf keinen Fall. Wir brauchen den Heli! Die sollen auftanken und sofort wieder an die Küste fliegen!" Alejandra grollte. Sie verloren Zeit.

„Wir müssen sie aufspüren, bevor sie über das Wasser fliehen."

„Unmöglich", stritt Pedro vehement ab. „Wir überwachen jeden Hafen und auch den Flughafen so engmaschig, dass sie uns niemals durch die Lappen gehen könnte."

„Ich habe schon das Unmögliche erlebt. Du weißt, dass Sergio die Küste besser als jeder andere kennt, außerdem besitzt er genügend Tauchausrüstungen, um einen Monat unter Wasser zu verbringen."

„Übertreib nicht. Sie können an der Steilküste nicht ins Wasser. Bei dem Seegang heute Nacht ist das zu riskant. Sie müssen an einen Strand oder mit dem Boot an eine Tauchstelle fahren. Wir haben die Küste unter Kontrolle. Egal wo Sergio auf das Meer fährt, wir fangen ihn und den Deutschen ab."

Alejandra beendete wortlos das Gespräch.

Den ganzen Tag über versuchte sie, ihren Bruder zu erreichen. Das Handy blieb stumm. Sie fuhr zur

Tauchschule, zur Wohnung des Bruders und zum Haus ihrer Eltern und an einige Orte, die ihnen früher als Verstecke gedient hatten, wenn sie ihre Flirts verführten. Erfolglos.

Erst in den frühen Morgenstunden kam die entscheidende Nachricht:

„Der Heli hat mit seiner Wärmekamera eine Person im Wasser ausgemacht. Wir haben den Küstenabschnitt von Cala d'Or noch genauer abgesucht, nachdem wir mehrere Cales gesichtet hatten, in denen rote Wimpel ankerten." Pedro erreichte Alejandra übernächtigt in ihrem Auto.

„Nur eine Person?"

„Bisher ja", informierte ihn Pedro. „Wir fahren jetzt mit zwei Booten raus."

„Ich bin so schnell ich kann bei euch! Ich komme vom Hospital de Palma. Jaime Quint war wieder ansprechbar und ich habe ihn gerade vernommen. Er hat gestanden, für eine Drogenhändlergruppe Kurierdienste geleistet zu haben. Sie haben die Drogen mit Touristengepäck in San Joan an Bord geschmuggelt und ausgeflogen. Offensichtlich wurde jemand am Flughafen geschmiert. Wahrscheinlich befürchteten ihre Bosse jetzt, hochgenommen zu werden und haben begonnen, die Kuriere auszulöschen. Wer weiß, wer noch alles involviert ist."

„Das hört sich nach schlechten Überraschungen an. Sehen wir zu, dass wir den Mann an der Küste schnappen." Die Verbindung zu Pedro brach ab.

Alejandra fluchte über die Guardia Civil. Seit zehn Minuten stand sie in Cala D'Or am Hafen und hatte kein Boot erhalten. Pedro hatte ihr einen jungen Beamten geschickt, der jetzt tatenlos neben ihm wartete. Ungeduldig telefonierte Alejandra trotz der frühen Zeit mit de San Gil und, als es immer noch keine Unterstützung der Guardia Civil mittels eines Bootes gab, brüllte sie schließlich den jungen Polizisten, sofort ein Mietboot zu organisieren. Doch als der Mann loslief, rief Alejandra ihn zurück.

„Lass es! Wir fahren an Land zu der Bucht." Alejandra ließ sich von Pedro lotsen. Sie hoffte inständig, dass sie nicht zu spät waren und dass Sergio den Deutschen am Leben ließ.

44.

Max hatte sich mit Mühe über die rutschigen und scharfkantigen Klippen zu einem großen Steinfelsen vorgearbeitet.

Das Wasser peitschte gegen die Granitbrocken und es knallte explosionsartig, wenn die Gischt gegen das Gestein prallte. Der Lärm der tosenden Wellen donnerte in Max Ohren und betäubte sein Gehör. Es war, als wolle das sanfte Mittelmeer demonstrieren, welche Urgewalten auch in ihm steckten.

Der Felsen ragte wie ein Wal in das Wasser hinaus und wurde von den Wellen umspült. Vorsichtig schob sich Max rittlings bis an den äußersten Rand, ließ sich ins Wasser gleiten und stieß sich kräftig ab, um im selben Moment unter der tosenden Wasseroberfläche hinweg zu tauchen. Er hoffte, so nicht an den Felsen zu zerschellen. Aber er hatte die Wucht des Wassers unterschätzt

Die Strömung drückte ihn augenblicklich zurück. Er kraulte mit Gewalt gegen er an, schaffte jedoch nur wenige Meter, bevor ihn das Wasser wieder mitriss. Seine

Schwimmzüge wirkten wie hilfloses Paddeln. Max spürte, dass er nicht mehr lange gegen die Wellen durchhalten konnte. Fieberhaft suchte er nach einem Ausweg aus seiner Lage.

Er drehte sich und sah die massigen Granitklippen. An dieser Stelle würde er nicht mehr an Land gehen können. Die Felsen waren mit einer dicken rutschigen Schicht aus Algen und Tang bedeckt, dass er unmöglich Halt finden würde.

Er atmete tief ein und für einen winzigen Augenblick ließ er sich im Wasser treiben. Das war fatal. Sofort erfasste ihn die Strömung und mit der bereits aufkommenden Welle wurde er gegen die Felsen geschleudert. Eine scharfe Felskante rammte sich in seine Rippen und riss ein weiteres Loch in den Neoprenanzug. Max stöhnte. Der Schmerz war so groß, dass er fürchtete, ohnmächtig zu werden. Verbissen hielt er sich über Wasser, doch schon die nächste Welle erfasste ihn wieder und presste ihn an die Felsen. Diesmal erwischte es ihn an Schulter und Kopf. Das Getöse der Brandung donnerte in seinem Kopf und mischte sich mit pochenden Schmerzen. Er hatte jeglichen

Orientierungssinn verloren. Der Sog der Strömung zog ihn nach unten und er fühlte Schwindel und Benommenheit.

Plötzlich bewegte sich unter ihm das Gestein. Max konnte nicht erkennen, was auf ihn zukam. Ein Felsbrocken raste im Wirbel der Strömung mit ungeheuerlicher Geschwindigkeit auf ihn zu. Einzelne Teile lösten sich. Wie Seile umschwirrten er den Brocken, während sich dieser um die eigene Achse drehte und sich ihm immer schneller näherte.

Vielleicht noch einen Meter. Höchstens, dann würde der Brocken ihm die Knochen zerschmettern.

Schlagartig änderte der Fels die Richtung und schwamm einen Bogen um Max.

Es war ein großer Oktopus, der sich an den unterirdischen Felswänden festgeklammert hatte. Wäre er nicht so nah an Max herangeschwommen, hätte Max ihn niemals erkannt. Der Wirbellose besaß annähernd die Farbe des Gesteins und hatte eine Form angenommen, die von den übrigen Felsen nicht zu unterscheiden war. Sekundenlang starrte Max durch das aufgewühlte Wasser auf das Tier, das ihn umkreiste. Er konnte es nur schemenhaft erkennen, sah die langen Fangarme sich durch das Wasser schlängeln. Max bildete sich ein, der Tintenfisch gebare sich wie ein Raubfisch vor seiner Beute. Ihm fiel bruchstückhaft der Text aus dem Aquarium ein. Max wusste nicht mehr, ob er bei Verstand war. Apathisch und willenlos bemerkte er die monstruösen Fangarme, die ihn zu berühren drohten.

Verschwommen sah er, wie der Oktopus sich näherte.

Mit einem Mal spürte er, wie sich eine Schlinge um sein rechtes Bein legte, hart wie ein Stahlseil, und ihm den Unterschenkel fast abschnürte. Max zappelte wie ein Fisch im Netz. Die Schlinge um sein Bein hinderte ihn daran, reguläre Schwimmbewegungen auszuführen. Seine Sinne waren nicht mehr geschärft.

Er geriet unter die Wasseroberfläche während sein bisheriges Leben wie ein Schnellzug vor seinen Augen vorbeiraste. Bruchteile von Erinnerungen flackerten auf. Gesichter erschienen, er glaubte, er ganz nah zu sehen. Kim schoss auf Rollerblades an ihm vorbei, Christinas Lachen schien plötzlich direkt vor ihm zu sein. Ihre Locken konnte er in diesem Moment an seinem Gesicht spüren, so wie die Wärme ihres Körpers. Der Gedanke gab ihm eine ungeheuerliche Kraft. Er wollte nicht sterben, nicht hier und jetzt, halluzinierend in den Armen eines

Tintenfisches, der normalerweise auf seinem Teller lag! Es war aberwitzig!

Max holte tief Luft und tauchte unter Wasser. Er klappte sich wie ein Taschenmesser zusammen und versuchte mit den Händen die Schlinge von seinem Bein zu zerren. Doch die Strömung wirbelte ihn herum und riss seinen Oberkörper gewaltsam nach vorne, bevor er die Schlinge zu fassen bekam.

Es fühlte sich an, als sei er eine Ewigkeit unter Wasser und plötzlich konnte er den Atem nicht mehr anhalten. Seine Lungen schmerzten, als würden sie jeden Augenblick zerbersten. Er tauchte auf und japste nach Luft. Die Brandung donnerte um ihn herum, gewaltig und gnadenlos.

Er unternahm einen neuen Anlauf und begann, wild zu Kraulen. Er versuchte, sich an der Wasseroberfläche zu halten, rang nach Luft und versetzte dem Wasser Tritte in alle Richtungen. Wie große Ruder schwang er die Arme. Unaufhörlich blieb er in Bewegung, stieß mit den Beinen um seinen Körper.

Seine sich erneut aufbäumende Energie erschöpfte sich schnell. Max Arme wurden träger. Wie an Gewichte gebunden zog es ihn in die Tiefe. Max spürte das rechte

Bein kaum noch. Nur unter größter Anstrengung, angetrieben von unbedingten Überlebenswillen, schaffte er es, weiter nach oben zu rudern um zu Atmen. Salzwasser schwappte ihm in den Rachen und er würgte und spuckte.

Gib Dich nicht auf! Doch die Kraft reichte kaum. Verzweifelt kämpfte er in diesem ungleichen Wettstreit gegen die Gewalt des Meeres.

Wieder geriet er unter Wasser, er bekam keine Luft und bewegte den Mund wie zu einem schauderlichen Schrei. Er sah nach oben. Das Licht wurde schwächer, ihm war klar, dass er endgültig nach unten gezogen wurde.

Es gab kein Entrinnen. Panik befiel ihn. Ein letztes Mal versuchte er sich durch heftige Tritte aus seiner Fessel zu befreien

Völlig unerwartet ließ plötzlich der Druck am rechten Unterschenkel nach. Sein Bein war frei.

Luft, war der einzige Gedanke, der ihn durchdrang. Er manövrierte sich irgendwie zu Wasseroberfläche und atmete tief ein. Nach drei, vier Atemzügen aktivierte der Sauerstoff wieder sein Denkvermögen und er realisierte erst, dass er dem Tod nur knapp entronnen war. Sein Körper entspannte sich.

Um sich im gleichen Augenblick wieder anzuspannen. In der Ferne hörte er ein Motorgeräusch. Ein Boot, Max konnte das Knattern des Zweitakters selbst im tosenden Wasser hören. Er wusste, dass es kein Fischer sein konnte.

Sergio! Er kommt mit dem Boot zurück!

Max versuchte, wieder näher an die Felsen heran zu schwimmen. Wenn Sergio ihn im Wasser erwischte war es der sichere Tod.

Es musste eine Möglichkeit geben, an Land zu kommen und hinter den Felsen Schutz zu suchen.

Wieder preschte eine Welle heran und rammte Max gegen den nächsten Felsen. Er schaffte es nicht, sich dagegen zu stemmen. Max Körper wirbelte herum. Der Druck der Welle ließ ihn eine Art Purzelbaum unter Wasser schlagen. Er prallte mit voller Wucht vorne über gegen das Gestein.

Seine Stirn platzte auf und aus der Wunde rann sofort Blut. Dann wurde er ohnmächtig.

In diesem Moment umfassten ihn acht Arme und hielten ihn eisern fest.

45.

Zu viert hievten die Männer des Suchtrupps der Policia National den fast leblosen Körper in das Boot.

Sie waren beherzt ins Wasser gesprungen und hatten Max an eine Rettungsboje gehakt. Der Hubschrauber brachte ihn wenig später in das Hospital General de Palma. Er hatte außer der Platzwunde am Kopf mehrere Prellungen, Schnittverletzungen und eine schwere Gehirnerschütterung. Noch im Hubschrauber starteten die Notärzte Reanimationsmaßnahmen.

„Hier herüber!" Pedros Stimme ging fast im Lärm der Hubschrauberrotoren unter. „Er ist hier!"

Er zeigte auf die Felswand hinter der Grotte.

In einer Felsspalte stand ein Mann und hielt sich an den Felsen fest. Es schien, als sei er mit dem Felsen verschmolzen, so eng war er an das Gestein geschmiegt. Nur die kurze Bewegung seines Kopfes hatte ihn verraten.

Es war Sergio. Mit weit Aufgerissenen Augen starrte er auf Pedros ausgestreckten Arm. Sie hatten ihn!

„Hierher!" Die Männer sahen zu ihm herauf. „Schnell!"

Sergio überlegte keine Sekunde, welches der strategisch beste Weg sein würde, diese Steilwand herauf zu klettern. Er dreht ab und floh durch die Felsspalte. Nur mit der Kraft seiner Finger und Beine drückte er sich Meter für Meter nach oben und ließ seine Verfolger unter sich.

Pedro setzte Sergio nach.

„Wir müssen ihm den Weg abschneiden!" Pedro winkte seine Männer heran. Tapfer erklomm er weiter die Felsen, doch gegen Sergio war er chancenlos. Ihm fehlten die Technik und die Kraft.

Pedro hielt an und zückte sein Handy. Er befahl den fehlenden Männern des Suchtrupps, von Land zu ihnen zu stoßen.

„Wann kommt endlich die verdammte Spezialeinheit?" Pedro blickte auf die imposante Gesteinswand vor ihm. Fast senkrecht fielen die Felsen ins Meer. Sie brauchten die Kletterer!

Neben ihm hatten jetzt die Männer aus den Booten aufgeschlossen. Die Einsatzkräfte überholten ihn und waren Sergio schnell nahe.

Sergio sah zu ihnen herab und bemerkte ihre Schusswaffen in den Holstern. Die Männer rückten gefährlich näher. Aber noch benötigten beide Hände zum Klettern, so dass es ihnen nicht möglich war, ihre Waffen zu gebrauchen.

„Jimenez, wir haben dich im Visier! Gib auf!"

Sergio sah Pedro, der immer noch an der gleichen Stelle stand. Entsetzt realisierte er, dass Pedro seine Waffe bereit hielt und darauf wartete, dass Sergio die schützende Felsspalte verließ.

„Jimenez, komm raus oder ich jage dir eine Kugel durch Kopf!"

„Senor, wir haben keinen Schießbefehl!"

„Das ist mir scheißegal!" Dieses Greenhorn von Polizist hinter ihm hatte ihm nichts zu sagen.

Die Verfolger waren jetzt nur noch wenige Meter entfernt. Sergio kletterte weiter und erreichte das Ende der Felsspalte. Über ihm folgte ein Steilstück, das einer senkrechten Wand glich. Er musste es riskieren, auch wenn der Polizist von der Waffe Gebrauch machen würde. Er hatte keine Wahl. Sergio er kletterte aus der schützenden Spalte und stieg seitlich in die Felswand ein.

Genau in diesem Moment tauchten die von Pedro angeforderten Männer des weiteren Einsatzteams tauchten auf der Kuppe der Klippen auf.

„Wurde auch Zeit!"

Auch Sergio hatte sie gesehen. Es waren mindestens zehn. Die schwarzgekleideten Spezialkräfte hatten Kletterausrüstungen dabei und seilten sich schnell an dem Steilstück der Felswand ab. Die Männer waren geübte Kletterer und ebenso behände in den Felsen wie Sergio.

„Geht weiter nach rechts, er weicht zu dem Felsüberhang aus!" Pedro übernahm immer noch das Kommando.

Einer der Maskierten stürzte sich wie ein Raubvogel an seinem Seil herab und landete direkt neben Sergio. Ein zweiter Mann folgte ihm. Noch im Flug drehte er sich blitzschnell um und rammte Sergio den Fuß in die Rippen. Es krachte, als der Fuß auf die Knochen traf.

Sergio krümmte den Rücken und unterdrückte den Schmerz. Verbissen zog er sich an den Armen hoch und trat mit beiden Beinen gegen seinen Angreifer. Der Mann schwankte an seinem Seil wie ein Uhrpendel. Eher er seine Bewegungen wieder unter Kontrolle hatte, gelang es Sergio, ein paar Meter nach oben zu entkommen. Doch da erwartete ihn der zweite Verfolger.

Provozierend spuckte er Sergio ins Gesicht.

„Bei mir ist Endstation!"

Seine Faust traf Sergio hart am Kopf. Sergio steckte den Schlag ein und holte ebenfalls aus. Doch der Staatspolizist wich geschickt aus. Der nächste Tritt ging in Sergios Leiste. Sie waren jetzt zu zweit neben Sergio. Einer der Polizisten bekam Sergios Bein zu fassen und zog ihm den Fuß vom Felsen. Sergio rutschte sofort ab und sein Bein wurde am rauen Felsen empfindlich aufgeschürft. Er riss die Arme hoch und krallte die Finger in das Gestein. Mit beiden Füßen stützte er sich ab und verhinderte einen tödlichen Sturz ins tosende Wasser. Er bekam einen losen Stein zu fassen und schleuderte ihn seinem Verfolger mitten ins Gesicht. Für einen Augenblick war der Mann außer Gefecht gesetzt. Es glückte Sergio, abzudrehen und sich seitlich davon zu hangeln.

Im gleichen Augenblick erschienen Alejandra und der junge Polizist an der Felskante. Alejandra beobachtete, wie Sergio verbissen mit den beiden Schwarzgekleideten in der Wand kämpfte.

„Sergio! Verdammt was ist hier los!"

Sie blickte sich um und verstand sofort, dass die übrigen Einsatzkräfte versuchten, Sergio von mehreren Seiten einzukesseln. Pedro stand links auf einem Felsvorsprung und gab ihr ein Zeichen. „Komm runter!"

Sie schaffte es, zu Pedro auf die kleine Plattform zu klettern.

„Sergio!" Alejandra schrie ihren Bruder an. „Es hat keinen Zweck! Hör' auf, davon zu laufen!"

Sergio widerstand der Versuchung, ihr zu antworten, und kletterte unbeirrt weiter.

Die Policia war in der Überzahl. Die Männer aus den Booten eilten ihren Kollegen zur Hilfe und hatten mittlerweile Sergio nahezu umzingelt.

Doch Sergio war ein Kämpfer. Er hatte in unzähligen Corridas unter Beweis gestellt, dass ungebrochener Siegeswille und mentale Stärke zum Erfolg führten. Diese Typen waren nichts gegen einen wütenden vierhundert Kilo Koloss in der Arena. *Der Matador gewinnt immer!* Er versuchte, seinen Körper auf einen großen Granitblock zu stemmen. Der Felsen war an dieser Stelle voller Mövenkot und rutschig wie Schmierseife. Sergio tastete sich mit den Fingern in dem Mövendreck voran bis, bis er eine Ritze fand und sich festkrallte. Jetzt galt es, einen sicheren Halt einzunehmen.

Pedro blickte zu ihnen herüber. Zufrieden bemerkte er, dass die Männer Sergio ganz eng folgten.

„Jimenez, du hängst in den Falle!" rief er höhnisch nach oben.

Plötzlich sah Pedro die Angelschnüre, die zwischen den Felsen gespannt waren. Blitzschnell hatte er realisiert, warum die Schnüre dort waren. Er versuchte seine Männer zu warnen:

„Eine Falle! Halt! Nicht weiter!" Er sprang auf der Plattform herum und riss einen Arm in die Höhe.

Doch es war bereits zu spät. Einer der Polizisten war an der Angelschnur hängen geblieben und hatte die Explosion ausgelöst. Mindestens zehn Leuchtraketen zündeten und hüllten die Steine in gleißendes Rotlicht. Geschrei erhob sich und die Männer der Spezialeinheit versuchten, sich mit geschlossenen Augen in den Felsen zu halten.

„Verdammt, ich kann nichts sehen!"

Die zweite Salve der Leuchtraketen traf Sergio fast mitten ins Gesicht. Er hatte sich, geblendet durch die ersten Raketen, nicht schnell genug an der steilen Wand weiterbewegen können. Jetzt schnellte ihm der Schwall seiner eigenen Falle wie ein Feuerball über den Kopf. Instinktiv duckte er sich und versuchte, den Halt nicht zu verlieren.

Plötzlich folgte eine gewaltige Detonation. Die ganze Bucht bebte von der Erschütterung. Es war, als würden die Klippen gesprengt. Ein immenser Gesteinsbrocken löste sich von der Felswand und riss zwei Männer der Spezialeinheit mit sich, als er donnernd in die Tiefe krachte. Überall bröckelten die Felsen und die Männer erhoben wildes Geschrei.

„Eine Sprengfalle! Rührt euch nicht!"

Jeder versuchte, sicheren Stand zu finden und in Deckung zu gehen. Das Gestein prasselte auf die Männer herab.

Sergio presste sich an die Felswand. Er war völlig überrascht von der ungeheuerlichen Explosion, die sein selbstgebauter Sprengsatz ausgelöst hatte. Sie hatte den Fels einfach weggerissen.

Über seinem Kopf donnerte es. Als er nach oben blickte, sah er ein Felsstück auf ihn zurasen.

Augenblicklich drückte er sich von der Wand ab und schwang zur Seite. Doch seine Hände verfehlten die kleine Felsspalte, die ihn bremsen sollte. Durch die ruckartige Bewegung rutschte er ab und verlor das Gleichgewicht. Er glitt an den Felsen entlang, schlug nach hinten und schleuderte einige Meter herunter.

„Er ist abgestürzt!" Pedro und Alejandra kauerten immer noch auf dem schützenden Felsvorsprung. Erst jetzt drehten sie sich um.

Als sie nach unten blickten sahen sie, wie Sergio sich abrollte und blitzschnell wieder auf den Beinen war. Einige Meter vor der Wasseroberfläche hatte ein Fels seinen Fall gebremst. Sein Körper war so durchtrainiert, dass selbst ein solcher Sturz ihm wenig anhaben konnte.

„Sergio!" rief Alejandra. "Warte!" Doch der Sturz hatte Sergio zu einer neuen Position in den Klippen verholfen. Das nutzte er und hangelte sich mit großer Geschwindigkeit weiter. Er entfernte sich rasch von der Gruppe. Sekunden später kletterte Alejandra ihm hinterher. Sie war allerdings bei weitem nicht so geübt wie ihr Bruder.

Sergio wusste das. Als er den nächsten Felsvorsprung erreichte, drehte er sich nach seiner Schwester um. Er wartete einige Sekunden und ließ Alejandra näher kommen.

„Sergio, endlich!" japste Alejandra. Er gibt auf. Doch als sie ihren Bruder fast mit dem ausgestreckten Arm berühren konnte, erklomm Sergio stumm den nächsten Fels.

„Gilipollas!" Entfuhr es Alejandra und Wut kochte in ihr hoch. „Was soll der Verdammt! Spielst du mit mir?" Sie keuchte vor Anstrengung und Ärger. „Dieses Spiel mache ich nicht mit!" Alejandra sah sich um, doch sie erkannte, dass es keine andere Möglichkeit gab, Sergio zu stellen. Sie musste sich auf die Hatz in den Felsen einlassen. Sie schrie weiter hinter ihrem Bruder her, der sie ignorierte.

Die Einsatzkräfte folgten ihnen. Sie kletterten in den Felsen wie eine Horde Gorillas und brüllten sich gegenseitig Kommandos zu. Jimenez durfte ihnen nicht entkommen! Unter ihren Füßen lösten sich von der Explosion abgespaltene Gesteinsstücke und rollten in die tosende Brandung.

Sergio drehte sich erneut um und in diesem Moment, als hätten die Einsatzkräfte eine Lawine losgetreten, brach ein Teil der Klippen ab und eine gewaltige Steinwelle rutschte donnernd ins Meer.

Sekunden später krachte ein ungeheuerlicher Steinbrocken auf die Männer herunter und in diesem Augenblick verlor einer von ihnen die Nerven. Ohne einen Befehl abzuwarten, begann er auf Sergio zu schießen. Augenblicklich brach ein Feuergefecht los. Von zwei Seiten zielten die Männer auf Sergio. Die Geschosse prallten an den Wänden ab und die Irrläufer zischten um die Felsen. In einem heillosen Chaos ballerten alle blindlings drauflos.

„Feuer einstellen!"

Alejandra und Pedro brüllten gleichzeitig in den ausbrechenden Tumult, doch ihr Kommando wurde nicht befolgt.

„Verdammt", schrie Pedro. „Waffen runter! Ihr schießt uns noch ab!"

Seine Warnung war vergeblich. Ein Geschoß durchschlug den Körper eines Polizisten. Er prallte mit solch einer Wucht mit dem Rücken gegen die Felswand, dass er für einen Augenblick wie gekreuzigt an der Wand klebte, bevor er in sich zusammensackte.

Die Schüsse donnerten weiter mit ohrenbetäubendem Lärm durch die Bucht und ihr Echo hallte von den Felswänden wider.

Einer der Einsatzkräfte war Sergio jetzt dicht auf den Fersen. Er hatte seine Waffe angelegt und wieder jagte ein Schuss durch die Luft. Das Geschoss traf einen vorstehenden Felsen. An der Einschlagstelle hinterließ es einen tiefen Krater. Alejandra ging in Deckung und drehte sich um. „Was soll das?" fuhr sie den Polizisten an, der nicht weit hinter ihr stand.

„Nicht schießen!" Pedro brüllte wie ein Irrer. „Habt ihr nicht verstanden? Es ist zu riskant!"

Doch der Mann hatte schon den zweiten Schuss abgedrückt. Diesmal traf er Alejandras Arm. Alejandra schrie auf. Ein weiteres Geschoss schlug dicht neben ihr in der Felswand ein. Steinsplitter stoben durch die Luft und prasselten auf Alejandra nieder.

„Scheiße, hört mit dem Herumgeballere auf!"

Sergio erhöhte sein Klettertempo. Alejandra nahm einen erneuten Anlauf, ihm zu folgen. Doch als sie sich mit einer großen Bewegung an einem Felsen empor hangeln wollte, stöhnte sie auf. Ihr Arm schmerzte höllisch und die Wunde blutete stark. Schwer atmend hielt sie inne und ruhte sich kurz aus.

Diese Sekunden nutzte Sergio um mit uneinholbarer Geschwindigkeit auf den überhängenden Felsen über der Grotte zu klettern. Als der Polizeibeamte zum vierten Mal aus der Nähe schoss, sprang Sergio in die Tiefe. Er entging nur um Zentimeter dem Geschoß aus der Polizeiwaffe. Annähernd fünfzehn Meter stürzte er herab in die tosende See. Bis spät in die Nacht suchten die Trupps das Meer nach Sergio ab. Vergeblich. Auch Tage später hatten sie weder Sergio noch seine Leiche gefunden.

Nach einer Woche gab de San Gil auf und reichte seinen Rücktritt ein. Nach der gescheiterten Operation in der Bucht war seine Karriere ohnehin gelaufen. Alejandra und Pedro war die Kontrolle über die Spezialkräfte vollkommen entglitten und der Einsatz hatte mit dieser chaotischen Schießerei geendet. Außerdem hatte ein Mitglied der Policia National sein Leben verloren. Es war ein Desaster! De San Gil war erledigt. Keiner seiner politischen Kontakte hielt zu ihm. Nur einen Tag später entsandte Madrid eine Einheit von Ermittlern nach Palma. Aber auch sie erreichten nichts. Die Hintermänner des Drogenhandels waren unauffindbar. Sergio blieb vermisst.

Mallorca, Südosten, 10. Juli 2013

46.

Um von Cala Santanyi nach S'Alqueria Blanca zu gelangen, fuhr Max zunächst durch die Altstadtgassen von Santanyi, dann in östlicher Richtung stadtauswärts. Nach drei Kilometern Fahrt auf der Schnellstraße erreichte er S'Alqueria Blanca, passierte die hässliche aber in der Gegend einzige Tankstelle und die moderne Schule und gelangte auf den malerischen Kirchplatz des kleinen Ortes.

Max sah sich um. Hinter der Kirche schloss sich der kleine Marktplatz an, auf dem jetzt am Nachmittag nicht viel los war. Später würden sich hier Touristen und auch viele Einheimische mischen und in dem Restaurant oder der Bar am Marktplatz ihr Abendessen einnehmen.

Direkt gegenüber der Kirche gab es eine Konditorei, die ausgezeichnete Ensaimadas und deftige Tapas wie geräucherte Schweineöhrchen oder Fleischbällchen aus Innereien herstellte. Christina hatte ihm den Laden empfohlen. Daher hielt Max an und kaufte sowohl die süßen Ensaimadas als auch verschiedene Tapas für einen kleinen Imbiss ein.

Er beeilte sich, weiter zu fahren. In der Ortsmitte bog Max links ab Richtung Felanitx. Jetzt begann die hügelige Gegend der Finqueros, Großgrundbesitzer luxuriöser Fincas. Obwohl das Meer einige Kilometer entfernt war, hatte man von den Fincahügeln einen unglaublichen Blick über die Ebene von Cala D'Or und das stahlblaue Wasser. Max war beeindruckt. Er sah über das Meer und freute sich darauf, Christina zu sehen. Sie hatte endlich zurückgerufen und war nicht nachtragend. Ganz im Gegenteil. Als Max Christina von den Ereignissen der letzten Tage berichtete, hatte sie vorgeschlagen, zum Castel de Sanctuari herauf zu fahren. „Diesmal kannst du dann friedlich und entspannt die Aussicht genießen!" *Schöne Aussichten.*

Es war Max letzter Abend auf der Insel. Sie hatten sich auf dem Parkplatz vor dem Castell verabredet und Christina stieg zu ihm in den Wagen. Erst zwei Stunden später stiegen sie aus und liefen den Fußweg zum Castell hinauf. Sie suchten sich einen schattigen Platz auf der Anhöhe der alten Burg, legten sich ins trockene Gras und aßen die Tapas aus den Papiertüten.

Christina stand auf, setzte sich auf die äußere Mauer des Castel de Sanctuari und schaute über die Hügel in

Richtung Meer. Kleine Stücke bröckelten von der verwitterten Mauer.

Max beäugte die Steine argwöhnisch.

„Sei vorsichtig, es geht senkrecht den Abhang hinunter."

Christina nickte. „Ich weiß", entgegnete sie. „Aber ich fühle mich so, als könnte ich fliegen."

„Kannst du aber nicht", Max trat an die Mauer und schlang von Hinten die Arme um sie. Er schob ihre Haare beiseite und küsste ihren Nacken. „Du würdest erbärmlich abstürzen."

„Pah!" Christina drehte den Kopf herum. Vorsichtig legte sie die Arme auf seine Schultern und zog sich an ihm hoch. Sie stand jetzt auf der Mauer, hatte seinen Kopf mit den Armen umfasst und legte ihren Kopf von oben auf seine Haare. Max packte sie an der Taille und hob sie von der Mauer. Er bewegte sich langsam, denn sein Bein und die geprellten Rippen schmerzten immer noch. Dann küsste er sie erneut. Christina lehnte sich mit dem Rücken an die Mauer. Nach einer Weile löste sie sich und blickte über die Landschaft unter ihnen.

„Warum hat er das getan?"

„Sergio meinst Du?"

„Ja", sie sah Max an. Nachdenklich antwortete sie: „Ich verstehe es nicht. Ich kenne Sergio seit ich klein bin. Er war immer unser Held gewesen. Der Matador, der Schwarm aller Mädchen. Als er über die Grenzen hinaus kämpfte, wurde er zu so einer Art nationalem Idol. Mallorcas Presse feierte ihn regelmäßig. Es gab kein offizielles Fest, keine Veranstaltung, kein Ball an dem nicht er oder seine Familie teilnahmen. Er ist einer der höflichsten Menschen die ich kenne. Wie kann er da Menschen töten?"

„Du hast die Antwort selbst gegeben." Max blinzelte in die Sonne. „Wenn der Ruhm nachlässt, verlieren manche Menschen ihr Selbstwertgefühl. Sergio erging es ebenso. Seine Erfolge blieben aus, der Vater hatte ihn verstoßen, genauso wie die Gesellschaft auch. Möglicherweise wollte er sich auch an denen, die ihn fallen gelassen haben, rächen. Sie haben ihm den Ruhm genommen, also wollte er ihnen auch etwas nehmen, ihre Sicherheit und manchen sogar das Leben. Er war ein leichtes Opfer für die Drogenhändler."

„Meinst du, Alejandra hat ihn gedeckt?"

„Unwahrscheinlich."

„Ich bin mir nicht sicher. Sie stehen sich sehr nahe. Es geht das Gerücht herum, dass sie zusammen ins Bett gehen."

Max hob die Schultern. Er hielt nichts von Gerüchten.

„Ich bin froh, dass sie ihn entlarvt haben."

„Es hätte mich fast das Leben gekostet."

„Ja, stimmt, aber so hast Du den Mörder Deiner Freundin gefunden."

„Hm", Max wurde nachdenklich. „Ich war ihr im Leben kein guter Freund, erst posthum vielleicht."

„Ein treuer Freund, der viel riskierte. Du hast ihr zwar nicht das Leben gerettet, aber zumindest die Ehre erwiesen, ihren Tod aufzuklären." Christina lächelte. „Klingt ein bisschen zu heldenhaft, hast Du gar nicht verdient." Sie boxte Max in die Flanke. Dann verfinsterte sich ihre Mine. „Sie musste sterben, weil sie zufällig etwas beobachtet hatte."

„Nein", wies Max sie zurecht, „so unschuldig war Kim auch nicht. Sie hatte sich auf das Spiel des Drogenhandels eingelassen und wusste, was sie riskierte. In diesem Geschäft gibt es keine Milde. Wer auffliegt wird eliminiert. Kim war zum Risiko für die Organisation geworden. Man hatte die Garage mit den Taschen entdeckt. Da gab es kein Vertun, Kim musste konsequenterweise sterben."

Max blinzelte in das helle Sonnenlicht. Sie hatte Recht, diesmal hatte er nicht gekniffen. Und auch Agnes war außer Gefahr. Das war ebenfalls wichtig. Christina ergriff seine Hand. „Sergio hat wenigstens Dich am Leben gelassen."

„Ich war sein Pfand. Er wollte mich als Geisel und so seine Flucht erpressen. Aber früher oder später hätte er mich wohl auch beseitigt, denn ich hatte ihn enttarnt."

Christina nickte, sie strich über seinen Arm und blickte auf die Wundverbände. „Es sieht aus, als habest du gegen ein Monster gekämpft."

„Oh, ja, als ich im Wasser war habe ich eine Zeit lang tatsächlich geglaubt, dieser Oktopus würde mich angreifen und mit seinen Fangarmen am Bein festhalten. Aber das hier", er schob seine Jeans am rechten Bein etwas nach oben und entblößte einen weiteren Verband, „das hier war eine Seegurke."

„Eine Seegurke?" Christina schmiss den Kopf in den Nacken und lachte schallend. Sie konnte gar nicht mehr aufhören und das Lachen erschütterte ihren ganzen Körper.

„He", Max versuchte sachlich zu bleiben, „das sind schlangenartige Tiere, die sehr lang werden können und sich wie Schlingpflanzen um deine Glieder legen und..." Er kam nicht weiter. Christina konnte vor Lachen kaum Atmen. Sie ruderte mit den Armen, zeigte auf sein Bein. Erst sein Kuss stoppte sie.

Max strich über ihre Schultern. Christina presste ihre Wange an seinen Hals. Ihre Haare streiften seine Nase. Er sog ihren Duft ein als wolle er ihn für immer in seinem Inneren behalten.

„Komm mit mir nach Deutschland." Er sah sie ernst an.

Christina schüttelte langsam den Kopf. Entschlossen antwortete sie mit leiser Stimme. „Ich kann nicht. Mein Leben ist hier. Bei meinen Reben. Einen Rebstock verpflanzt man nicht, man pflegt ihn und dann trägt er Jahrhunderte." Sie lächelte und als Max nichts erwiderte

fügte sie hinzu: „Du weißt, wo Du mich findest. Immer."
Er hielt sie eng an sich. Sein Herz pochte so laut, dass er fürchtete, Christina könne es hören und in diesem Augenblick wünschte er sich, das Jetzt mit der Ewigkeit verschmelzen zu können.

Christina ergriff seine Hand. „Komm", flüsterte sie. „Lass uns zu einem kleinen Restaurant in Cas Concos fahren. Das ist der richtige Ort für einen letzten Abend."

Als Max das baufällige Haus sah, konnte er sich nicht vorstellen, dass hier ein gutes Essen serviert werden würde. Der Putz blätterte an diversen Stellen von den Wänden und die Einrichtung hatte auch schon bessere Zeiten erlebt. Doch Christina beharrte darauf: „Das Essen ist perfekt und der Wein stammt von mir!"

Mit seinem Weinglas in der Hand las Max in der Speisekarte. Christina hob eine Augenbraue und sah ihn an: „Was nimmst du? Vielleicht einen Gurkensalat?" Sie lachte wieder schallend.

„Sehr witzig!"

Sie aßen mallorquinisches Spanferkel, einen „Fromatge de Cabra", Ziegenkäse in einer Honigmarinade und eine

Erdbeertarte. Max war beseelt von der Atmosphäre des kleinen Restaurants und von Christina.

Später, auf der Fahrt zum Flughafen, bat Christina ihn nach wenigen Minuten, anzuhalten. Max stoppte den Wagen an der Zufahrt einer Finca. Christina stieg aus und ging ein paar Schritte an dem angrenzenden Feld entlang. Max folgte ihr. Sie hielt nach einigen Metern und wartet, bis er neben ihr stand. Die Stelle bot einen großartigen Ausblick. „Ich möchte mich hier von Dir verabschieden." Christina zog ihn zu sich. Max blickte über die Hügel der Insel in Richtung Meer. Er hatte seinen Frieden gefunden.

47.

Als das Boot ablegte, blickte Jamal nicht zurück.

Die Situation auf der Insel war ihm entglitten und dann überfiel ihn die Angst, dass auch ihm etwas zustoßen würde. Er hatte zu viele Fehler gemacht und seine Auftraggeber würden ihm nicht verzeihen.

Es war ein Schock gewesen, dass Sergio den dicken Kurier tatsächlich im Auto ermordet hatte. Natürlich hatte er Sergio das Bild des Fahrzeugs geschickt, aber keinen Gedanken daran verschwendet, dass er den Mann genau dort erledigen würde.

Er hatte das Leasingfahrzeug auch benutzt. Noch vor einer Woche war er mit dem Wagen nach Palma gefahren. Die Sehnsucht nach einem afghanischen Essen hatte ihn leichtsinnig werden lassen. In einem afghanischen Restaurant der Inselhauptstadt hatte er Qabeli gegessen. Braunen Reis mit Rosinen und Karotten. Es erinnerte ihn wie nichts anderes an seine Heimat, obwohl es nicht ganz so gut schmeckte, wie in seiner nostalgischen Vorstellung. Doch in der Fremde stimmten einen schon die geringsten Kleinigkeiten glücklich.

Das erste Mal hatte er vor einem Jahr in diesem Restaurant gegessen. Ein Fremder hatte es ihm gezeigt, einer seiner Auftraggeber oder ein Mittelsmann, er wusste es bis heute nicht. Er kannte keine Namen. Er hatte eine verschlüsselte E-Mail erhalten, in der ihm der Unbekannte diesen Treffpunkt mitgeteilt hatte. Der Mann hatte ihn damals wortlos an seinen Tisch gewunken und ihm ein Blackberry auf den Platzteller gelegt. Während des ganzen Essens hatten sie nicht ein Wort gesprochen sondern nur mittels abhörsicherer Push- To- Talk- Nachrichten kommuniziert. So hatte ihm der Mann die Anweisungen für den Drogenschmuggel auf das kleine Display geschrieben. Jamal hatte bei diesem Treffen kaum Muße gehabt, sein Essen zu genießen.

Doch er war wieder in das Restaurant zurückgekehrt. Mehrmals und eben auch vor einer Woche.

Seine Spuren waren am Wagen und sicher suchte die Polizei auch nach ihm.

Die Polizei war eine Sache. Doch viel mehr fürchtete er seine Auftraggeber. Er hatte keine Zeit zu verlieren. Jetzt war er auf sich alleine gestellt, denn die, die in bisher beschützt hatten, waren gefährliche Feinde geworden. Wenn sie ihn fänden, würde er sein Leben lassen.

Also musste er fliehen, so schnell es ging. Er hatte ein paar Sachen in einen Rucksack gepackt und war mit dem Bus und später zu Fuß zur Finca aufgebrochen. Er würde auf der sicheren Finca die Dunkelheit abwarten und sich in der Nacht weiter in Richtung Meer durchschlagen. Der Hafen von Cala d'Or war groß genug, um ein Schiff zu finden, das ihn an das spanische Festland beförderte. Ein Fischer würde ihn schon mitnehmen, oder ein paar Touristen.

Wenn er erst einmal die Insel verlassen, hoffte er, könne er vor seinen Auftraggebern untertauchen.

Als er die Finca erreicht hatte, waren ihm jedoch andere Männer zuvor gekommen. Von einem Hügel beobachtete er, wie Sergio den leblosen Körper von Antonio Molinar hinter einen großen Orleanderbusch zog und hinter dem Schuppen verschwand.

Kurz darauf waren die Geländewagen und ein Audi auf das Grundstück gerast. Mindestens acht bewaffnete Männer in Kampfanzügen rannten in den Garten des Hauses. Es dauerte nur wenige Minuten, bis sie den Toten gefunden hatten. Dann jagten sie Sergio.

Jamal hatte beide erkannt. Die Kommissarin wirkte angespannt, als sie sich auf dem Gelände bewegte. Die

Souveränität, mit der sie ihm damals begegnet war, fehlte jetzt.

Jamal erinnerte sich an Alejandras charismatischen Auftritt und ihre Bereitschaft, gegen Geld die Drogengeschäfte auf der Insel zu ermöglichen. Welch eine geniale Idee es doch gewesen war, die Polizei zu infiltrieren. Er war froh, dass er damals über seinen Schatten gesprungen war und sie beteiligt hatte, obwohl sie eine Frau war. Instinktiv hatte er gespürt, dass auf sie Verlass sein würde. Er hatte sich mit ihr verbündet, noch bevor er die Basis auf Mallorca gegründet hatte. Als Alejandra vorschlug, ihren Bruder zu beteiligen, hatte Jamal nicht geahnt, welche wertvollen Dienste Sergio im Laufe der Zeit leisten würde.

Aber alles war völlig aus dem Ruder gelaufen. Entsetzt wurde er Zeuge davon, wie die Kommissarin ihren Bruder auf dem Gelände der Finca jagte und sah, wie Sergio einen Mann als Geisel nahm. Anfänglich glaubte er, Alejandra würde ihren Bruder tatsächlich ins offene Messer treiben, doch dann begriff er, dass sie ihn beschützen und zur Flucht verhelfen würde.

Aber ihn, den Drahtzieher, würde sie sicher nicht decken. Ihm blieb nur die Flucht.

Im Schutz der Nacht schlug er sich durch bis zum Hafen von Cala d'Or. Ein paar Stunden später hatte er einen Skipper einer Luxusyacht gefunden, der Ersatzteile für das Boot auf dem spanischen Festland besorgen musste.

Er konnte dem Skipper nichts bieten, er hatte kein Bargeld und keine Wertsachen. Dennoch hatte der Mann ihm ohne große Worte zugesagt, ihn zum Festland mitzunehmen. Von dort wollte er in ein neues Leben starten.

Als die Yacht fast lautlos durch die Dunkelheit in Richtung Barcelona glitt blickte er nicht zurück nach Mallorca, das er in diesem Augenblick so unerkannt verließ, wie er vor Monaten gekommen war.

Die Handlung und die darin vorkommenden Personen sind frei erfunden. Ähnlichkeiten mit realen Gegebenheiten und Personen wären rein zufällig.

Allerdings gerät Mallorca immer wieder als Drehkreuz für den Drogenhandel nach Europa in die Schlagzeilen und wird von Skandalen um die Lokalpolizei erschüttert. Die Vorwürfe lauten regelmäßig auf Korruption, Vorteilsnahme, Erpressung und Rechtsbeugung.